大道之行

中国石油发展纪实

《大道之行：中国石油发展纪实》
编写组 编

人民日报出版社
·北京·

图书在版编目（CIP）数据

大道之行：中国石油发展纪实 /《大道之行：中国石油发展纪实》编写组编. -- 北京：人民日报出版社，2020.5
ISBN 978-7-5115-6388-0

Ⅰ. ①大… Ⅱ. ①大… Ⅲ. ①纪实文学—作品集—中国—当代 Ⅳ. ①I25

中国版本图书馆CIP数据核字(2020)第065775号

书　　名：	大道之行：中国石油发展纪实 DA DAO ZHI XING : ZHONG GUO SHI YOU FA ZHAN JI SHI
作　　者：	《大道之行：中国石油发展纪实》编写组　编
出 版 人：	刘华新
责任编辑：	袁兆英
封面设计：	邢海燕
出版发行：	人民日报出版社
社　　址：	北京金台西路2号
邮政编码：	100733
发行热线：	（010）65369509　65369527　65369846　65363528
邮购热线：	（010）65369530　65363527
编辑热线：	（010）65363105
网　　址：	www.peopledailypress.com
经　　销：	新华书店
印　　刷：	北京建宏印刷有限公司
法律顾问：	北京科宇律师事务所 010-83622312
开　　本：	710mm×1000mm　1/16
字　　数：	275千字
印　　张：	17.5
版次印次：	2020年5月第1版　2020年5月第1次印刷
书　　号：	ISBN 978-7-5115-6388-0
定　　价：	68.00元

《大道之行:中国石油发展纪实》
编写组

策划:李生儒

顾问:陈金国　刘泓波

撰写:李生儒　吕阳春　杜一博　徐志辉　赵沿旭

前言

中国是世界上最早发现和开发利用石油天然气的国家之一。中国石油发展史可以追溯到上千年之前,中国的机械钻井技术曾领先西方800多年。

新中国成立70年来,经过几代石油人艰苦创业、无私奉献,中国石油工业取得了全方位的成就,实现了规模的从小到大、实力的由弱变强的历史性跨越。中国石油70年的发展历程,是一部艰苦奋斗创业史、无私奉献报国史、波澜壮阔改革史、勇立潮头开放史、敢为人先创新史、创造和谐利民史、大庆精神传承史、爱党兴党的光荣史。

党的十八大以来,习近平总书记近对推进能源生产和消费革命做出战略部署,对石油事业和中国石油的发展做出一系列重要批示指示。

2019年9月26日大庆油田发现60周年庆祝大会上,习近平总书记又专门发来贺信,贺信中强调:"60年前,党中央做出石油勘探战略东移的重大决策,广大石油、地质工作者历尽艰辛发现大庆油田,翻开了中国石油开发史上具有历史转折意义的一页。60年来,几代大庆人艰苦创业、接力奋斗,在亘古荒原上建成我国最大的石油生产基地。大庆油田的卓越贡献已经镌刻在伟大祖国的历史丰碑上,大庆精神、铁人精神已经成为中华民族伟大精神的重要组成部分。站在新的历史起点上,希望大庆油田全体干部职工不忘初心、牢记使命,大力弘扬大庆精神、铁人精神,不断改革创新,推动高质量发展,肩负起当好标杆旗帜、建设百年油田的重大责任,为实现'两个一百年'奋斗目标、实现中华民族伟大复兴的中国梦做出新的更大的贡献!"

习近平总书记充分肯定了大庆油田60年来为国家创造的巨大物质财富和宝贵精神财富,对大庆油田肩负起当好标杆旗帜、建设百年油田的重大责任提出新的更高要求,体现了习近平总书记对大庆油田及百万石油人的高度重视和深切关怀。

2019年,中国石油天然气集团公司营业收入2.77万亿元、利润总额1203.6亿元、净利润595.9亿元,同比分别增长1.2%、8.9%和39.2%,国内上缴税费3486.8亿元,同比增长3.8%。稳居世界500强第四位、50家大石油公司第三位。

2019年,中国石油天然气集团公司国内天然气产量1188亿立方米,同比增长8.6%,创5年来最高增幅;天然气销售量1812.9亿立方米,同比增长5.1%;中俄东线天然气管道(黑河—长岭段)顺利投产通气,公司天然气管网覆盖全国30个省(市、自治区)和香港特别行政区,超过5亿人受益。

在稳步推进国内油气对外合作的同时,中国石油天然气集团公司积极参与国际油气合作,基本建成五大海外油气合作区、四大油气战略通道和三大国际油气运营中心,为满足业务所在国能源供应、带动当地经济社会发展做出应有贡献。以"共商、共建、共享"为原则,持续深化与"一带一路"沿线国家的战略合作,共同应对能源行业重大变革,努力构建新时代开放共赢、互利互惠的油气合作利益共同体。

中国石油天然气集团公司把扶贫开发作为履行企业公民责任的重要内容和贡献全球可持续发展的重要行动,努力探索中国石油扶贫解决方案,贡献中国石油力量。公司在承担国家定点扶贫和对口支援工作的同时,支持各所属企业积极参与地方政府开展的扶贫减贫工作。"十三五"以来,中国石油累计投入扶贫资金18亿元,覆盖公司帮扶的10个定点扶贫县和所属企业帮扶的1175个村,受益人口超过350万。

绿色是永续发展的必要条件。中国石油天然气集团公司坚持"资源在保护中开发、在开发中保护、环保优先"原则,积极探索油气行业低碳转型发展，大力推进绿色生产、增加绿色能源供给、实现绿色技术全面进步，以更负责任的方式为社会提供优质清洁能源，加快形成油气为主、多能互补的绿色发展格局。

据统计，中国一次能源需求将于2035年前后进入峰值平台期，2050年国内煤炭、石油、天然气和非化石能源消费比重将分别为31%、15%、17%和37%。天然气将在这场绿色转型中扮演愈发重要的角色。中国石油天然气集团公司致力于继续提高清洁低碳能源在能源结构中的比例，采取更为积极的应对气候变化的行动措施。

2020年是全面建成小康社会和"十三五"规划收官之年，也是中国石油建设世界一流综合性国际能源公司迈上新台阶、创建世界一流示范企业的关键之年。在此之际，我们组织相关人员编写了这本《大道之行：中国石油发展纪实》，是对中国石油工业70年的发展做个承上启下的总结。

展望未来，中国石油全力以赴为建设美丽中国贡献石油力量，为子孙后代留下可持续发展的"绿色银行"。

目 录 CONTENTS

第一章 "石油精神"代代相传 … 001
- 一、肩负重托与厚望 … 003
- 二、新时代的"石油精神" … 008
- 三、中国石油40年发展历程 … 013
- 四、击水重洋 … 020

第二章 波澜壮阔的石油史诗 … 029
- 一、中国石油发展的历史回望 … 030
  - 1.中国石油的起源地——延长油田 … 030
  - 2.中国石油的兴盛地——玉门油田 … 034
  - 3.石油勘探的突破地：克拉玛依油田 … 038
  - 4.贫油国到产油国的转变地——大庆油田 … 046
  - 5.中国的"三桶油" … 057
  - 6.中国石油"走出去" … 069
- 二、披荆斩棘，改革开放40年的中国石油 … 075
  - 1.伟大的变革 … 075
  - 2.勇担改革重任 … 076
  - 3.新征程新思路 … 081
  - 4.乘风破浪立潮头 … 083

5.固其根本抓好党建 ·· 089
　　6.深化合作携手共进 ·· 092

第三章　中国石油的跨越发展 ·· 097

一、由弱到强的转变 ·· 098
　　1.石油力量的崛起 ·· 098
　　2.破解发展的瓶颈 ·· 103

二、开创市场新格局 ·· 108
　　1.原油从1亿吨到2亿吨 ······································· 108
　　2.石油管道四通八达 ·· 111
　　3.从进口设备到自主研发 ···································· 114
　　4.从计划经济到市场经济 ···································· 117
　　5.改变能源生产结构 ·· 119
　　6.炼化产业集群化发展 ······································· 126
　　7.脱贫攻坚中的"石油力量" ······························· 129
　　8.应对市场变局唯有创新 ···································· 132

三、合作共赢"一带一路" ··· 137
　　1.中国石油从"引进"到"走向全球" ··················· 145
　　2.中国石油永远在路上 ······································· 149
　　3.中国石油工业商机无限 ···································· 150

第四章　勇攀高峰的全新征程 ·· 153

一、新起点，继往开来 ·· 154
二、直面挑战，迈向世界一流 ···································· 157
三、新时代的新石油精神 ··· 162
四、高产量，开启新征程 ··· 167
五、5G时代打造智慧油田 ··· 170
六、铭记使命，勇攀高峰 ··· 177

第五章　从高速发展向高质量发展转型 …… 179

    一、大庆油田：大庆精神代代传 …… 182

    二、长庆油田：从低到高的勇敢跨越 …… 192

    三、塔里木油田："气壮"西气东输 …… 200

    四、新疆油田：抓住机遇创新高 …… 208

    五、中油国际：扬帆远航闯世界 …… 213

    六、西部钻探：由弱到强的巨变 …… 216

    七、中油管道：连通世界有作为 …… 221

    八、四川销售：找油保供谱新篇 …… 229

    九、辽阳石化：传承"七尺布精神" …… 234

    十、四川石化：储气量高任重道远 …… 238

第六章　"石油精神"的楷模 …… 241

    一、中国石油第一位劳模陈振夏 …… 242

    二、一代"石油铁人"王进喜 …… 245

    三、新时期"铁人"王启民 …… 250

    四、钻井"新铁人"李新民 …… 253

    五、战火淬炼的"铁人"王杰 …… 255

    六、"全国优秀共产党员"肉孜麦麦提·巴克的"采油人生" …… 257

    七、全国优秀基层党支部标杆"1205钻井队" …… 260

    八、献身油田的好干部——陈建军 …… 264

第一章
"石油精神"代代相传

新中国成立以来,党和国家对中国石油工业、中国石油寄予厚望。中国石油工业的发展及取得的辉煌成就,凝聚着党中央的亲切关怀和殷切期望。党中央、国务院对石油工业给予高度重视,党和国家领导人对石油工业发展做出许多重要指示。

隆冬季节,大庆油田寒风刺骨,滴水成冰,而在大庆南八区块,钻机轰鸣,井架林立

一、肩负重托与厚望

在大庆油田发现60周年之际,习近平总书记发来贺信:"60年前,党中央做出石油勘探战略东移的重大决策,广大石油、地质工作者历尽艰辛发现大庆油田,翻开了中国石油开发史上具有历史转折意义的一页。60年来,几代大庆人艰苦创业、接力奋斗,在亘古荒原上建成我国最大的石油生产基地。大庆油田的卓越贡献已经镌刻在伟大祖国的历史丰碑上,大庆精神、铁人精神已经成为中华民族伟大精神的重要组成部分。"[《人民日报》(2019年9月27日1版)]

为创建中国石油工业,毛泽东同志发布命令,批准中国人民解放军第19军第57师转为石油工程第一师;20世纪60年代初,发出"工业学大庆"的号召,树立起大庆油田这面工业战线的旗帜。

1935年10月,陕甘宁边区政府成立了延长石油厂。在召开东征会议的间隙,毛泽东同志特地到延长油矿视察:"要抓好石油厂的工作,根据地只有这一个石油厂,这是敌人送给我们的最好礼物。"

1944年5月25日,毛泽东同志接见了延长石油厂厂长陈振夏,题写了"埋头苦干"四个大字。陈振夏被授予边区特等劳动模范称号,是中国石油工业第一位劳动模范。

1956年2月,毛泽东同志听取石油工业汇报时说:"搞石油艰苦啦,看来发展石油工业还得革命加拼命。"

1958年2月27日，在北京中南海，邓小平同志听取了石油工业部部长余秋里的详细汇报。邓小平同志提出"石油勘探工作，应当从战略方向考虑问题"，把战略、战役和战术三者结合起来。石油勘探要选择突击方向，在建设西部天然石油基地的同时，要把石油勘探的重点放到东部地区，不要"十个指头一般齐"。

"把真正有希望的地方，如东北、苏北和四川这三块搞出来，就很好。对这些地方，应该创造条件，在地质上创造一个打井的基础，可以三年搞成，也可以五年搞成，应该提出一个方案来。如果龙女寺钻出油来，四川石油工业就会跳到前面，东北搞出油来也会跳到前面。""对于松辽、苏北等地勘探，都可以热心一些，搞出一些初步结果。"邓小平同志指出，发展中国石油工业必须立足于自己力量的基点上。他对新中国成立初期中国石油工业的发展道路、战略重点、方针布局等做出一系列重要指示，明确了发展方向，增强了国人甩掉"贫油"帽子的信心和决心。

根据邓小平同志的指示，1958年3月6日，石油部迅速成立了东北、华北、鄂尔多斯、贵州4个石油勘探处。随着勘探形势的发展，又于5月27日组建了松辽、华北石油勘探局，具有历史意义的石油工业战略东移拉开序幕。1959年至1964年，吉林、大庆、华北、胜利、江汉、大港、辽河油田相继发现。

"战略东移"的重大决策，带来了石油工业历史性的突破。

1964年1月，毛泽东同志发出"工业学大庆"的号召，全国掀起学大庆的热潮。

1978年9月，邓小平同志应朝鲜金日成主席的邀请到朝鲜进行了一次短暂的访问。回国后，他没有直接回到北京，而是到东北三省及河北、天津走了一圈。一路上，他阐述了许多重要观点，史称"北方谈话"。在"北方谈话"中，邓小平同志提出，"四人帮"要搞的"穷社会主义"荒谬至极，只有努力发展生产，提高人民的生活水平，才能体现社会主义的优越性。他振聋发聩地指出："我们太穷了，太落后了，老实说对不起人民。""外国人议论中国人究竟能够忍耐多久，我们要注意这个话。我们要想一想，我们给人民究竟做了多少事情呢？我们一定要根据现在的有利条件加速发展生产力，使人民的物质生活好一些，使人民的文化生活、精神面貌好一些。"因此，"要迅速地坚决地把工作重点转移到经济建设上来"，"要一心一意搞建设"。许多关于国家发展的重大问题在"北方谈话"中实现了破题，为党的十一届三中全会的召开打下了良好的思想基础。

1978年9月14日，邓小平同志第三次奔赴大庆油田，针对油田经过长期高速发展出现的生产生活条件和自然环境急需改善的问题时说，要把大庆油田建设成美丽的油田。

1979年，时任国务院副总理兼国家经济委员会主任康世恩就"关于同外商合作勘探开发我国石油问题"给中央领导写信，提出和外国拥有先进技术的石油公司用补偿贸易的方法，签订风险合同进行勘探，对我国来说是必要的也是有利的。同时还建议为加快我国陆上找油速度，一些久攻不下的地区也可考虑用补偿贸易、风险合同的办法，和外国公司合作来搞。邓小平同志收到此信后做出批示："我赞成，并主张加速进行。"

1980年，针对中共中央、国务院部署各部门编制第六个五年计划及长远规划，邓小平同志提出，在长期规划中，要把能源问题放在重要地位。"现在越来越看得清楚，能源问题是经济的首要问题。能源问题解决不好，经济建设很难前进。我们资源丰富，潜力很大，可是我们能源的紧张程度，比资本主义国家更严重。"

1985年2月1日，邓小平同志在一次谈话中强调利用国际市场的重要性和紧迫性。他说："第一步先打出去，打进香港，通过打进香港国际市场再打进日本，打进其他国家。要一项一项地研究，一项一项地落实。"邓小平同志给中国石油指明了前进的方向。石油领域对外开放海陆并进，利用国内外"两种资源、两个市场"的新格局逐步形成。

20世纪90年代，江泽民多次视察油气田企业，做出重要指示，称赞"石油部门是为我国社会主义现代化建设创立了卓越功勋的部门，石油工人是中国工人阶级的一支英雄队伍"。

进入21世纪，胡锦涛同志多次考察石油企业，希望石油工业战线的广大职工不辜负党和人民的期望，进一步弘扬光荣传统，顽强拼搏，开拓进取，为我国石油工业的发展，为推进改革开放和社会主义现代化建设做出新的更大的贡献。

2013年9月7日，在哈萨克斯坦阿斯塔纳纳扎尔巴耶夫大学礼堂，习近平主席发表演讲，提出建设"丝绸之路经济带"重大倡议。

2016年3月7日，习近平总书记参加第十二届全国人大四次会议黑龙江代表团审议时，对大庆油田、大庆精神给予高度肯定："大庆就是全国的标杆和旗帜，大庆精神激励着工业战线广大干部群众奋发有为。"

2016年6月，在党的95岁生日前夕，习近平总书记做出大力弘扬以"苦干实干""三老四严"为核心的石油精神的重要批示，在石油战线引起强烈反响。

2018年7月，习近平总书记站在党和国家前途命运的战略高度，敏锐洞悉我国油气对外依存度不断上升可能带来的重大挑战，对石油战线做出重要批示，寄予殷切期望。

2018年9月27日，习近平总书记在辽宁考察调研期间，到中国石油辽阳石化公司实地察看原油加工优化增效改造项目装置全貌和建设情况。习近平总书记强调，国有企业地位重要、作用关键、不可替代，是党和国家的重要依靠力量。同时，国有企业要改革创新，不断自我完善和发展。要一以贯之坚持党对国有企业的领导，一以贯之深化国有企业改革，努力实现质量更高、效益更好、结构更优的发展。

寒冬钻井"热"

二、新时代的"石油精神"

在大庆油田发现十周年之际,新华社记者采写了《大庆精神大庆人》。

很多人来到大庆,无数次追问,为什么"石油精神"拥有强大的生命力、感召力、吸引力和影响力?为什么这种精神踏着时代前进的步伐一直闪烁着激动人心、催人奋进的力量?

著名诗人魏钢焰在临终时说:"请把我的骨灰,埋在铁人打的第一口油井旁,我要日夜守候在那里,听着地脉跳动,看着油井奉献!"

世界能源领域最具影响力的权威专家,美国"能源和增进国际理解终身成就奖"获得者丹尼尔·耶金到中国大庆参观访问时,专门提出要和王进喜雕像合影。他在《能源重塑世界》一书中,论及"中国崛起"部分,不吝笔墨描画这位石油英雄。在他看来,中国石油工业一路披荆斩棘,发展道路充满艰辛和荣耀。正是凭着"石油精神",喊着"独立自主、自力更生"的口号,中国石油人成功开发出大庆等油田,才保证了中国几十年经济发展对石油的需求。

2011年夏天,大庆迎来了一批特殊客人——壳牌董事会和执行委员会成员一行15人。这个世界百年企业将全球董事会开在了中国。了解大庆高产稳产和大庆精神铁人精神是他们此行的主要目的。在铁人王进喜纪念馆,壳牌董事会主席奥利拉深情地说,在这里住、办公,拿下了大油田,我为大庆人感到骄傲。

这一切说明,"石油精神"是历史的,也是现实的,是石油战线的,也是整个中华民族的精神财富。"石油精神"已经成为中华民族精神的重要组成部分,鼓舞着祖国人民克服困难、勇往直前。

正因为蕴含这样的力量,历届党和国家领导人对石油精神的传承和发扬谆谆嘱托,嘱托我们要将这个传家宝一代代传下去,嘱咐我们要用精神去战胜眼前的困难,走向新的胜利。

在艰苦的创业阶段,"铁人"王进喜喊出"宁肯少活二十年,拼命也要拿下大油田"的誓言。他纵身跳入泥浆池,用身体搅拌泥浆的一幕,已经定格在中国石油发展史上。

油田开发建设时期,面临高含水的挑战,"新时期铁人"王启民用智慧和勇气开辟了石油工业的新天地。

石化巨匠侯祥麟一生热血,赤诚报国,开拓引领我国炼化技术从无到有、跻身世界先进行列,用时不我待的脚步为民献石油、为国谋战略。

石油院士王德民五十年如一日,把自己的青春、才华、智慧和对共和国的忠诚,献给了祖国的石油事业,亿万油藏感受着他驱油找气的热血脉动。

从一名90后技校生成长为世界级技能专家的裴先锋,立志要成为一名石油名匠;从一句汉语都不会讲到创立"红柳石油网"、服务五湖四海石油人,肉孜麦麦提·巴克跨过的是文化和互联网大潮……

在一代代铁人式的梯队中,中国石油工业走向辉煌。

习近平总书记曾两次提及"石油精神",嘱托我们要用精神战胜眼前的困难,要大力弘扬"石油精神",走向新的胜利。这样的重托,鞭策着我们向前。

今天,石油工业发展环境的艰苦已非往昔。国际政治环境的复杂、地缘政治的变化、经济实力的较量,依然要求我们用生命、用信念、用奋斗来捍卫祖国的尊严。

回首创业征程,从准噶尔到黄土塬,从松辽大地到华北平原,从渤海湾到塔里木……戈壁、沙漠、高原,石油人都留下了艰苦奋斗的足迹,高唱着为油拼搏的壮歌,把"贫油"帽子甩到了太平洋,扛起"三大责任",

党旗映红勘探路

挺起工业脊梁，为国企发展开拓创新树立一面旗帜。

翻开新中国的史册，每一个工业激扬的篇章，都有关于石油的叙述；每一个黑油流动处，都闪耀着信仰的光芒。

从玉门油矿为新中国提供石油，到激情岁月的领导干部"约法三章"；从会战年代的"三个面向、五到现场"，到新时期的厂务公开、党务公开；从"铁人"王进喜到"新时期铁人"王启民、"大庆新铁人"李新民；从"王、马、段、薛、朱"五面红旗，到新时期百面红旗、英模方阵……波澜壮阔的石油工业，一路风雨一路歌，正是信仰在指引方向，精神在产生力量。

在历史的记忆里，面对新中国百废待兴、急需石油的现状，石油创业者艰苦奋斗、苦干实干，"有条件要上，没有条件创造条件也要上"。

在石油创业的征程中，中国石油几十万党员发挥先锋模范作用，勇挑重担、冲锋在前。

2008年，四川汶川山崩地裂。中国石油四川销售公司在震后4个小时即组建党员突击队。面对碎石不断、余震频繁,"震中铁人"余永明率队冲向震区。

长庆油田员工、全国劳模周阿妮,因为奋战在"西部大庆"建设一线,接连推迟休假。终于回到家,迎接她的不是咿呀学语女儿的一声"妈妈",而是"阿姨"。

2013年年底,南苏丹一场突如其来的武装冲突爆发。中国石油人艰难抉择:关键岗位人员留下,维持生产。党员干部纷纷表态"我留下"。

信仰是力量的源泉,理想是前进的指针。为了中华民族伟大复兴的中国梦,石油人在信仰的旗帜下迎难而上,克服一个又一个困难,赢得一个又一个胜利;在理想的引领下汲取产业报国、奉献能源的方法、智慧,战胜一个又一个挑战,取得一个又一个成功。

穿越高耸入云的钻井铁架,飞越巍巍如山的银色炼塔,跨越纵横万里的油气长龙……风声呼啸,历史的号角嘹亮吹响。劳动的号子声、学习的读书声、工作的讨论声、问题的争执声……在玉门的山梁间、大庆的苇荡中、塔里木的沙海里、陕甘宁的沟壑处碰撞交响。学习、思考、实践,石油人运用科学理论学以致用,在摔打中锻炼,在行进中摸索,总结解决问题的方法,寻找油气生产的规律。

从"两论"起家到"两分法"前进,从"三老四严"到"四个一样"……新中国石油工业"抓生产从思想入手,抓思想从生产出发",认清了"这困难,那困难,国家缺油是最大的困难;这矛盾,那矛盾,社会主义建设等油用,是最主要的矛盾",胜不骄、败不馁,解放思想,实事求是。

从"支部建在队上"到三基工作,从党建"三联"责任示范点到"三同时"原则……石油工业坚持"围绕发展抓党建,抓好党建促发展",不断创新党建理论,将党建工作融入企业中心工作,把党的政治优势转化为竞争优势和发展优势,与时俱进,求真务实。

一面信仰的旗帜,一曲砥砺的壮歌。一路风雨兼程,一直坚守奋进。凝聚新时期干事创业的强大力量,"石油精神"仍然是我们的安身之本、力量之源、精神之钙。

新时代，新征程。在建设世界一流综合性国际能源公司的道路上，新时期石油人一定不忘初心、砥砺前行，坚守信仰、坚持理想、勇于创新，向党和人民、向历史交出新的更加优异的答卷。

三、中国石油40年发展历程

党的十一届三中全会拉开了中国改革开放的序幕。

中国石油的长足发展是中国改革开放的历史折射,是中国国有企业改革开放的生动缩影。在改革开放40年征程中,中国石油完成了一次又一次历史性蜕变。从1978年产量突破1亿吨,到1998年成立集团公司,再到2018年阔步迈向世界一流综合性国际能源公司,中国石油在改革开放的大潮里劈波斩浪,坚定前行。

从改革的角度看,包括中国石油在内的油气市场经济体系已经建成,探索建立了符合市场经济要求具有中国特色的石油工业管理体制,石油工业的对外开放实现了中国企业全面参与国际油气资源的配置,石油工业规模实现跨越式提升,石油工业技术水平跻身世界前列,初步培育了一批具有全球竞争力的石油石化企业,形成了新时期石油精神等。

企业经济实力、影响力和竞争力进一步增强。数据显示截至2020年3月5日,中国石油2019年上半年资产总额为263 777 900万元,其中流动资产为48 139 300万元。深度参与油气行业气候倡议组织(OGCI),开展油气行业低碳发展路线图研究。保障民生供应和应急响应,关注民生,落实国家减贫计划。

建立了适应社会主义市场经济的体制和机制。中国石油经历了石油工业部、中国石油天然气总公司、中国石油天然气集团有限公司等发展阶

段。2017年12月19日,中国石油天然气股份有限公司公告,"中国石油天然气集团公司"完成改制并更名。公司制改制对中国石油意义重大,有助于完善公司法人治理结构,形成有效制衡的公司法人治理结构和灵活高效的市场化经营机制,实现企业治理体系和管控能力的现代化。推动中国特色现代国有企业制度建立,真正实现加强党的领导和完善公司治理的有机统一。公司制改制实现出资人所有权和企业法人财产权的分离,赋予企业独立的法人财产权,促使企业真正成为依法经营、自负盈亏、自担风险、自我约束、自我发展的市场主体,着力激发企业内生活力,切实转换经营机制,实现更好更快发展。

科学制定新时代公司的发展方针、战略和目标。从跨国企业集团、具有国际竞争力的跨国企业集团、世界水平的综合性国际能源公司到世界一流的综合性国际能源公司,中国石油的发展战略和目标与时俱进。2015年,在公司党组的科学部署决策下,中国石油踏上新的征程,坚持稳中求进，提高质量效益，实现可持续发展。2016年，在2005年的资源、市场、国际化战略基础上，又提出大力实施创新战略。2015年，中国石油提出"建设世界一流综合性国际能源公司"发展目标。2016年明确实现这个目标，大体分"两步走"：第一步，到2020年，世界一流综合性国际能源公司建设迈上新台阶。规模实力保持世界一流水平，经营业绩、国际竞争力达到国际大公司先进水平，在做强做优上走在央企前列。第二步，到2030年，建成世界一流综合性国际能源公司。公司规模实力保持领先，经营业绩进入国际大公司前列，全球配置资源能力持续增强，核心技术达到国际领先水平，公司治理体系和管控能力实现现代化国际化，员工素质和收入进一步提升，国际竞争力和影响力显著增强，成为全球受尊敬的企业。

2020年1月17日，中石化集团董事长的戴厚良，在中国石油2020年工作会提出："全力推动国内油气产量当量迈上2亿吨历史新水平。在全力保障国家能源安全背景之下，国内油气企业集中力量打好勘探开发进攻战。2020年保持50亿元风险勘探投入，要实现国内油气产量当量突破2亿吨，其中天然气所占比重力争达到50%，真正实现'油气并举'，今年塔里木油田、西南油气田将双双建成300亿方大气区，公司页岩气产量超过110亿立方米。"

中国石油同时提出加大天然气终端开发和销售力度。要主动适应"管网分离""俄气东进"的市场新格局，在优化气源组合和流向、优化销售结构与布局等方面狠下功夫。特别是要抢抓终端市场，有效发挥资金、资源、人才和管理优势，创新商务模式，全力推进与地方政府及各类市场主体的合资合作，快速提升终端规模。

改革创新提效率增活力、管理水平大幅提升。历史上，在中国石油改革和管理的词典里，不乏"五包五定三保""经营管理""节约挖潜""提质增效"等词语。2017年，中国石油改革的亮词则是"持续深化"。集团公司及151家所属全民所有制企业公司制改制完成，海外油气业务体制机制改革有序实施，工程技术业务专业化重组基本完成，中油工程、中油资本成功上市，扩大企业经营自主权改革试点持续深化，内部油气产品和服务价格机制进一步理顺，首批矿权内部流转进展顺利。继续实施开源节流降本增效。全面落实12个方面38项措施，全年增利217亿元。统筹推进四项专项工作，73户亏损企业中46家实现扭亏；41家僵尸及特困企业得到处置，法人户数压减255户，有息负债下降144亿元，全面完成国资委考核目标。分离企业办社会职能稳步推进，"三供一业"分离移交达到82%。

加强企业党的建设筑牢了企业的"根"与"魂"。中国石油不仅创造了巨大的物质财富，也创造了宝贵的精神财富。近几年，中国石油坚决贯彻全面从严治党各项要求，大力弘扬石油精神和优良传统，不断加强企业党的建设，打造保障国家能源安全的坚强柱石，努力建设成为党和国家最可信赖的骨干力量。将全面从严治党落实到行动上，抓作风、倡廉洁、强队伍，重塑中国石油风清气正良好形象；将全面从严治党融入弘扬石油精神中，传承石油精神红色基因，凝聚干事创业的强大力量；将全面从严治党成效体现到改革发展工作中，做强做优做大中国石油，打造保障国家能源安全的坚强柱石。特别是，明确了党建在企业发展中的战略定位，把深化党的建设制度改革纳入企业改革"1+N"总体框架；把党建工作总体要求写入公司章程，把党的领导融入公司治理各环节，党建质量全面提升。

从开放的角度看，经过25年的艰苦努力，中国石油"走出去、走进去、走上去"，稳步推进高质量发展，优质高效推进海外油气合作，加快提升创新力竞争力，完成了一次又一次羽化蜕变，走向了一个个全新领域，五大油气合作区、四大油气战略通道和三大油气运营中心，赫然出现在了世界油气版图。中国石油实现了从无到有、从小到大、从弱到强的历史跨越。

中国石油从敞开自家之门到推开他人之门，从资本输入到资本输出，从单一领域到多个领域，构建了特色运营模式和国际化风险管理体系，闯出了一条国有企业开放合作的新路子。国际合作的地域和业务范围不断扩大。国内合资合作遍及石油工业各个领域。海外合作区域已扩展到非洲、中亚—俄罗斯、亚太、美洲和中东地区等世界主要油气资源富集地；业务范围涉及油气勘探开发、炼油化工、油气贸易和工程技术服务等多个领

井场号子

域。国际合作的方法和手段更加灵活多样。积极参与各类国际合作与交流活动，密切跟踪国际石油技术发展趋势，实现从被动参与到主动引领的转变。1997年10月，中国石油在北京成功举办第十五届世界石油大会。2017年成功主办"一带一路"油气合作圆桌会议，在国际石油界和资源国政府中的影响力日益增强。

中国石油充分利用"两个市场、两种资源"，坚持稳健发展方针，建成五大油气合作区、四大油气战略通道和三大油气运营中心，国际油气合作实现历史性跨越。正确的发展战略是海外油气合作制胜的关键。1991年中国石油把跨国经营作为三大战略之一，1993年海外勘探开发正式起步，2011年建成"海外大庆"，2018年海外油气合作保持稳健发展势头，2019

年海外油气权益产量当量突破1亿吨。从北非等传统资源国迈向北美及澳洲等能源高端市场，从投资常规油气项目扩展到油砂等非常规油气项目，从立足上游延伸至下游的炼油、贸易仓储等油气全产业链，为我国实现资源进口多元化、增强能源供应保障能力起到了重要的促进作用。2018年，中国石油提出优质高效发展海外业务，打造国际油气合作利益共同体，深度参与"一带一路"建设，推动国际油气合作向更宽领域、更深层次、更高水平发展。

中国石油从"小舢板"到"大舰队"，积极参与全球能源治理、提升国际竞争力和话语权，坚持"互利共赢、合作发展"，中国石油成为国际能源市场的领头羊，并保持了突出的安全环保业绩。以中国石油为代表的中国国家石油公司通过油气合作，使得一批发展中国家的油气产量稳步增长，创造巨大物质财富的同时，也提升了其在所在地区和全球的形象地位。中国石油唤醒年逾百年的秘鲁塔拉拉油田；在哈萨克斯坦肯基亚克油田建成数百万吨的产能；帮助多个资源国建立完整石油工业体系；积极投身公益事业造福当地民众。"走出去"25年，中国石油累计为资源国创造了10万多个就业岗位，海外业务公益事业投入总额超过4亿美元，200多万人直接受益。在中东、南美洲等地区，为保护自然环境，中国石油同样不遗余力。

国际合作形成了完整的油气业务链，带动服务业务"走出去"；依靠自身"一体化"优势，成熟配套技术与海外实际相结合，为海外油气业务快速发展提供了有力支撑和保障。中国石油在海外合作中，把国内数十年形成的成熟配套技术与海外实际相结合，通过创新，逐步形成具有中国石油特色的海外先进适用十大油气勘探开发技术，一个个惊人的成果彰显了中国石油的技术实力。中国石油形成了一套融合国际惯例和中国石油特色的"五化"管理模式，即"全球化思维、差异化定位、专业化管理、一体化运作、本地化立足"，带来了高效率和高效益。

培养造就了一支精干高效、拼搏奉献的国际化人才队伍，成为海外油气业务的中坚力量；传承了大庆精神、铁人精神，实现了石油精神与国际化管理实践的有效融合。"走出去"海外队伍越来越壮大，国际化程度越来越高。截至2018年7月底，海外中外方雇员11万多人，其中海外中方员工近2万人，当地和国际化雇员近10万人。中国石油造就了一批富有激情、能力突出、踏实认真的海外员工队伍。弘扬石油精神，海外员工拥有了攻坚克难、应对风险、勇往直前的强大动力。以苏永地、王贵海、李新民、亚马尔液化天然气项目等为代表的海外英模群体，践行匠心、探索、创新、担当和进取的奉献精神。

改革不惑年，开放无止境。从1978到2018，风起云涌、大浪淘沙、潮起东方、天高海阔。在改革开放新的征程中，中国石油从历史的纵深走过来，沿着未来的通衢再出发，百万石油人正迎接新的伟大变革……

四、击水重洋

"从基础发展到规模发展再到优化发展,中国石油'走出去'始终贯彻中央决策部署,服务'一带一路'倡议,保障国家能源安全……每一次前行,都稳健迈进。"

岁月时空下,总有一种力量跨越千山万水、澎湃浩荡向前。改革开放至今,中国石油扬帆渡鲸浪,深入水云乡。

2018年11月11日至12日,海湾国家阿联酋。

时任中国石油集团董事长王宜林出席阿布扎比国际石油展暨开幕式。他说,油气合作是"一带一路"建设的重要内容和先行产业,中国石油是最早在"一带一路"沿线地区开展投资合作的中国企业之一,油气及相关产业促进了沿线国家的经济社会发展。

2018年11月23日,俄罗斯《生意人报》一则消息引起广泛关注:亚马尔液化天然气项目液化工厂的第三条生产线启用,成功实现了年产量1650万吨的计划产能。这标志着,中国石油持股20%的亚马尔液化天然气项目提前一年竣工投产。

中国石油这部厚重长卷,铺陈舒展、辽远深邃;中国石油这首当代史诗,讴歌成就、彪炳伟业。在国际舞台上与油气合作中的精彩亮相、成功探索,续写着中国石油海外业务的新篇章。

在世界能源版图,镌刻下五大油气合作区、四大油气战略通道和三大油气运营中心，完整的油气业务链带动服务业务走出国门……每一次启碇，都云帆高悬。

擂动鼙鼓，击桨海月。中国石油这艘巨舰驶入遥远天际……

三万里河东入海

加强能源合作推进一体化进程，在稳健和高质量发展中当表率

丹尼尔·耶金说："中国在全球石油及天然气工业领域扮演着日益重要的角色。这一新角色被称为'走出去'战略。"

中国石油工业海外油气合作，历经两个重要阶段：一是"引进来"，二是"走出去"。

"引进来"始于20世纪80年代初。经过30多年的发展，对外合作业务呈现出规模大、效益佳、精品亮、结构优和体系全的特点。

海外油气合作在规模上，先后与美国等12个国家和地区的58家石油公司签订了80个油气合同、13个联合研究协议，相当于中国陆上含油气盆地面积总和的四分之一。在效益上，对合作模式、管理模式、项目执行、提质创效等进行了积极探索。

在精品项目上，涌现出了赵东、长北、川中等一批成功的合作项目。结构上，实现天然气跨越式发展，有力地促进了调峰保供，实现了非常规油气的赶上并超越。在体系上，培养了千名国际化管理人才、促进了油气法规建设等。

"一带一路"已经成为中国石油海外核心油气合作区、跨国油气战略通道的资源保障区和优势产能合作的主要市场。

1993年，根据国家利用"两个市场、两种资源"的战略要求，迈出"走出去"步伐。

发挥一体化优势，打造国际油气合作利益共同体。目前，中国石油在34个国家和地区，运营92个油气合作项目，为74个国家和地区提供石油工程技术和建设服务。走出去的工程技术服务作业队伍超过1300支。运营炼化项目4个，原油加工能力1300万吨。形成了一张联通中外、惠及多国的油

气生产供应网络。

2019年，海外油气权益产量当量年均增长1000万吨。建成输油（气）管线长度约1.5万公里。国际贸易业务遍及80多个国家和地区，国际贸易量达4.5亿吨。

中国石油带来区域经济的全面发展，在五大洲四大洋与国外伙伴共同探索出了一条全面合作、互利共赢的发展道路。

北极圈内，亚马尔液化天然气项目，集天然气勘探开发、液化、运输、销售为一体。项目成功实现了中俄经贸合作的互利共赢，拓展了我国清洁能源供应的多元化渠道。

作为OGCI在中国的唯一成员，中国石油一直倡导和践行以低能耗、低污染、低排放为特征的可持续绿色发展模式，稳步推进天然气利用和新能源开发。至今，清洁能源已惠及5亿人口。

中国石油先后帮助苏丹、乍得、尼日尔等多个国家建立了一体化石油工业体系；仅在"一带一路"沿线资源国就创造了超过8万个工作岗位。缅甸马德岛，从饮用雨水到用上自来水，家家户户实现24小时供电，几乎村村通了公路。捐助孟加拉国莫哈什卡利岛当地小学，赢得好评。在拉美地区，上缴社会公益金超过3亿美元，累计纳税超过260亿美元。

做优中亚—俄罗斯、做大中东、做强非洲、做特美洲、做实亚太，优质高效发展海外业务，打造国际油气合作利益共同体。

做优中亚—俄罗斯。核心油气合作区建设取得重要进展。2018年8月，哈萨克斯坦奇姆肯特炼油厂升级改造二期工程投料试车顺利完成，土库曼斯坦阿姆河天然气公司B区东部气田开工建设。中哈项目被称作"中哈合作典范"。亚马尔液化天然气项目推动了中俄两国建设"冰上丝绸之路"新实践。

做大中东。油气合作正向更宽领域、更深层次、更高水平健康发展。在阿联酋，2018年，中阿再度牵手海上合作项目；东方物探（BGP）与阿布扎比国家石油公司（ADNOC）签署海上和陆上三维采集合同；中国石油工程建设有限公司（CPECC）承建的巴布油田综合设施EPC总承包项目（BIFP）开工建设。伊拉克的艾哈代布油田被当地媒体誉为"丰碑"。

做强非洲。中国石油目前在苏丹等8个国家拥有17个合作项目，工程服务业务遍及非洲30个国家的油气合作区。帮助苏丹从一个原油进口国一跃成为原油出口国，成为"非洲国家工业化的苏丹样板"。乍得H区块石油产量已经接近400万吨。短短3年，就在撒哈拉沙漠腹地建成了年产百万吨原油的生产基地、462公里输油管道和一座现代化炼油厂。

做特美洲。拉美公司坚持加大分红和开源节流降本增效两手抓，强化创新驱动和精细管理，2017年实现税前利润2.93亿美元，完成净利润2.16亿美元。中国石油国际事业有限公司与巴西TT Work公司正式签署交割文本及股东协议，完成30%股权接收。

做实亚太。中缅原油管道加强隐患排查治理，全力做好管道安全平稳运行；中缅天然气管道加强天然气输送协调，服务好下游用户。开辟了澳洲航煤及加拿大汽油等高端市场。2018年10月25日，境外天然气资源首次通过我国油气交易平台——重庆石油天然气交易中心投放国内市场。10月30日，中国石油首次向老挝出口成品油。

资源国有一句谚语：你要走得快，就一个人上路；要走得远，就找个同伴。中国石油就是全球油气合作伙伴的同路人！

百舸争流先奋楫

"引进来""走出去"，在国际业务和国际化经营中做排头兵

Robin Simpson，曾在赵东合作项目做管理工作。他说回国后意识到，相比中国人斗志昂扬、面向世界的胸怀，他的很多同事视野过于狭窄了，这绝不是溢美之词。

改革开放之初，邓小平同志指出，现在的世界是开放的世界，关起门来搞建设是不行的，也发展不起来。1978年年底，全国原油年产量突破亿吨大关达到1.04亿吨。1981年，石油工业实行原油产量亿吨包干，石油工业部当年就创汇64亿美元。

1982年2月8日，中国海洋石油总公司成立，海洋石油对外开放。截至1994年年底，已同16个国家的159家石油公司签订了100个石油合同和协议。

中国渤海等各个盆地对外开放，中国海洋石油工业迎来了全面发展的新时期。

到了20世纪末，中国原油年产量已登上了1.6亿吨的台阶。但中国人均占有的石油、天然气较少。1993年，中国成为石油净进口国。当年，党中央、国务院提出利用和开发国外石油资源，实施"走出去"战略。

初次参与国际合作。秘鲁塔拉拉油田是世界上最早开发的油田之一。1993年，中国石油中标塔拉拉六、七区块，先后打出了一批高产油井。特别是六区4226井获得日产3302桶特高产量，在秘鲁石油界引起轰动。

在委内瑞拉创造奇迹。1997年，委内瑞拉拿出20个正在生产的老油田进行第三轮国际招标，中国石油一举中标。中委公司接管两个油田后，产量年年翻番。这一年，中国石油还签订了阿克纠宾项目。

帮助苏丹建立石油工业。1995年深秋，中国和苏丹两国元首会晤。1996年年底，中国石油中标苏丹项目。自1997年起，中国石油各路大军云集苏丹，在苏丹大地书写下辉煌的历史，也树立起中苏友谊的丰碑。

石油工程技术队伍进入国际市场。中国石油国际工程承包经历了国内反承包、国外试投标和规模国际化经营等三个阶段。

20世纪90年代初，中国先后两次向国外石油商开放塔里木、吐哈、洞庭湖等地区；中期，石油工程服务队伍开始尝试性地参与国外的工程项目招标。20世纪末，石油工程技术服务企业中标了一批大合同，这标志着石油工程技术服务进入了规模经营的阶段。

与此同时，20世纪90年代初，石油工程技术服务队伍逐渐走出国门，积极参与国际竞争，占领国际市场。东方物探（BGP）、管道局、长城钻井公司等石油企业也逐渐在国际市场发展壮大。

志合者，不以山海为远。东方物探（BGP）1987年10月率先走出国门；1994年中标厄瓜多尔，1996年进入苏丹。近些年，东方物探（BGP）相继中标沙特阿美公司、阿曼石油公司、科威特石油公司等特大物探项目。

1998年，中国石油作为竞争主体完全进入了市场，主营业务从油气勘探开发扩展到上下游、内外贸一体化经营。这一年，由于受亚洲金融危机的影响，世界石油需求明显减少，国际石油市场出现了严重供过于求的局面，国际油价跌到12年间的最低水平。

也就在这一年，国内石油对外合作新签合同金额达7600万美元；国外石油勘探开发取得新的进展，苏丹1/2/4区油田开发、长输管线和炼厂建设进入全面实施阶段，委内瑞拉两个油田已经超过基础设计产量，哈萨克斯坦两油田的产量达270万吨，秘鲁油田的投资全部回收；对外工程承包和劳务合同完成营业额4.82亿美元。

此后的2005年，中国石油成功收购哈萨克斯坦PK石油公司；2007年，在同土库曼斯坦的天然气合作中又取得重大进展。2009年，我国第一条引进境外天然气的陆上能源大动脉——中亚天然气管道一期工程建成投运，来自土库曼斯坦的天然气正式进入国内。中俄原油管道全面开工建设，中哈原油管道二期一阶段工程正式投入商业运行。

2013年，中国石油国际业务跨越式发展，五大油气合作区、三大油气运营中心布局基本完成，四大油气战略通道建设全面展开。油气合作规模快速扩大，高质量高水平建成"海外大庆"。

2015年，中国石油海外油气勘探在阿姆河右岸东部发现两个千亿立方米气区。与俄罗斯天然气公司签署了东线天然气管道建设合作协议。2016年，抓住国家推进"一带一路"建设等机遇，与俄罗斯、沙特等国签署多项合作协议或合作备忘录。

2017年，中国石油集团海洋工程公司作为总承包商，进行我国首次南海神狐海域可燃冰（天然气水合物）试采，创造了采气时间最长和总量最高世界纪录，使可燃冰被命名为第173号新矿种，党中央、国务院专门发贺电祝贺。

2018年7月19日，东方物探（BGP）拿到与阿布扎比签署的海上和陆上三维采集合同大单，金额达16亿美元，是全球物探行业有史以来三维采集作业涉及金额最大的一笔合同。管道局与沙特阿美石油公司签署哈拉德及哈维亚地区北部压气站管道项目合同，合同额37.86亿元。11月1日，大庆钻探队伍重返伊拉克国际工程技术服务市场。

马克思说过，由于开拓了世界市场，所有国家的生产和消费都是世界性的了。中国石油达到了全球化油气合作的新境界。

海上明月共潮生

在"一带一路"建设中奔向"世界一流",树立中国石油品牌形象

史蒂夫·科尔在《石油即政治》里刻画了一位船长。他总爱说"我永远不会失误",却驾驶油轮撞上了冰山。这表明,汪洋大海对谁都毫不留情。

中国石油这艘巨舰,冲滩入海、劈波斩浪,海外业务一路探索、一路艰辛、一路安稳、一路收获

启示之一:中国石油从"引进来"到"走出去",从资本输入到资本输出,从单一领域到多个领域,构建了特色运营模式和国际化风险管理体系,提升了保障国家能源安全的能力。

国际合作的地域和业务范围不断扩大。国内合资合作遍及石油工业各个领域。海外合作区域已扩展到非洲、中亚—俄罗斯、亚太、美洲和中东地区等世界主要油气资源富集地;业务范围涉及油气勘探开发、炼油化工、油气贸易和工程技术服务等多个领域。国际合作的方法和手段更加灵活多样。

在"引进来"方面,从单纯的技术、设备进口到以市场换资金、换资源,水平不断提升。在"走出去"方面,从开发项目到风险勘探,从参股合作到兼并收购公司,从联合运营到独立运作,能力明显提升。在国际合作中,不仅成功运作了一批大型项目,获得了可观的油气储产量,更培养了一支熟悉国际石油合作规则的人才队伍,在国际石油界赢得了良好信誉。

启示之二:中国石油充分利用"两个市场、两种资源",坚持稳健发展方针,建成五大油气合作区、四大油气战略通道和三大油气运营中心,国际油气合作实现历史性跨越。

正确的发展战略是海外油气合作制胜的关键。1991年中国石油把跨国经营作为三大战略之一,1993年海外勘探开发正式起步,2011年建成"海外大庆",2018年海外油气合作保持稳健发展势头,效益大幅提高。从北

非等传统资源国迈向北美及澳洲等能源高端市场，从投资常规油气项目扩展到油砂等非常规油气项目，从立足上游延伸至下游的炼油、贸易仓储等油气全产业链，为我国实现资源进口多元化、增强能源供应保障能力起到了重要的促进作用。

2018年，中国石油提出优质高效发展海外业务，打造国际油气合作利益共同体。按照"做优中亚—俄罗斯、做大中东、做强非洲、做特美洲、做实亚太"的战略布局，深度参与"一带一路"建设，坚持共商共建共享原则，合作开发大项目、构筑战略大通道、建设区域油气大市场，推动国际油气合作向更宽领域、更深层次、更高水平发展。

启示之三：从"小舢板"到"大舰队"，中国石油坚持"全面合作、互利共赢"，中国石油企业成为国际能源市场的"定海神针"，特别是保持了突出的安全环保业绩。

从国际油气合作的历史来看，对资源国来说，尤其是对发展中国家中的油气资源国来说，国家社会经济发展在很大程度上有赖于油气资源开发和自然资源的财富创造。以中国石油为代表的中国国家石油公司通过油气合作，使得一批发展中国家的油气产量稳步增长，创造巨大物质财富的同时，也提升了其在所在地区和全球的形象地位。

中国石油"妙手回春"秘鲁塔拉拉油田；在哈萨克斯坦肯基亚克油田建成数百万吨的产能；帮助资源国建立完整石油工业体系；积极投身公益事业造福当地民众。"走出去"25年，中国石油累计为资源国创造了10万多个就业岗位，海外业务公益事业投入总额超过4亿美元，200多万人直接受益。在中东等地区为保护自然环境，中国石油不遗余力。

启示之四：中国石油形成了完整油气业务链，带动服务业务"走出去"；依靠自身"一体化"优势，成熟配套技术与海外实际相结合，为海外油气业务快速发展提供了有力支撑和保障。

中国石油在海外合作中，把国内数十年形成的成熟配套技术与海外实际相结合，通过创新，逐步形成具有中国石油特色的海外先进适用十大油气勘探开发技术，已获得5项国家科技进步奖。从苏丹迈卢特盆地发现法鲁济世界级大油田，到哈萨克斯坦滨里海盆地发现希望油田，再到在委内瑞拉开发奥里诺科超重油，惊人的成果彰显了中国石油的技术实力。

打开市场靠技术，站稳市场靠管理。中国石油形成了一套融合国际惯例和中国石油特色的"五化"管理模式，即"全球化思维、差异化定位、专业化管理、一体化运作、本地化立足"，带来了高效率和高效益。在伊拉克，鲁迈拉项目第一个实现一年内增产10%的目标，哈法亚开发方案第一个获得伊拉克政府批准并开始产能建设，艾哈代布项目成为伊拉克战后第一个新建投产的油气项目。

启示之五：培养造就了一支精干高效、拼搏奉献的国际化人才队伍，成为海外油气业务的中坚力量；传承了大庆精神、铁人精神，实现了石油精神与国际化管理实践的有效融合。

"走出去"海外队伍越来越壮大，国际化程度越来越高。截至2018年7月，油气投资业务分布于全球34个国家和地区，海外工程技术服务和工程建设项目分布于全球74个国家和地区。7月底，海外中外方雇员11万多人，其中海外中方员工近2万人，当地和国际化雇员近10万人。中国石油造就了一批富有激情、能力突出、踏实认真的海外员工队伍。

弘扬石油精神，海外员工拥有了攻坚克难、应对风险、勇往直前的强大动力。以中国石油科技模范苏永地为代表的专家骨干，始终把海外油气事业装在心中；以"海外小铁人"王贵海为代表的干部员工，苦练技能，处处争先；以"大庆新铁人"李新民为代表的先进典型，勇闯海外市场，积极践行"我为祖国献石油"核心价值观；以亚马尔液化天然气项目为代表的"央企楷模"，践行着匠心、探索、创新、担当和进取的奉献精神。

任重而道远者，不择地而息。天接云海，击水五洲，中国石油在广阔的大海汪洋，鸣橹远航……

第二章
波澜壮阔的石油史诗

一、中国石油发展的历史回望

1.中国石油的起源地——延长油田

延长油田是世界上发现最早的天然油矿之一，也是我国最早发现的天然油矿之一。延长油田1905年建厂，1907年打出"中国陆上第一口油井"，同年建成炼油房，终结了中国陆地不产石油的历史。

抗战时期，延长石油生产出汽油、煤油、石蜡、油墨、擦枪油、凡士林等众多产品，这不仅保证了中央机关、边区政府的用油需求，还换来了大量的布匹、钢铁、机器设备和短缺物资，因此它被誉为"功臣油矿"。

1944年，毛泽东同志曾为陕甘宁边区特等劳动模范、延长石油厂厂长陈振夏题词"埋头苦干"。新中国成立后，延长石油先后为国家大油田的开发和建设输送了千余名管理干部和专业技术人员。

1997年，延一井被国务院有关部门正式命名为"中华之最"。

1998年和2005年延长石油先后经历了两次重组，组建成"陕西延长石油（集团）有限责任公司（延长油矿管理局）"。重组后的延长石油整体优势日益显现，发展实力显著增强。延长石油逐渐发展成为集油气勘探、开发、炼油、化工、储运、销售、工程建设、机械制造为一体的大型石油化工综合企业，一跃成为陕西规模最大的企业。

2007年，延长石油的原油采、炼和产品销售三项指标均突破1000万吨大关，实现销售收入470亿元，利税费总额230亿元，成功跨入国家千万吨级大油田的行列。

2013年，延长石油进入世界企业500强，成为中国西部地区首家世界500强企业。

2018年，延长石油全面超额完成了各项目标任务，呈现出增长与质量、结构、效益相得益彰的良好局面，实现全年营业收入3100亿元的目标。

历史轨迹

1907年，延长县打出了中国陆上第一口油井，同年10月建成了中国陆上第一个炼油房，以此为标志结束了我国陆上不生产石油产品的历史，填补了旧中国民族工业的空白，这在中国石油加工历史上起到了奠基作用。

1935年，中国工农红军接管延长石油厂，油厂广大职工积极研制了汽油、煤油、蜡烛、蜡片、擦枪油、凡士林等石油产品，有力地支援抗日战争和解放战争，延长石油成了陕甘宁边区政府主要经济支柱之一。

1959年延长油矿原油产量以全年突破万吨大关为目标，月月超额完成任务，提前两个月完成全年的生产计划。

1985年在延长县王家川成立了全国第一个钻采公司。20世纪80年代中期，原石油部对延安地区石油资源的开发利用委托延长油矿管理局进行统一管理、生产和经营，形成多层次开发石油的格局。

1996年，延安炼油厂开发生产出了90号汽油，成为陕西省第一个生产高标号汽油的炼油厂。

1998年，中国石油工业开始大重组、大改革，为顺应新形势，陕西省委、省政府决定将原来属于延安市的延长油矿管理局、延炼实业集团公司与原来属于榆林地区的榆林炼油厂合并，组建成为省政府直属的国有独资企业，为陕北石油持续、科学开发奠定了基础。

1999年2月4日，陕西省延长石油工业集团公司在延安挂牌运营。

2006年6月，陕西兴化集团有限责任公司、陕西省石油化工建设公司的国有资产划入陕西延长石油（集团）有限责任公司。

2013年7月，美国《财富》杂志发布了世界500强企业排行榜，陕西延长石油（集团）有限责任公司在2013年世界500强企业中排名464位，这实现了中国西部地区在世界500强企业中零的突破。

2016年2月，延长油田加入了停产减产行列，停止部分油田开发施工。

再装新引擎

近年来，面对经营环境的重大变化，陕西延长油田以科技创新和成果转化为抓手，为实现"千万吨以上稳产20年，再建百年油田"的目标安装了新引擎。

长期以来，延长油田一直重视科技的创新与应用，并在发展的不同阶段采用不同的开发技术，为延长油田的千万吨持续稳产发挥出重要作用。特别是近几年，鉴于油田已历经百年开采、地层压力持续衰减、老井产量逐年下降，且采油区域面积受限、资源接替不足，延长油田把注水作为重中之重，举全公司之力抓注水、抓科技稳产。2015年7月延长油田启动实施的"三年注水大会战"，优选区块实施65个注水项目区建设，辐射带动全油田精细注水，三年时间油田自然递减率下降0.8个百分点，采收率提高1.3个百分点，年均弥补基础产量5%，累计弥补基础产量165万吨，相比过去打井稳产节约新井投资118.6亿元，相当于节约了一年的总投资。

2018年8月趁势扩大战果，启动新一轮"三年注水大会战"，目前注水项目区达到98个，注水覆盖面达到动用面积的64%，加上前三年"会战"累计弥补基础产量210多万吨，稳产效果日益突出。2019年启动"科技创新年"工作，响亮提出"争取千万吨以上稳产期延长到2035年"，将科技工作列为"一把手"工程，着力激发科研活力，真正让科技推动百年油田高质量发展。

抓科技的关键在于抓好科研人员。人才是科技创新的成功的钥匙，唯有人才领先，才能确保油田在行业竞争中处于主动地位。要实现科技创新，一方面要"留得住"，激励油田内部科技人才的主动性、创造性，能够留住人才；另一方面要"引进来"，吸引更多的优秀人才加入，为企业发展注入新的血液。

延长油田在2019年研究出台了推进科技创新的一揽子制度方案。在公司层面搭建"三部一中心"的科技支撑体系，明确科技管理和研究职能的定位。推行技术骨干包区块负责技术责任制，规范科技工作项目制运行、科技成果转化激励、科技经费使用和投入，完善科技人员职级晋升、跟师带徒、激励培养等成长通道，从政治、精神、物质三方面，全面提升科技人员待遇，有效地激励了科技人员学科技、爱科技、攻难关的科研活力，也吸引了大批高素质的科研人员的加入。

通过科技的进步，延长油田2019年新井平均单井日产油同比提高15.2%。同时，水平井、缝网压裂、空气泡沫驱油等一大批技术也取得长足进步，科技增效的作用日益突出。

新时代的追梦人

延长石油人实现了从中国陆上第一口油井到千万吨级大油田的成功跨越，这个过程用了整整一百年。延长石油不仅孕育了中国的石油工业，更创造了低品位资源开发的"延长模式"，同时也是弘扬"艰苦奋斗、自力更生"的延安精神，培育出"埋头苦干、开拓创新"的延长石油精神。正是在这种精神的感召下，延长石油人不断进取，创造出一个又一个的奇迹，为中国石油工业和陕北老区经济发展做出了巨大贡献。

在新时代的"追梦"路上，2019年延长油田再谋新篇，提出"争取千万吨以上稳产期延长到2035年"，并在持续推进注水的大会战和水平井开发攻坚的基础上，全面启动"科技创新年"活动，力求打出科技兴油的"组合拳"，真正让科技成为推动油田高质量发展、马力更足的新引擎。

延长油田2019年工作会报告，有力地印证了近年来延长油田坚持科技兴油战略，坚定不移地推进"两条腿"走路战略落地，迈出了转变增长方式的实质性步伐。

祁连山下

2.中国石油的兴盛地——玉门油田

玉门油田坐落于我国戈壁腹地,祁连山下,这里诞生了新中国第一口油井、第一个油田、第一个石化基地。1957年12月,新中国宣布第一个石油工业基地在这里建成以来,玉门油田便作为中国石油工业的大学校、大试验场、大研究场所,担负起了"出产品、出人才、出经验、出技术"的历史重任,为中国石油工业的发展做出了重大贡献。

2016年12月,玉门油田被列入全国红色旅游经典景区名录。

玉门油田下设20个基层单位,主要从事勘探开发、炼油加工、规划设计、水电供应、井下作业、机械制造、建安筑路、物资采供、通信信息、交通运输、消防保卫、物业管理、医疗卫生、离退休管理等业务。

玉门油田是中国第一个天然石油基地,开发于1939年,已走过了80年的发展历程。先后投入开发的有老君庙、鸭儿峡、石油沟、白杨河、单北、青西六个油田。为了振兴民族石油工业，1953年到1957年，国家集中力量加快新中国第一个石油工业基地建设。玉门油田迅速成长壮大为一座集地质勘探、钻井、采油、炼油、机械制造、油田工程建设、石油科技、教育等为一体，门类齐全、设施完备的大型现代石油工业基地。1959年，生产原油140万吨，占全国原油总产量的51%。从60年代起，玉门油田担负起"三大四出"的历史重任，先后会战大庆，南下四川，跑步上长庆，二进柴达木，三战吐鲁番，曾先后向全国各油田输送骨干力量10万多人、各类设备4000多台（套），被誉为中国石油工业的"摇篮"。从玉门油田走出并成长为省部级领导干部、两院院士的就有22人，工人阶级的杰出代表"铁人"王进喜就是从石油河畔奔赴大庆、享誉全国的。著名诗人李季曾赋诗盛赞玉门："苏联有巴库，中国有玉门，凡有石油处，就有玉门人。"

从20世纪70年代开始，玉门油田先后经历了60万吨稳产10年、50万吨稳产11年、40万吨以上稳产10年，其间老君庙油田依靠传统工艺的创新运用，做到了综合含水32年保持基本不升和原油产量相对稳定，创世界同类油田开发高水平，曾四次荣获中国石油天然气集团公司"高效开发油田"荣誉称号。

1954年，玉门油田首批15名技术工人参加了上海炼油厂建设；1955年，奔赴柴达木勘探找油；1956年，支援克拉玛依油田开发建设，同时支援兰州炼油厂、兰州化工厂的筹备建设；1958年支援四川盆地石油建设；1960年9月26日，由玉门油田32118钻井队承钻的松西3井喷油。1970年，玉门油田三分之一的骨干和精良设备，调往庆阳；1991年年初，以玉门油田人为主力的吐哈会战展开，一个年产300万吨的油田在祖国的西北边陲诞生。

20世纪八九十年代，玉门油田进入开发后期，资源短缺，勘探条件艰苦，加上某些客观因素，原油产量不断下降，发展进入了困难时期。1999年，玉门油田的原油产量下跌到历史最低，年产原油40万吨。具有60多年光辉历史的玉门油田在发展的道路上举步维艰、危机重重。

玉门石油人及时调整方向，确立了以勘探开发为基础产业、炼化销售为主导产业、多元开发为支柱产业的三大发展战略，力争把玉门油田发展

石油河晨曦

得更好、更大、更强。在贺兰山以西、敦煌以东、祁连山以北，中蒙边界以南50万平方公里的区域里，玉门人摆开了找油的战场。经过多年的地质调查，玉门油田已在甘肃西部发现了30个大小沉积盆地，估算总资源量达16.71亿吨，充分展示了甘肃西部油气勘探的广阔前景。1997年下半年以来，玉门油田相继在酒西盆地的柳102井和窿101井喜获高产工业油流，实现了油田近10年来勘探储量零的突破。2000年，《人民日报》发表了一条令人振奋的消息：玉门油田在青西地区发现了地质储量过亿吨的青西油田。2004年，仅青西油田的原油年产量就达到了40万吨。

经过几代玉门石油人的努力，玉门油田的勘探区域已达到贺兰山以西、河西走廊及附近地区，共包含7个盆地，17个区块已探矿藏，勘探面积为6.6万平方公里，已探明资源储量为1.5亿吨，17个区块的资源总量为9.56亿吨。"涅槃"之后的玉门，再次焕发出青春。

"精耕细作"的玉门精神

大庆油田开发前,玉门油田一直是支撑我国石油工业的顶梁柱。玉门油田开创过中国石油工业发展史上74个"第一",原油产量曾占全国总产量九成以上。然而近些年,随着地下油气易开采储层的枯竭,玉门油田产量日渐减少,企业经营越发困难。

"只要我们人还在,技术还在,玉门精神还在,石油摇篮这面旗帜就不能倒下!"向着"产量重上百万吨,高质量建设百年油田"的目标,玉门石油人一步步地奋力追赶。他们精细勘探,继续在开发了几十年的酒泉盆地上"精耕细作"。经过不懈的努力,他们相继发现并建成了青西油田、酒东油田。他们开疆拓土,不断拓展新的可接替油气资源区块。他们拉长产业链,在石油产业链的上游寻找机会。他们迈向中高端,在提升附加值上深挖潜力。

雾中国石油河

新的历史起点

玉门油田被誉为"中国石油工业的摇篮"。新中国成立后,玉门油田成为"一五"计划156个重点建设项目之一,撑起了我国石油工业的"半壁江山"。玉门油田先后在勘探开发、石油炼制、企业管理等方面创造了多项行业第一,有力支撑了我国石油工业的发展。面对资源接替不足的困境,近年来玉门油田努力加快"二次开发"步伐,并积极响应集团公司海外发展战略,各项工作进展顺利。

2019年,玉门油田开发建设80周年回顾与展望大会在甘肃省酒泉市举办。80年来,中国石油天然气集团有限公司旗下玉门油田累计探明地质储量1.93亿吨,生产原油3 826.5万吨,加工原油7241万吨;实现营业收入2250亿元、利税总额245.63亿元,为保障国家能源安全和国民经济发展做出了巨大贡献。

站在新的历史起点,玉门油田确立了"原油产量重上百万吨,高质量建设百年油田"的发展目标。从现在起到"十四五"期间,要紧抓矿权流转和炼化转型升级重大发展机遇,推动原油产量重上100万吨,力争到2039年把油田建设成为油气主营业务突出、经济效益良好、队伍和谐稳定、充满生机与活力的百年油田。

3.石油勘探的突破地:克拉玛依油田

克拉玛依市位于新疆准噶尔盆地的西北边缘,西北傍依加依尔山东麓,南依天山北麓,东临古尔班通古特沙漠北部,是伴随着新中国第一个大油田的勘探开发而建起来的现代化石油工业城市。

克拉玛依油田即新疆油田,它是新中国成立后开发建设的第一个大油田,原油产量居中国陆上油田第四位、连续25年保持稳定增长,累计产油2亿多吨。其勘探开发单位新疆油田公司是中国西部最大的石油生产企业,隶属于中国石油天然气股份有限公司,主要从事准噶尔盆地及其外围盆地

新疆克拉玛依、热采

油气资源的勘探开发、集输、销售等业务。因位于克拉玛依地区,大家习惯把新疆油田称为克拉玛依油田。

由于克拉玛依油田是1955年新中国成立后发现的第一个大油田。"克拉玛依"系维吾尔语"黑油"的译音,得名于克拉玛依油田发现地,现为克拉玛依市区东角一座天然沥青丘——黑油山。"富得流油"这个谚语也由此而来。在黑油山,看着一口口油井冒着石油,站在油井周围,跺上两脚,石油井里冒出气泡,流淌着乌黑乌黑的石油。井里的原油黑得似一面镜子,映着大家的倒影,别有一番景致。

1958年5月29日经国务院批准建市,1982年2月16日,生活着汉、维吾尔、哈萨克等38个民族的克拉玛依经自治区人民政府准升格为设区的地级市。

克拉玛依是新疆石油工业的发祥地,克拉玛依石油工业自1909年从独山子起步,至今经历了百年历史。1955年,在这里开发建成了新中国第一个大油田。在大庆油田发现之前,克拉玛依油田曾是中国最大的油田。2002年，克拉玛依油田原油产量突破1000吨，成为中国西部第一个千万吨大油田。2008年，产量达到1220万吨，原油产量连续28年稳定增长。

60多年来，克拉玛依油田陆续开发建成克拉玛依、百口泉、火烧山、彩南、石西、陆梁、盆五、玛河、克拉玛依等28个油气田。累计探明石油地质储量超过20亿吨，天然气地质储量2000亿立方米以上。其中2008年在克拉玛依探明了亿方规模整装大气田，新增天然气地质储量1000亿立方米以上，天然气探明储量超过新疆油田前50年之和。

伴随着油气资源的勘探开发，克拉玛依的石油石化工业也获得了快速发展，先后建成独山子石化、克拉玛依石化两大炼油化工企业，累计年加工超过1100多万吨。截至2018年，克拉玛依油田累计生产原油3.76亿吨，原油产量连续17年保持在1000万吨以上，在中国陆上油气田中位列第四。

如今，在克拉玛依人的努力下，克拉玛依这座在戈壁荒原上发展起来的石油工业城市，经过几十年的建设，昔日的蛮荒之地已变成花团锦簇、绿树成荫、环境优美的人类宜居之地，成为国家卫生城市、国家园林城

风城的守护神

开发魔鬼城

市、国家环保模范城市。

2018年1月，克拉玛依油田入选第一批中国工业遗产保护名录。

发展历程

新中国成立前，我国的石油工业十分落后，当时最大的玉门油田年产量不过10余万吨。新中国成立后，虽然经过三年恢复期，但直到1953年我国原油年产量也只有43.5万吨，这个产量仅仅满足社会生产需要量的三分之一。

1951年中苏石油公司开始普查勘探。1955年获工业油气流。1956年投入试采，年产原油1.6万吨。至1960年达163.6万吨，占当年全国天然石油产量的39%。是大庆油田投入开发之前全国最大的油田。以后经全面开发，1985年原油产量达494.5万吨。1998年，以它为核心的新疆石油管理局产原油871万吨，天然气4.71亿立方米，成为我国重要的石油工业基地。

1954年，在克拉玛依市黑油山上，以苏联专家乌瓦洛夫为队长，地质师张恺，实习生宋汉良、朱瑞明等十人组成地质调查队，对新疆黑油山—乌尔禾地区完成1∶10万的地质普查后，明确指出该地区有良好的出油前景，建议进行地球物理详查和探井钻探。

1955年1月，全国石油勘探会议举行，把新疆确定为重点勘探地区之一。1955年7月6日，南侧1号井开钻；10月29日完钻，次日喷油。从此，"克拉玛依"这个象征着吉祥富饶的名字传遍了五湖四海。

1956年5月11日，新华社发布消息，宣布"克拉玛依地区是个很有希望的大油田"，引起巨大轰动，从而使克拉玛依作为一个地名被介绍到国内外。

1958年5月经国务院批准设立克拉玛依市，为新疆维吾尔自治区直属地级市。克拉玛依经过几十年的艰苦创业，昔日的戈壁荒滩，已建成为一个具有勘探、钻井、采油、输油、炼油、建筑、运输、机修制造等门类比较齐全的石油工业生产基地和科研、文教卫生、商业贸易、公共事业基本配套的石油工业新城。

1960年，克拉玛依油田初步探明含油面积290平方公里；克拉玛依—马尔禾油田先后发现克拉玛依、白碱滩、百口泉、乌尔禾、红山嘴等多个油田，整个轮廓呈现在世人面前。如今的克拉玛依已经建设成为一个依托石油立体发展的工业城市。

改革开放时期，克拉玛依追踪世界石油勘探开发的先进设备和高新技术，通过引进、消化和创新，提高技术和装备水平，使探明储量和原油产量连续25年稳步增长。20世纪80至90年代陆续探明百口泉、红山嘴、乌尔禾、夏子街、火烧山、北三台、彩南、石西和玛湖等一批油气田，进入21世纪又相继找到陆梁、石南、莫索湾和安集海等油气田，油气勘探连年获得重大突破。

今天的克拉玛依油田，已不再是原来十几平方公里的黑油山，而是以黑油山为基点，向南、北、东三方辐射的千里油区。

随着油气资源的加快开发，克拉玛依石油炼制及化学工业蓬勃发展。在半个世纪以前只有7万吨炼油能力的基础上，建成拥有50多套先进生产装置、原油一次加工能力为1000多万吨的石化企业，石油化工产品已达220多种，其中一批主导产品填补国内空白。现在，克拉玛依—独山子石油化工基地，已经成为新疆国民经济的重要增长点。

克拉玛依油田的主要工作对象准噶尔盆地，发育着巨厚生油岩层，蕴藏着86亿吨石油资源和2.1万亿立方米天然气资源，目前探明率分别只有20%和3.4%左右，勘探开发潜力巨大。

2011年，克拉玛依提出信息化战略，依托"一带一路"发展信息化、云计算产业，成为当前克拉玛依人谋求转型的最新探索之一。

这一战略的提出正值云计算产业一片火热。国内有北、上、广、深等一线城市，国际上有美、日、韩、欧等经济体，都在着力发展云计算产业。这些地区人才、资本云集，面对激烈的竞争，克拉玛依的优势在哪里？

大事记

◎1955年10月29日，克拉玛依黑油山1号井完钻出油，标志着新中国第一个大油田——克拉玛依油田被发现。

◎1957年9月，克拉玛依油田在二中区开辟生产试验区，74口油井相继投产。12月底，克拉玛依油田生产原油70 271吨。

◎1958年1月15日，乌尔禾132井出油，发现乌尔禾油田。6月4日，独山子炼油厂第一批运往内地的成品油启运。

◎1959年1月10日，我国第一条长距离输油管线克拉玛依—独山子输油管线正式投产，全长147.2公里，年输油能力53万吨。

◎1966年，克拉玛依油田高产区七中区投入开发。

◎1967年，生产原油112.67万吨，克拉玛依油田二东区、七东区正式投入开发，独山子炼油厂延迟焦化装置建成投产，年加工能力20万吨。

◎1968年，石油勘探在克拉玛依油田的二、五、八区和黑油山地区及乌尔禾取得突破，石油地质储量登上3亿吨台阶，全年生产原油114.9万吨，加工原油61.325万吨。

◎1977年5月17日，位于叶城县境内的柯参一井喷出高产油气流，标志着柯克亚油气田的发现。

◎1984年11月初，克拉玛依炼油厂试炼克拉玛依油田九区稠油（重油）成功，产出7个品种，其中10号沥青填补了高速公路专用沥青生产在我国的空白。

◎1985年3月，新疆石油管理局第一个稠油（重油）热采试验区——克拉玛依油田九区开始建设。

◎1986年6月21日，准噶尔盆地东部台3井出油，发现北三台油田。

◎1987年8月1日，准噶尔盆地东部的台10井日喷天然气9.4万立方米，发现马庄气田。

◎1991年11月9日，北疆地区第一个气田——马庄气田投入开发，开始向三台电厂和北三台油田输送天然气。

◎1992年9月3日，彩南油田开发建设指挥部正式成立，我国第一个整装沙漠油田正式投入开发。

◎1995年3月，石西油田投入试验开发。该油田是继彩南油田之后在准噶尔盆地腹部发现的第二个沙漠油田。

◎1996年8月6日，位于准噶尔盆地南缘呼图壁背斜顶部的呼2井发生强烈井喷。该井的出油，是盆地南缘40年勘探中最重大的突破。

◎1997年1月19日，石西油田第三口水平井——SHW01井获得高产油气流，8毫米油嘴日产原油360吨、天然气12万立方米。

◎1997年1月24日，克拉玛依石化厂生产出首批合格工业白油，填补了新疆的一项空白。

◎1998年2月13日，独山子乙烯改扩建工程项目建议书通过国家审批。改扩建工程总投资11.28亿元，将乙烯装置年生产能力由14万吨扩大到20万吨，聚乙烯装置由12万吨扩大到17万吨，聚丙烯装置由7万吨扩大到10万吨，顺丁橡胶由2万吨扩大到3万吨，丁二烯装置由2.7万吨扩大到3万吨。

◎1999年3月2日，位于准噶尔盆地西北缘的克84井在二叠系试出工业油气流，发现新油气藏。

◎2000年3月22日，百口泉油田百重7井区正式投入开发，这是新疆油

流淌的地图

田公司开发的第二个稠油油田。

◎ 2001年5月23日，全国第三次资源评价得出结论：准噶尔盆地油气资源量达到102.59亿吨，比上一次资源评价得出的资源量增加29.5%。

◎ 2002年12月24日，新疆油田公司召开原油突破1000万吨祝捷大会，我国西部第一个千万吨大油田宣告诞生。

◎ 2003年新增探明石油地质储量5811万吨，探明石油可开采储量1 533.7万吨，新增控制天然气地质储量470.77亿立方米，可开采储量399.71立方米。

◎2004年新增探明石油地质储量6 385.7万吨，天然气储量99.6亿立方米；新增探明石油可开采储量1405万吨，天然气可开采储量30.46亿立方米。

◎2017年11月30日，玛湖油田横空出世。玛湖10亿吨级特大油田是近年来我国最大的油气勘探成果，成为当前国内最现实的增储上产接替区。根据中国石油新疆油田公司规划，2019至2025年玛湖油田将年均新建产能165万吨，2026至2030年年均新建产能110万吨，2025年玛湖油田年产量将达到500万吨。

4.贫油国到产油国的转变地——大庆油田

大庆油田是20世纪60年代至今，中国最大的油区，它位于松辽平原中央部分，滨洲铁路横贯油田中部。1959年，在高台子油田钻出第一口油井。1960年3月，大庆油田投入开发建设。1976年以来，大庆油田年产原油一直在5000万吨以上，1983年产油5235万吨。大庆油区的发现和开发，证实了陆相地层能够生油并能形成大油田，从而丰富和发展了石油地质学理论，并改变了中国石油工业的落后面貌，这对中国工业发展产生了极大的影响。1999年年底，大庆油田重组改制、分开分立。2000年1月1日，大庆油田有限责任公司正式注册成立，并随中国石油天然气股份有限公司在美国和香港上市，曾荣登中国纳税百强企业榜首。

发展历程

大庆油田于1959年发现、1960年开发，至今已走过了60年的发展历程。在这一历史进程中，主要经历了四个发展阶段。

会战阶段。1959年9月26日，以松基三井喜喷工业油流为标志，大庆油田被勘探发现。当时，以铁人王进喜为代表的老辈石油人，在极其困难的条件下，自力更生、艰苦奋斗，仅用三年时间就拿下大油田，一举甩掉了我国贫油落后的帽子。

严寒中的坚守

快速上产阶段。1963年年底，大庆油田结束试验性开发，进入全面开发建设阶段。先后开发了萨尔图、杏树岗和喇嘛甸三大主力油田，以平均每年增产300万吨的速度快速上产，并勘探准备了一批可开发的新油田，为1976年原油产量跨上5000万吨台阶奠定了坚实基础。

稳产高产阶段。从1976年到2002年，我国进入新的历史发展时期，大庆油田也从此迈入"年产5000万吨"的稳产高产阶段。实现了5000万吨以上连续27年的高产稳产。

可持续发展阶段。进入21世纪，面对油田如何实现可持续发展，出现了许多矛盾，为确保向国家持续做出高水平贡献，大庆油田以科学发展观作为指导，从维护国家石油供给安全、谋求企业可持续发展、承担国有企业三大责任出发，先后确立了创建百年油田发展战略，制定了《二次创业指导纲要》，力争到21世纪中叶，大庆油田开发建设100周年之际，可以继续保持我国重要油气生产基地的地位，努力打造国际一流的工程技术服务和石油装备制造基地。

大庆油田1960年开始投入开发建设，累计探明石油地质储量56.7亿吨，累计生产原油18.21亿吨，占同期全国陆上石油总产量的47%；探明天然气地质储量548.2亿立方米，上缴各种资金并承担原油价差1万多亿元，特别是原油5000万吨连续27年高产稳产，在世界油田开发史中也堪称奇迹。

2018年7月，大庆油田公司与华为技术有限公司在深圳签署战略合作协议，双方将在云计算、移动应用、大数据、人工智能、物联网、运维服务、人才培养等领域展开全方位、深层次合作，实现资源共享、优势互补，为大庆油田实现信息化建设"三步走"战略提供技术支持，助推双方共同发展。

发展成就

大庆油田的诞生，使中国石油工业就此走进了历史的新纪元。1963年12月4日，新华社播发《第二届全国人民代表大会第四次会议新闻公报》，

油田员工取全取准资料

首次向世界宣告："我国需要的石油,过去大部分依靠进口,现在已经可以基本自给了。"中国石油工业彻底甩掉了"贫油"的帽子,中国人民使用"洋油"的时代一去不复返。

1976年,大庆油田原油年产量首次突破5000万吨大关,进入世界特大型油田的行列。1978年,全国原油年总产量突破1亿吨,从此我国进入世界产油大国行列。

大庆油田不仅为我国创造了巨大的物质财富,一举摘掉了我国"贫油"的帽子,而且形成了一整套非均质大型砂岩油田地质开发理论及工程技术系列,油田勘探开发等重大成果载入了中国科技发展史册;并且培育了以"爱国、创业、求实、奉献"为主要内容的大庆精神、铁人精神,以及"三老四严"等优良传统,形成了独具特色的企业文化,创出了享誉中外的大庆品牌;其中涌现出以铁人王进喜、新时期铁人王启民为代表的英雄群体,成为我国工业战线上的一面旗帜;建成了功能配套、环境优美的新型矿区,促进了大庆地区物质文明、政治文明、精神文明、社会文明的共同进步、协调发展。

大庆油田实现持续稳产高产的骄人业绩,有力地保证了中国石油工业"稳定东部,开发西部"战略目标的实施。与大庆的稳产相对应的,是国家建设的稳固;与大庆的高产相对应的,是国家发展的高速度。

铁人王进喜

"会战"时期队伍中涌现出不少突击标兵。王进喜是其中一个优秀的代表。他曾多次对工友们说:"一个人没有血液,心脏就停止跳动。工业没有石油,天上飞的,地上跑的,海上行的,都要瘫痪。没有石油,国家有压力,我们要自觉地替国家承担这个压力,这是我们石油工人的责任啊!"他以"有条件要上,没有条件创造条件也要上"的英雄气概,用滚杠加撬杠,靠双手和肩膀,和工友们奋战三天三夜,用血肉之躯将38米高、22吨重的井架迎着寒风矗立在荒原上。这就是会战史上著名的"人拉肩扛运钻机"。王进喜平时日夜吃住都在井场,他仅用5天零4小时就打完

大庆之百年梦想

了第一口井，创造了当时的最高纪录，被当地的老大娘称为"铁人"。

1960年4月，油田第一次技术座谈会上正式提出要学习"铁人"王进喜，人人做"铁人"，为大会战树立了第一个标杆。4月29日，在"石油大会战誓师大会"上，"铁人"向万人明誓："宁肯少活二十年，拼命也要拿下大油田！""把我国石油落后的帽子扔太平洋去！"

王进喜身上涌现出的"铁人精神"，极大地激励了一代代的石油工人。会战职工夏季站在没膝深的雨水中施工，严冬在零下30多摄氏度的野外坚持生产。在生活条件极其艰苦的情况下，始终保持着旺盛的革命斗志和乐观主义精神。天高我们攀，地厚我们钻，钢铁意志英雄胆，不拿下油田心不甘！

为甩掉我国贫油国的帽子，大庆油田会战职工以空前高涨的爱国热情和创业干劲推动石油大会战迅速开展起来。以王进喜为代表的会战工人，以一种撼天动地的壮观和金戈铁马的气势，充分体现了毛主席提出的"发展石油工业，还得革命加拼命"的思想。

1964年年底第三届全国人大一次会议召开的时候，王进喜代表全国工人发言。他的讲话以大庆会战为背景，以1205队和钻井二大队工作为主线，重点汇报了大庆工人阶级与恶劣的自然条件斗，与各种困难斗，终于取得了会战的伟大胜利。当他在大会堂朗诵起自己的那一首短诗："石油工人一声吼，地球也要抖三抖。石油工人干劲大，天大的困难也不怕！"整个大会堂掌声雷动，经久不息……

铁人精神代代传

习近平总书记一直高度关心关注中国石油的改革发展。党的十八大以来，习近平总书记多次出席与中国石油相关的重要活动，对中国石油的工作做出重要指示批示。特别是在大庆油田发现60周年之际，习近平总书记发来贺信，高度评价大庆油田为党和国家做出的卓越贡献，要求大庆油田全体干部职工不忘初心、牢记使命，大力弘扬大庆精神、铁人精神，不断改革创新，推动高质量发展，肩负起当好标杆旗帜、建设百年油田的重大责任，为实现"两个一百年"奋斗目标、实现中华民族伟大复兴的中国梦做出新的更大的贡献！大庆精神、铁人精神已经成为中华民族伟大精神的重要组成部分。这些重要论述，充分体现了习近平总书记对大庆油田及百万石油员工的关怀厚望和激励鞭策，为我们大力弘扬大庆精神、铁人精神，开创中国石油发展新局面提供了科学指南，注入了强大力量。这些既是对大庆油田的充分肯定，也是对中国石油乃至整个石油工业的重大政治嘱托和殷切期望。中国石油百万石油员工深刻领会习近平总书记重要指示精神所蕴含的真理力量、闪耀的思想光芒、彰显的实践伟力，努力在学懂弄通上下硬功夫，在创造性贯彻落实上下硬功夫，奋力创建世界一流示范企业。

"爱国、创业、求实、奉献"的大庆精神，是石油战线广大干部员工，继承和发扬我党我军优良传统，在开发建设大庆油田的实践中逐步培育和形成的。在新中国石油工业建设实践中，要充分认识弘扬大庆精神、铁人精神的重大意义，始终发挥好标杆旗帜的引领作用。大庆精神、铁人精神以其穿越时空的强大精神力量，在各个历史时期都发挥了巨大作用，充分显示出旺盛的生命力。

深刻认识弘扬大庆精神、铁人精神的重大政治意义，进一步提高政治站位，不断深化大庆精神、铁人精神的学习教育，唤醒传统意识，回归优良作风，自觉做大庆精神、铁人精神的传承者、践行者。要深刻认识弘扬大庆精神、铁人精神的重大历史意义，充分了解大庆精神、铁人精神为我国石油工业和经济社会发展做出的巨大贡献，坚定不移地传承宝贵精神财富，使之薪火相传、历久弥新，厚植中国石油文化优势。要深刻认识弘扬大庆精神、铁人精神的重大现实意义，更加准确理解和把握大庆精神、铁人精神的核心要义，不断深挖新的时代内涵，确保大庆精神、铁人精神始终发挥标杆旗帜的引领作用。

中国石油党组始终把学习贯彻习近平总书记重要讲话和指示精神作为首要政治任务。2019年9月26日大庆油田发现60周年庆祝大会当天，党组在大庆油田专门召开会议传达学习习近平总书记的贺信，研究贯彻落实意见；9月29日组织党组理论学习中心组集中学习，对抓好贯彻落实做出具体安排，并向全系统下发学习宣传贯彻通知，推动形成学习贯彻习近平总书记重要指示精神的热潮。

大力弘扬大庆精神、铁人精神要根植在思想武装上，筑牢百万干部员工的思想基础。加强理论武装，使大庆精神、铁人精神入心入脑、真信笃行。把学习贯彻习近平总书记重要指示精神，弘扬大庆精神、铁人精神，纳入各单位党委理论学习中心组学习、党内组织生活、党内集中教育范畴，与学习习近平新时代中国特色社会主义思想紧密结合起来，与巩固"不忘初心、牢记使命"主题教育成果紧密结合起来，与加强党史、新中国史、企业史的学习教育紧密结合起来，引导广大干部员工深入领会习近平总书记重要指示蕴含的核心要义，切实把思想和行动统一到习近平总书记重要指示精神上来，进一步筑牢百万石油员工团结奋斗的思想基础。

与时俱进挖掘时代内涵，不断丰富大庆精神、铁人精神体系架构。积极构建弘扬大庆精神、铁人精神长效机制，通过深入开展再学习再教育再实践，增进对大庆精神、铁人精神的价值认同，促进大庆精神、铁人精神进企业、进学校、进社区。不断丰富实践载体，提升"重塑良好形象活动周"组织水平，扎实推进"用担当诠释忠诚，用实干诠释尽责，用有为诠释履职，用友善诠释正气"岗位实践活动，始终唱响"我为祖国献石油"主旋律。持续推动大庆精神、铁人精神形象化、人格化，集中力量宣传好以"人民楷模、改革先锋、新时期铁人"王启民为代表的新时期中国石油榜样，绘就"大庆铁人群英谱"，营造学习先进、争当先进的浓厚氛围。

习近平总书记指出，坚持党的领导、加强党的建设，是我国国有企业的光荣传统，是国有企业的"根"和"魂"。要把弘扬大庆精神、铁人精神融入企业党建中，坚持党对国有企业的领导不动摇，巩固深化"不忘初心、牢记使命"主题教育成果，引导广大干部员工坚定理想信念，站稳政治立场，不断增强"四个意识"，坚定"四个自信"，做到"两个维护"，始终同以习近平同志为核心的党中央保持高度一致，确保企业沿着正确政治方向前进。要弘扬"苦干实干、三老四严"等优良作风，全面贯彻新时代党的建设总要求，认真落实"两个一以贯之"，健全完善党的领导融入公司治理结构的运行机制，发挥好党组织把方向、管大局、保落实的领导作用。

构建完善"大党建"工作格局，发挥广大党员尤其是基层党员干部的先锋模范作用，推动基层党组织全面进步全面过硬。要深入推进"互联网+党建"创新实践，继续建好用好石油党建信息化平台，持续提升企业党的建设科学化水平。

坚持用大庆精神、铁人精神育人铸魂，践行新时代党的组织路线，努力打造忠诚干净担当的干部队伍。严格落实中央八项规定精神，进一步完善廉洁从业教育机制，健全完善改进文风会风、治理各类违纪违规行为等方面的制度规定，完善党员干部考核评价制度，保障作风建设持续深入推进。抓好中央巡视反馈及"不忘初心、牢记使命"主题教育检视问题整改，驰而不息正风肃纪，持续净化政治生态，巩固发展反腐败斗争压倒性胜利。

经过70年发展，中国石油油气勘探开发、天然气与管道等业务占据国内主导地位，国内原油年产量保持1亿吨以上持续稳产，天然气年产量迈上1000亿立方米新台阶，成品油、天然气供应量分别占全国的近40%和70%，为保障国家能源安全做出重要贡献。党的十八大以来，中国石油累计上交税费超过2万亿元，日均上交税费约10亿元，在全球500强排名第4位，在世界50家大石油公司中排名第3位，综合实力和影响力大幅提升。

把弘扬大庆精神、铁人精神与持续深化改革创新相结合，着力增强企业发展动力活力。围绕增强企业"硬实力"，发挥精神"软实力"，以供给侧结构性改革为主线，加快建设中国特色现代国有企业制度。要加快推进科技创新，完善科技布局，健全创新体系，强化"卡脖子"技术集中攻关，打造更具价值创造能力的创新链，推动中国石油加快从要素驱动向创新驱动转变。

把弘扬大庆精神、铁人精神与推进高质量发展相结合，进一步提升保障国家能源安全的能力。坚决打好打赢国内主营业务"四场关键战役"，扩大"一带一路"油气合作规模和领域，持续增强低成本油气资源、高品质炼化产品和多元化天然气供应能力，不断提升国际经营能力和全球资源配置能力，在保障国家能源安全、提升中国企业国际竞争力和话语权等方面有大担当、做大贡献、起大作用。

大庆精神、铁人精神是我们宝贵的精神财富。中国石油百万石油员工将更加紧密地团结在以习近平同志为核心的党中央周围，高举习近平新时代中国特色社会主义思想伟大旗帜，大力弘扬大庆精神、铁人精神，做强"种子队"，当好"排头兵"，奋力创建世界一流示范企业，交出让党和人民满意的优异答卷。

转型

大庆奋斗的关键词是——转型。1992年国家级高新技术产业开发区建成，大庆就此踏上"二次创业"新征程。当时地区生产总值从1979年的35.7亿元发展到2018年的2 801.2亿元，增长约77倍；城镇和农村居民人均可支配收入分别从350元、83元增加到41 091元、15 978元，分别增长约116倍、191倍。

2015年，大庆油田原油"量价双降"，大庆市首次出现经济负增长。大庆人面对巨大压力，在这片光荣的土地上闯出了新路。面对严峻形势，大庆人坚定不移地重构产业、重组要素、重聚动能、重塑环境。终于在2017年和2018年经济发展实现2.8%和3.5%的增长，2019年上半年又增长4%。

"油头"已铸辉煌，"化尾"持续壮大。近年来，大庆先后引建"化尾"延伸项目35个，总投资超过300亿元，带动芳烃、烯烃等精深加工企业集群发展。预计到2025年，全市石化产业销售收入突破2000亿元。

大庆拥有上千万亩草原、湿地，200多个湖泊，建成区绿化覆盖率45.7%，年空气质量优良天数达340天以上。不仅仅是居住环境，大庆的营商环境也令人刮目相看。大庆正在打造油气、石化、汽车、新材料、电子信息和现代服务业等6个千亿级产业，以及中高端农副产品加工、新能源、现代农业和新经济等4个超五百亿级的产业板块。大庆已初步构建形成多点支撑、多业并举、多元发展的新格局。

曾经大庆市石油经济占比高达70%，2018年石油经济占比降至30%，非油经济占比翻转为70%。大庆正在实现从能源主导的单一型经济向多元综合型经济、从传统矿区型城市向现代都市型城市的跨越。

5.中国的"三桶油"

"三桶油"是中国石油、中国石化、中国海油这3个石油企业的俗称。2012年，"三桶油"加快海外并购，中国石油天然气集团有限公司收购加拿大能源公司股份、中国石油化工集团有限公司收购加拿大塔利斯曼能源公司英国子公司股份、中国海洋石油集团有限公司收购尼克森石油公司。

中国石油天然气集团有限公司（简称"中国石油"或"中石油"）是我国国有重要骨干企业，是以油气业务、工程技术服务、石油工程建设、石油装备制造、金融服务、新能源开发等为主营业务的综合性国际能源公司，是中国主要的油气生产商和供应商之一。

2014年，中国石油在美国《石油情报周刊》世界50家大石油公司综合排名中，位居第3位，在美国《财富》杂志2015年世界500强公司排名中居第4位。2015年7月7日，中国石油市值达到3820亿美元，位居全球500强企业第2位，成为全球市值第二大的企业。同时，中国石油天然气集团也是2014年度中央企业负责人经营业绩考核A级企业。

中国石油以建成世界水平的综合性国际能源公司为目标，通过实施战略发展，坚持创新驱动，注重质量效益，加快转变发展方式，实现到2020年主要指标达到世界先进水平，全面提升竞争能力和盈利能力，成为绿色发展、可持续发展的领先公司。2016年7月20日，在《财富》世界500强排行榜中排第3名。2017年6月30日，中国石油天然气集团荣获中国商标金奖的商标创新奖。2017年7月12日，中国石油天然气集团获国资委2016年度经营业绩考核A级；2018年在《财富》世界500强排行榜中排第4名。标普全球普氏能源公布的2018年全球能源公司250强榜单，中国石油排名第47。2019年上半年，中国石油加工原油5.97亿桶，同比增长3.1%；生产成品油

5 671.6万吨，同比增长4.3%；生产柴汽比下降至1.06；航煤等高效产品比例同比提高1.4个百分点，乙烯产量同比增长11.8%；化工产品商品量同比增长5.2%。销售成品油8 991.2万吨；运营加油站数量达到21 856座；公司出口成品油880.4万吨，同比增长8.9%；国际贸易量达到2.2亿吨，同比增长18.9%。销售天然气1 252.7亿立方米，同比增长23.5%；其中国内销售天然气842.9亿立方米，同比增长7.5%。

大事年表

1950年
1950年4月13日—24日，第一次全国石油工业会议召开。

1950年4月，燃料工业部设石油管理总局，负责新中国的石油工业生产建设。

1957年
12月，建成新中国第一个天然石油基地——玉门油田。

1959年
9月26日，黑龙江省松辽盆地松基3井获工业油流，发现世界级的大油田——大庆油田。

1961年
4月16日，山东省东营地区营华8井喷出高产油流，发现胜利油田。

1969年
9月9日，辽河盆地兴1井喷油，发现辽河油田。

1971年
6月27日，在甘肃省陇东地区长庆马岭岭9井喷出工业油流，发现长庆油田。

8月8日，发现河南油田。

1975年
7月，任4井获得高产油流，宣告华北油田诞生。

1998年

5月26日，中国石油天然气总公司、中国石油化工总公司在京举行划转企业交接仪式。

9月17日，克拉2井喜获高产气流，发现塔里木石油会战以来的最大整装优质天然气田。

2000年

12月19日，中国石油天然气股份有限公司润滑油分公司在北京正式成立。

2001年

3月9日，中国石油集团工程设计有限责任公司成立。工程设计公司主要经营范围是：国内外石油天然气、石油化工、长输管道和工业民用建筑的前期规划、工程总承包，相应的工程监理、技术服务等业务。

2005年

12月20日，与印度石油天然气公司联合收购加拿大石油公司所持叙利亚幼发拉底石油公司38%的股份。

2009年

2月17日，与俄罗斯管道运输公司签署了《关于从斯科沃罗季诺—中俄边境原油管道建设与运营合同》，与俄罗斯石油公司和俄罗斯管道运输公司分别签署了开展长期原油贸易的协议，奠定了中俄原油管道建设的基础。

3月7日，与广西壮族自治区人民政府签署战略合作框架协议。双方将在炼油、油气管道、销售网络、储备油库和城市燃气业务等项目建设中加强合作。

4月16日，与哈萨克斯坦国家油气股份公司签署了《关于扩大石油天然气领域合作及50亿美元融资支持的框架协议》。双方还与中亚石油有限公司签署了《中国石油天然气集团公司与哈萨克斯坦国家油气股份公司联合收购曼格什套油气公司的协议》。

4月18日，与湖南省人民政府签署战略合作框架协议。双方将在天然气供应和管网建设，城市燃气、压缩天然气项目建设和经营，成品油管道、油库和加油站建设等领域开展全方位、多层次合作。

2010年

1月27日，控股子公司中国石油天然气股份有限公司与法国道达尔公司、马来西亚国家石油公司及伊拉克南方石油公司组成的联合体同伊拉克米桑石油公司签署了哈法亚油田开发生产服务合同。合同期20年，中国石油持有37.5%的权益并担任作业者。

3月12日，与云南省人民政府签署《煤层气开发利用战略合作框架协议》。

3月18日，与孟加拉国签署《中孟石油天然气领域合作谅解备忘录》。

11月3日，与澳大利亚道拓能源（大井）私人有限公司签订《中华人民共和国准噶尔盆地大井区块天然气合同》，合同期30年。

11月3日，公司原油日加工量首次突破40万吨，市场供应能力进一步提升。

12月15日，吉林油田长岭气田全面建成投产。长岭气田是国内第一个高含碳气田，投产后吉林油田天然气年产量增至16亿立方米。

2011年

1月1日，中俄原油管道全线正式投入运营。

5月13日，欧盟委员会宣布，批准中国石油以10.15亿美元的作价收购英力士集团旗下的两家炼油厂部分股权。

6月6日，中共中央政治局常委、国家副主席习近平考察中国石油长城钻探工程公司古巴项目。

8月27日，中共中央政治局常委李长春考察中国石油吉林石化公司。

12月27日，长庆油田当年油气当量产量突破4000万吨，成为国内油气产量增长最快的油气田之一。

2012年

12月12日，全球多元化矿业巨头必和必拓宣布，同意以16.3亿美元（约合人民币101.8亿元）现金向中国石油天然气集团公司出售澳大利亚Browse液化天然气（LNG）项目股份。

2013年

11月13日,间接附属公司中油勘探控股公司及中油勘探国际控股公司与巴西国家石油公司国际(荷兰)公司及巴西国家石油公司国际(西班牙)公司签订收购协议,收购巴西能源秘鲁公司全部股份。

2014年

2014年11月,中国石油已经敲定吉林油田、大港油田两家局级单位油田作为试点,各拿出35%的股份引入民营资本。

2015年

2015年10月22日,中国石油天然气集团公司宣布,与BP集团签署战略合作框架协议,双方将在上游领域进一步加强油气资源开发,不断拓展下游零售业务范围及合作模式,并将继续深化伊拉克鲁迈拉油田再开发合作。

2018年

2018年5月2日,中国石油集团与中国石油大学(华东)在北京签署《中国石油天然气集团有限公司与中国石油大学(华东)战略合作协议》。

中国石化

中国石油化工集团有限公司是1998年7月国家在原中国石油化工总公司基础上重组成立的特大型石油石化企业集团,是国家独资设立的国有公司、国家授权投资的机构和国家控股公司。

公司主营业务范围包括:实业投资及投资管理;石油、天然气的勘探、开采、储运(含管道运输)、销售和综合利用;煤炭生产、销售、储存、运输;石油炼制;成品油储存、运输、批发和零售;石油化工、天然气化工、煤化工及其他化工产品的生产、销售、储存、运输;新能源、地热等能源产品的生产、销售、储存、运输;石油石化工程的勘探、设计、咨询、施工、安装;石油石化设备检修、维修;机电设备研发、制造与销售;电力、蒸汽、水务和工业气体的生产销售;技术、电子商务及信息、替代能源产品的研究、开发、应用、咨询服务;自营和代理有关商品和技术的进出口；对外工程承包、招标采购、劳务输出；国际化仓储与物流业务等。

中国石油化工集团在2019年《财富》世界500强企业中排名第2位，在2019年中国制造业企业500强榜单排名第1位。

发展历程

1983年2月19日，中共中央、国务院发出《通知》，决定成立中国石油化工总公司。7月12日，中国石化总公司成立大会在人民大会堂举行。

1984年1月19日，国家批复同意石化总公司建设7个大型项目。

1986年5月14日，中央组织部通知，中央决定石化总公司不再设立董事会，实行经理负责制。

1988年2月6日，国务院总理办公会议研究确定石化总公司暂仍归国务院直属。

1990年1月8日，我国自行研发的第一台年产25万吨乙烯新型裂解炉（北方炉）通过国家级鉴定验收。

1991年9月11日，石化总公司和中国科学技术协会联合在京举行，1991国际石油炼制和石油化工学术会议暨展览会。

1992年1月11日，国务院批准北京燕山石化公司30万吨/年乙烯改扩建工程。

1993年2月18日，石化总公司与中国化工进出口总公司合资的中国国际石油化工联合公司开业。7月26日，上海石化H股在香港联交所上市。9月28日，我国自行研究、设计和制造的首套80万吨/年加氢装置在镇海石化总厂建成。11月8日，上海石化A股在上海证交所上市。

1994年1月7日，国家计委批复同意石化总公司以石油化工科学研究院为依托，建设炼油工艺与催化剂国家工程研究中心。

1995年11月28日，"中国石化"注册商标（中英文+朝阳图案）、"火炬"服务商标（中国石化）。

1996年7月10日，我国首套年产万吨溶聚丁苯橡胶装置在北京燕山石化公司投产成功,产品物理机械性能达到国外同类产品水平。

1997年10月13日,福建炼油化工一体化项目联合可行性研究协议签字仪式在人民大会堂举行。

1998年5月26日,中国石油天然气总公司、中国石油化工总公司划转企业交接协议签字仪式在京举行。胜利石油管理局、中原石油勘探局、汉江石油管理局、河南石油勘探局、江苏石油勘探局、华东输油管理局等12个油田和输油企业划入石化总公司,大庆石化总厂、抚顺石化公司、锦州石化公司、大连石化公司、兰州石化公司、乌鲁木齐石化总厂等14家炼化企业划入石油天然气总公司。6月13日—9月29日,北京、天津、山东、江苏、浙江、广东、湖南、湖北等18个省(区、市)及青岛、宁波、厦门、深圳等4个计划单列市石油公司先后划入石化总公司。7月27日,中国石油化工集团公司、中国石油天然气集团公司成立大会在人民大会堂举行。

2000年2月28日,石化集团公司独家发起设立的中国石油化工股份公司挂牌成立。3月30日,根据国务院规定,中国新星石油有限公司整体并入石化集团公司。10月9日—12日,中国石化在境外首次公开发行167.8亿股H股,募集资金34.6亿美元。同月18日、19日,中国石化H股分别在香港、纽约和伦敦上市。

2001年1月22日,中国石化集团国际石油勘探开发公司成立。7月16日—19日,中国石化股份公司在境内公开发行28亿股A股,募集资金108亿元。8月8日,中国石化A股在上海证交所上市。

2002年2月28日,中国石化股份公司与电讯盈科有限公司合资组建石化盈科信息技术有限责任公司签字仪式在京举行。4月11日,中国石化南方勘探开发分公司成立。5月29日,中国石化股份公司润滑油分公司重组成立。

2004年8月26日,中国石化、埃克森美孚、沙特阿美及福建炼化在总部签署了福建炼化一体化项目扩初设计协议。福建成品油营销合资公司联合上报科研协议及石油产品销售协议。9月22日,中国石化上海沥青销售分公司成立揭牌仪式在上海兴国宾馆举行。

2005年6月22日,青岛大炼油工程开工奠基仪式在青岛举行。6月29日,上海赛科90万吨/年乙烯工程正式投入运行仪式在上海举行。

2006年9月20日,镇海国家石油战略储备库全部建成投用。10月10日,实施A股市场股权分置改革。10月11日,对海南炼油化工有限公司以注资方式增加其注册资本。增资完成后,持有海南炼油化工有限公司17%股份权益。11月6日,中国石化镇海炼化100万吨/年乙烯工程开工奠基仪式在镇海炼化举行。11月18日,中国石化茂名100万吨/年乙烯扩建工程投产。

2007年4月9日,国务院正式核准"川气东送"工程,并列入国家"十一五"重大工程。12月31日,收购中国石化集团公司镇江东兴等五家炼油企业。

2008年2月20日,中国石化在境内发行300亿元分离交易可转债。

2009年8月18日,中国石化成功收购总部位于瑞士的一家独立石油公司——Addax公司。11月11日,福建炼油乙烯一体化项目正式投入商业运营。11月23日,中国石化正式颁布《中国石油化工集团公司企业文化纲要》。12月28日,中国石化科学技术研究中心建设奠基仪式在北京昌平区沙河卫星城举行。

2010年3月23日,中国航天事业战略合作伙伴签约仪式在京举行。中国石化为中国航天事业的首个战略合作伙伴。3月29日,中国石化宣布:国家"十一五"重大工程——川气东送工程建成投产。6月5日,中国石化燃料油公司成立揭牌仪式在北京国家会议中心举行。12月8日,中国石化出资700万美元支持北京市成功获得2015年田径世锦赛举办权,成为国际田联官方合作伙伴。

2011年2月2日,中国石化收购OXY阿根廷资产成功交割。4月23日,中国石化首口页岩油水平井正式开钻。

5月7日,国内第一口高含硫裸眼水平井开始放喷作业。5月13日,中国石化与荷兰帝斯曼集团合资建设的10万吨/年不饱和树脂工厂在南京化学工北园区正式奠基开建。7月13日,中国石化四川维尼纶厂在醋酸乙烯和聚乙烯醇生产领域成为中国第一、世界第二大生产商。7月15日,中国石化第一口页岩气水平井顺利完钻，转入完井作业阶段。7月28日，中国石化新加坡润滑油脂项目奠基仪式在新加坡举行。7月28日，美国哈特能源第24届大奖揭晓，中国石化获国际炼油公司卓越奖。8月3日，中国石化提出"建设世界先进能源化工公司"的发展目标。8月9日，中国石化与澳大利亚太平洋液化天然气有限公司（APLNG公司）就AOLNG15%股份认购项目完成交割。

2012年1月3日，中国石化与美国Devon能源公司签署协议，收购该公司在美国5个页岩油气资产三分之一权益。1月15日，中国石化与沙特阿拉伯石油公司、沙特基础公司在利雅得签署延布炼油厂合资协议和天津聚碳酸酯项目合资协议。3月28日，中国石化收购Galp巴西资产30%权益项目在巴西和荷兰两地同时完成交割。4月3日，普光气田大湾区块30亿立方米天然气产能建设项目成功投产，成为"川气东送"工程重要的资源接替阵地。4月13日，国务院国资委在中国石化总部召开集团公司建设规范董事会工作会议，宣布成立中国石化集团公司董事会。5月10日，中国石化成功发行30亿美元国际债券，这是集团公司首次进入国际债券市场进行直接融资。6月28日，中国石化炼油销售有限公司在沪成立。7月12日，中国石化与澳大利亚太平洋液化天然气有限公司（APLNG）就增持澳大利亚太平洋液化天然气有限公司10%股份项目完成交割。7月26日，中国石化塔河炼化有限责任公司、新疆路油石化有限责任公司揭牌成立。9月3日，中国石化炼化工程（集团）股份有限公司揭牌仪式在中国石化总部举行。9月28日，中国石化长城能源化工有限公司揭牌成立，标志着中国石化煤化工业务进入快速推进、专业化发展的新阶段。11月19日，中国石化与法国道达尔公司达成协议，收购该公司所占OML138区块全部20%的权益。11月30日，第14届中国专利奖颁奖大会在北京举行，中国石化共获5个大奖，其中"苯和乙烯制乙苯的烷基化方法"和"一种己内酰胺加氢精制方法"获得中国专利金奖。12月18日，中国石化收购加拿大塔利斯曼能源公司英国子公司49%股份项目正式交割。12月27日，镇海炼化100万吨/年乙烯工程获国家优质工程金质奖，实现中国石化工程建设史上国优金奖"零"的突破。12月27日，国内首套甲苯甲醇甲基化工业装置在扬子石化成功完成工业运行试验，标志着中国石化成为全球首家拥有甲苯甲醇甲基化专有技术的公司。12月28日，中国石化石油工程技术服务有限公司在京揭牌成立。

2014年1月12日，中国石油化工股份有限公司发布公告，就2013年11月22日发生在中国青岛的中国石化东黄输油管道泄漏爆炸事故原因及处罚赔偿等做出说明。中国石化已将每年11月22日作为中国石化安全生产警示日，以告慰逝者，警示后人。

2014年2月19日，中国石化董事会通过了《启动中国石化销售业务重组、引入社会和民营资本实现混业经营的议案》，同意在对中国石化油品销售业务板块现有资产、负债进行审计、评估的基础上进行重组，同时引入社会和民营资本参股，实现混合所有制经营。

2014年8月26日，中国石化销售有限公司与深圳市腾讯计算机系统有限公司签订了业务框架合作协议。

2015年9月18日，签署《责任关怀全球宪章》，就加强化学品管理体系，保护人与自然环境，敦促各方为达成可持续发展解决方案等做出郑重承诺。

2016年8月，中国石油化工集团公司在2016年中国企业500强中，排名第3。

2017年2月，Brand Finance发布2017年度全球500强品牌榜单，中国石化排名第32。

2017年6月，《2017年BRANDZ最具价值全球品牌100强》公布，中国石油化工集团公司排名第85位。

2017年7月12日，中国石油化工集团公司获国资委2016年度经营业绩考核A级。

2017年9月，中国石油化工集团公司在2017年中国企业500强中，排名第2。

2018年5月9日，"2018中国品牌价值百强榜"发布，中国石化位列第5。

2018年10月11日，福布斯发布2018年全球最佳雇主榜单，中国石化位列第85位。

在2018年世界品牌500强排行榜中,中国石化排名第141位。

2019年7月,经银保监会批准,中国保险保障基金有限责任公司、中国石油化工集团有限公司、上海汽车工业(集团)总公司共同出资设立大家保险集团有限责任公司(以下简称大家保险集团),注册资本203.6亿元。

中国海油

中国海洋石油集团有限公司(简称"中国海油"或"中海油")是国务院国资委直属的特大型国有企业(中央企业),总部设在北京,有天津、湛江、上海、深圳四个上游分公司。中国海洋石油总公司在美国《财富》杂志发布的2014年度世界500强企业排行榜中排名第79位。在中国品牌价值研究院主办的2015年中国品牌500强排行榜中排名第27位。自1982年成立以来,中国海油通过成功实施改革重组、资本运营、海外并购、上下游一体化等重大举措,企业实现了跨越式发展,综合竞争实力不断增强,保持了良好的发展态势,由一家单纯从事油气开采的上游公司,发展成为主业突出、产业链完整的国际能源公司,形成了油气勘探开发、专业技术服务、炼化销售及化肥、天然气及发电、金融服务、新能源等六大业务板块。

2016年8月,中国海洋石油总公司在2016年中国企业500强中,排名第22。2017年7月12日,中国海洋石油总公司获国资委2016年度经营业绩考核A级。2018年在《财富》世界500强排行榜中排第87名。在《福布斯》2018年全球最佳雇主榜单中,中国海油位列第6位。

中国海洋石油是中国改革开放后第一个全方位对外开放的工业行业。1982年1月30日,国务院颁布《中华人民共和国对外合作开采海洋石油资源条例》(以下简称《条例》),决定成立中国海洋石油总公司。1982年2月15日,中国海洋石油总公司在北京正式成立。

中国海洋石油工业于20世纪50年代末开始起步,海洋石油勘探始于南海。1965年后,重点转移到了中国北方的渤海海域。从1966年到1972年,在渤海海域共建造了4座固定式钻井平台,钻探井14口,发现了3个含油构造,为海上石油勘探积累了经验。

1973年以后开始更新设备，在国内建造和从国外购进了一批自升式钻井船、三用（拖航、起抛锚、供应）工作船和地球物理勘探船等，在渤海进行勘探、开发试验。

1973年2月，燃料化学工业部决定成立南海石油勘探筹备处，恢复南海石油勘探。

1978年8月，石油工业部将渤海石油勘探业务从大港油田划出。

1982年1月30日，国务院颁布《中华人民共和国对外合作开采海洋石油资源条例》，决定成立中国海洋石油总公司，以立法形式授予中国海洋石油总公司在中国对外合作海区内进行石油勘探、开发、生产和销售的专营权，全面负责对外合作开采海洋石油资源业务。

2011年7月20日，国家发改委批准了中国海油集团的海南液化天然气（LNG）工程项目，该项目一期设计能力200万吨/年，中国海油集团为中国海油股份（0883）的母公司。

2012年12月7日，加拿大政府决定批准中国海洋石油有限公司以151亿美元收购加拿大尼克森公司的申请，标志着中国海油乃至中国企业完成在海外最大宗收购案。

2013年1月16日，中国海洋石油有限公司（中国海油）的母公司中国海洋石油总公司（"中国海油"）与雪佛龙中国能源公司（"雪佛龙"）就15/10和15/28区块签订了产品分成合同。根据合同规定，在勘探期内，雪佛龙将在15/10和15/28区块进行三维地震数据采集，雪佛龙承担100%的勘探费用。中国海油有权参与合同区内任一商业油气发现最多51%的权益。

2013年2月26日，中国海油完成收购加拿大尼克森公司的交易，收购它的普通股和优先股的总对价约为151亿美元。

2015年9月18日，签署《责任关怀全球宪章》，就加强化学品管理体系，保护人与自然环境，敦促各方为达成可持续发展解决方案等做出郑重承诺。

中国石油捐助苏丹喀土穆Mygoma孤儿院

6.中国石油"走出去"

现状与挑战

中国石油作为我国最大的油气生产和销售企业,根据国家发改委印发的《石油发展"十三五"规划》,中国石油在"十三五"期间,储量目标要达到年均新增探明石油地质储量10亿吨左右。石油供应方面,到2020年,国内石油产量要达到2亿吨以上。基础设施能力方面,要建成原油管道约5000公里,新增一次输油能力1.2亿吨/年;建成成品油管道1.2万公里,新增一次输油能力0.9亿吨/年。到2020年,累计建成原油管道3.2万公里,形成一次输油能力约6.5亿吨/年;建成成品油管道3.3万公里,形成一次输油能力3亿吨/年。

2019年,中国石油天然气集团公司在世界500强中排名第4位。在世界最大50家石油公司中，中国石油天然气集团公司继续稳居全球第三大石油公司，也是唯一进入榜单前十的中国企业。

1993年，随着我国国民经济的快速发展，我国成为石油净进口国。同年，中国石油贯彻落实党中央、国务院提出的"利用两种资源、两个市场"的战略方针，开始走出国门，实施跨国经营。经过17年的艰苦创业和不懈努力，中国石油国际化经营水平持续提升，海外业务实现了跨越式发展。目前，海外油气业务涵盖全球29个国家，运作81个合作项目；海外油气资产价值超过400亿美元；拥有海外合同区面积近78万平方公里；海外原油年生产能力8500万吨，海外原油加工量达到1008万吨，天然气年生产能力120亿立方米，年炼油能力2660万吨；建成海外油气管线7条，长度9616公里，原油年输送能力5000万吨，天然气年输送能力200亿立方米；在海外拥有加油站63座，成品油库8座；中亚—俄罗斯、非洲、中东、美洲、亚太等五个油气合作区初步建成，新项目开发和资产并购取得重大突破，油气生产、炼油和管道运输能力显著提升。亚太等三个国际油气运营中心初现端倪，国际贸易规模快速扩大，国内油气对外合作领域不断拓展。

中国石油的油气储量、产量、总资产规模具有较为有利的国内市场优势、独特的综合一体化优势，以及政治外交、企业文化和人力资源等方面的明显优势。但国际大石油公司早已完成全球化业务布局并进入调整优化的成熟阶段，而中国石油尚处于持续较快发展的成长阶段，国际化经营时间短，问题主要体现在：

世界油气勘探开发难度越来越大，对技术要求越来越高。世界石油技术的发展，深海作业、天然气液化、重油轻质化、煤层气、页岩气开发等都已成为各大石油公司角逐的新领域。中国石油在这些新兴领域的关键技术与国际大石油公司相比，自身优势不明显，发展后劲不足。

国际化程度相对较低，只有近20%，而五大石油公司的跨国指数都超过60%。在国际化经营管理经验，对投资环境变化的适应能力以及资源国文化融合多元化等许多方面，还存在较大差距。

人才队伍建设在数量和质量上面临严峻挑战。当前，随着国际业务的

中国石油苏丹项目为当地人民打水井，解决人畜饮水问题

加快发展，中国石油国际化人才培养和队伍建设滞后于国际业务发展速度。在数量上，整个中国石油从事国际业务的生产、技术和经营管理人员，目前仅4000人左右，由于海外人员不足，许多同志长期得不到轮换。在质量上，中国石油国际化人才的综合素质有待提高，尤其是在国际商务、法律、合同、语言方面仍比较薄弱，国际工程技术服务企业问题更为突出。因此，要加快解决国际人才培养问题。

近年来，中国石油不断加快开拓海外市场的步伐，取得了不俗的成绩，但同时，在"走出去"的过程中也遇到很多阻碍。

目前，中国石油海外油气资产主要分布在高风险地区。海外项目所在国家中，被外交部或国际专业安保机构评定为高风险和较高风险的国家19个，特别是在伊拉克、苏丹、尼日尔和乍得等重点油气投资地区，面临资源国政局动荡、社会不稳定、恐怖活动多发、市场不规范等政治、经济和安全风险，对海外业务的安全发展和员工人身安全构成很大的威胁。

最近几年来，一些重点资源国加大对油气资源的控制，对外合作政策趋紧，加强海外现有油气项目运作，尤其是在哈萨克斯坦、委内瑞拉、苏丹、厄瓜多尔等国的项目，挑战较为突出。

构建新型沟通模式

中国石油面临的种种可持续发展挑战以及企业海外发展面的问题，力求通过本土化寻找解决方案。在海外建设和谐油区、和谐社区的过程中，中国石油摸着石头过河，走过弯路，也同时走出了中国石油模式和经验。

中国石油自1993年起真正走向国际市场，中标了秘鲁的塔拉拉油田。这20多年里中国石油在海外发展速度很快。其中多数项目所在地有一个共同的特点：一是由于经济技术的挑战条件比较差，被同行很多公司放弃了的地方，我们是后来者；二是在社会矛盾冲突比较突出的地方，如战乱、种族冲突等，社会风险比较高，这是别人放弃的地方，我们只能坚持在这些地区做。

进入社会矛盾比较突出的地区以后，面对利益相关方之间的冲突，我们最大的挑战就是适应当地社会文化环境，与各利益相关方有效沟通。

经过这么多年的实践，中国石油总结出：海外沟通是因地制宜，在不同地区的沟通是不一样的，没有一个固定的模式。也就是说在公司全球层面的原则、标准是通用的，但在解决本土化问题时，针对不同项目所在地时，原则是入乡随俗、因地制宜。

2014年，中国石油提出，奉献能源、创造和谐是企业宗旨，企业社会公民是企业目标；工作态度是平等、尊重、理解、开放、包容；方式原则是共商、共建、共享、共赢。这是企业上下形成的统一认识，不管哪个作业地都必须了解。

中国石油是国内第一家按照GRI标准编发社会责任报告的企业。但是后来随着历史发展，中国石油综合标准进行归纳整理，融入了包括ISO 26000在内的国际标准倡议的要求。

中国石油从2011年开始将2010年发布的ISO 26000作为企业最基本的标准梳理，建立了一套完整的工作体系，确定了具体披露的指标。现在中国石油的企业社会责任报告有中、英等多种文本，通过各种渠道编发，满足不同情况的披露需求。

近年来，中国石油在海外积极应对挑战，结合实际情况不断探索，积极寻找应对策略，解决了一个又一个实际难题。具体结合实际案例，总结形成了4种有效的沟通模式。

模式一：开放经营，解决邻避效应

中国石油—沙特阿美合资云南1300万吨/年炼油项目，是中缅油气管道重要配套项目。因为建设厂址位于云南省安宁工业园区内，曾一度由于公众反石化围城，项目受到当地居民抵制。项目优化调整环评于2016年4月得到国家环保部的批复。为此，中国石油主动就环境信息公开听取建议；搭建环境信息平台，公开多利益相关方沟通渠道；邀请社区代表等利益相关方现场观摩、专题研讨环境信息公开；强化社交媒体传播，公开环境信息，最后化解了当地社区的抵制活动，实现了零投诉的目标。

模式二：业务运营基于良好沟通

中缅油气管道项目是中缅最大的投资合作项目，也是迄今唯一成功运营的中资大型投资项目。政治不稳定、环保组织活跃、社区利益协调等问题是对中方运营能力的考验。为此，中国石油按照规范的三个流程：各地管道运营中心，搜集社区诉求和意见，提交公共关系部门；公共关系处，汇总社区意见，提交董事会；董事会规划优先事项和实施计划，有理有据地做好社区沟通工作，取得了良好的效果。

2017年5月，《中缅油气管道社会责任专题报告》以中、英、缅三种语言在仰光发布，当地政府、合作伙伴、员工代表及10多家缅甸当地主流媒体参加，反响非常好。

模式三：多方团结共商共建

艾哈代布项目由中国石油与伊拉克北方石油公司共同开发建设，中国石油担任作业者。该项目是伊拉克战后启动的第一个油田建设项目，也是伊战后投产的第一个新建产能项目，要顺利推进难度不小。中国石油结合实际情况，采用利益相关方共同参与机制下的共商共建共享方式，保证了该项目有效推进。

参与伊石油收入透明度建设：中国石油是出席EITI多利益相关方团体会议的第一家中国企业，并同壳牌和埃克森美孚一并被选入伊拉克EITI高层国家委员会（MSG），定期参加会议；积极参与改进"采掘业透明度行动计划"（EITI）报告大纲。发起成立艾哈代布油田社区贡献委员会，提供公益事业援助，造福当地百姓。截至2016年年底，共有超过6个项目开工建设，每年投入100万美元用于伊拉克当地的社会公益事业。由于该项目与当地分享发展成果，所以维护了当地的稳定与安宁。

模式四：三联机制因地制宜

2005年中国石油与中国石化合资成立安第斯石油公司，收购加拿大ENCANA公司在厄瓜多尔5个区块的油气资产和开发权益，中国石油担任作业者。作业区位于亚马孙热带雨林地区，这里散居着最原始的土著部落，也是厄瓜多尔最贫穷的地区。当地政府石油政策法规多变、社区矛盾迭起、民族冲突不断、工会和NGO组织活跃，是西方石油公司放弃当地业务的主要原因。针对这种复杂而艰难的情况，中国石油探索实施三联机制。中国石油在"走出去"的实践中，探索出的沟通模式，收到了意想不到的效果。获得了当地社区居民的广泛赞誉。

二、披荆斩棘，改革开放 40 年的中国石油

1.伟大的变革

中国40年的改革开放伴随着波澜壮阔和沧桑巨变。回顾这段历史，人们无不盛赞。

改革开放前夕，著名诗人艾青写下了激情澎湃的长诗《光的赞歌》，抒发出了一个民族告别过去迎接光明的美好期盼。他写道："……我们的生命就是燃烧/我们在自己的时代/应该像节日的焰火/带着欢呼射向高空/然后迸发出璀璨的光……让我们以最高的速度飞翔吧/让我们以大无畏的精神飞翔吧/让我们从今天出发飞向明天/让我们把每个日子都当作新的起点……"

改革开放40周年前夕，我国领导人赞颂了中国改革开放取得的辉煌业绩，表达了中华民族奋发图强的期盼与决心。40年来，中国人民勇于探索、真抓实干，凭着一股开拓创新的拼劲，一股自力更生的韧劲，把中国建成了世界第二大经济体，中国的面貌、中国人民的面貌发生了翻天覆地的变化。

中国石油的长足发展是中国改革开放的历史折射，是中国国有企业改革开放的生动缩影。在改革开放40年征程中，中国石油完成了一次又一次历史性蜕变。从1978年产量突破1亿吨，到1998年成立集团公司，再到

心系社会

2018年阔步迈向世界一流综合性国际能源公司，中国石油在改革开放的大潮里劈波斩浪，坚定前行。加强企业党的建设筑牢了企业的"根"与"魂"。中国石油不仅创造了巨大的物质财富，也创造了宝贵的精神财富。近几年，中国石油坚决贯彻全面从严治党各项要求，大力弘扬石油精神和优良传统，不断加强企业党的建设，打造保障国家能源安全的坚强柱石，努力建设成为党和国家最可信赖的骨干力量。

1978年到2018年，中国石油在改革开放新的征程中，从历史走向未来，百万石油人正迎接新的伟大变革。

2.勇担改革重任

随着1978年改革开放，我国石油工业部重新组建，这标志着我国石油工业开启了现代化新征程。41年来，中国石油工业始终走在全国改革开放的最前沿。从曾经的"大包干"到砸"大锅饭",从开辟工业战线的"海上特区"到拓展陆上石油资源勘探开发"试验田",从石油工业部"引航"到三大国有石油公司携手并进,石油工业始终艰苦奋斗、迎难而上,始终上下求索、积极进取,始终与时俱进、勇往直前。

在奋进中发展、在变革中新生。改革开放第一个十年,中国石油"巨轮"滚滚向前,我国一跃成为世界主要产油国,石油人书写出石油工业蓬勃发展的壮丽诗篇。

41年前,两场"大讨论"深刻地影响了我国石油工业发展轨迹。当时的全国真理标准大讨论,为改革开放打下了坚实的思想基础。从此,改革开放成为石油工业新时期工作的主基调。改革开放的头3年,正值国家经济3年调整期,国家大幅压缩基建投资,原油产量连续两年下滑,原油产量能否稳住年产1亿吨引发全行业大讨论。

1981年6月3日,国务院批准了1亿吨原油产量包干方案。这套方案就

石油青年在行动

是在国家对石油不增加投资的条件下，石油工业部包干年产1亿吨原油。但国家允许在1亿吨以外，石油工业部增产和节约的石油全部由石油工业部自行出口，收入由石油工业部留用。与此同时，石油工业部对下属油田企业实行再包干，对企业超产和节约原油的价差收入进行二八分成。分成大部分留作勘探开发基金，小部分用作职工福利和奖励。从这里开始，中国工业战线第一个行业包干政策正式实行。对于企业的职工来说，承包后一个明显的变化就是有了奖金，积极性大大提高，工作热情极大提高。

这一系列改革政策的推行引发了石油工业内在机制的一系列深刻变革，不仅使中国石油工业走上了自我积累、自我发展、自我壮大的良性轨道，而且拥有了一笔可观的留成外汇。"不当守财奴，要把美金变成技术。"在石油工业部的指示下，物探用外汇引进了大批数字化技术装备，快速实现了从模拟时代向数字时代的升级。

"大包干"还"一通百通"地把石油工业推上了经济体制和运行机制整体突破性改革的快车道。改革开放撬开了计划经济严丝合缝的外壳，被掩盖的资源配置问题也暴露出来，尤其是价格。在这方面，石油工业再次走到了历史发展前沿，率先启动原油价格"双轨制"改革，引领了中国经济体制改革的风气之先。

与国内原油价格相比，当时国际石油价格较高。在"双轨制"体系下，石油价格体制形成了双重价格，在国家指令性产量之内的产品执行计划价格，超出计划产量的产品执行以国际油价为基础制定的计划外价格。世界银行副行长兼首席经济学家斯蒂格利茨曾赞扬"双轨制"是中国"一个天才的解决办法"。

中国石油通过产量"大包干"及价格"双轨制"，打破国家统配统销、统收统支，一切控制在指令性计划内的管理体制，实行"双轨制"，让企业有利益、有权力、有动力，多超产原油，多得超包分成，从而形成增产增收增效增投的良性循环。

中国改革发端于农村，而工业改革开放始于石油工业。

20世纪五六十年代，中国南海、东海和渤海便被证实有油，但由于缺乏海上勘探石油的基本设备与技术，我国海洋石油工业基本处在停滞状态。在合作勘探开发海洋石油资源成为世界主要潮流的20世纪70年代，党中央、国务院越来越清楚地认识到，海上石油勘探开发不能照搬陆地模式，必须大胆实行对外开放，形成一套全新的资金筹措战略和勘探开发战略，才能冲破桎梏打开新局面。

改革初期，中国石油对外开放起步异常艰难。关键时刻，中国的海洋石油对外开放顶住巨大压力，终于"杀出一条血路"。

1982年1月30日，国务院发布了《中华人民共和国对外合作开采海洋石油资源条例》。《条例》的发布，确定了海上对外合作第一轮国际招标的《标准合同》，为海洋石油的对外开放提供了法律依据。其后不断完善，构成了一套海洋石油对外合作的法律框架。它表明，海洋石油对外合作从一开始起步，就采取了与国际市场和国际管理接轨的坚定态度，在"蓝色国土"上开辟出中国石油工业最早的改革开放试验区。

改革开放鼓点声声急。此后，我国海洋油气资源进行了四轮国际招标，吸引了来自世界各地石油公司的参与，带来了最先进的技术和装备，在中国渤海、南黄海、东海、南海掀起一场声势浩大的油气勘探热潮。勘探投资风险基本由外商承担，为以后自营与合作"两条腿走路"奠定了资金、技术、装备和管理基础，使海洋石油工业成为整体现代化建设速度最快、发展水平最高的领域。

1982年2月15日，我国第一个国家石油公司——中国海洋石油总公司在北京王府井的一幢普通三层小楼里宣告成立，全面负责对外合作开采海洋石油资源业务。海洋石油总公司在合作中学习借鉴，启动了一系列改革，如实行经理负责制、招标制等。这些改革使海洋石油总公司在当时以计划经济为主的大背景下，按照现代企业管理制度，迅速与国际公司接轨，助推海洋石油工业发展不断实现新跨越。

在国内原油产量进入新一轮快速增长期后，中央寄望石化工业能够加速发展，带动国民经济"翻两番"。然而，地区和部门相互分割的计划经济体制使我国石化工业的发展受到极大制约。要打破这种局面，就要冲破桎梏，就要深化体制机制改革。1983年2月19日，中国最大的行业总公司——中国石油化工总公司成立了，对全国39个重要炼油厂、石油化工和化纤企业实行统一的领导管理。这是我国石油工业管理体制上的一场重大变革，使石油化工业从石油工业中分离出来，成为我国国民经济的重要支柱之一，为解决人民吃、穿、用、住问题开辟了新的发展途径。

根据党的十三大关于经济体制改革和政企分开、转变职能、精简机构的建议，1988年3月，国家决定将石油工业部的政府职能移交能源部，以石油工业部为基础组建中国石油天然气总公司，负责陆上石油、天然气资源勘探、开发、生产建设，以及与油气共生或钻遇的其他矿藏的开采利用工作，推动陆上石油工业发展跨上新的发展台阶。

三大国家石油公司的成立，是改革开放初期我国工业管理体制改革的重大成功实践，实现了从国家政府部门向经济实体转变，为后续进入市场经济时代奠定初始格局。

1985年，我国陆上石油工业体制改革起步，"引进来"从海上走向陆地。随后国务院批复石油工业部，同意陆上石油对外合作。同年5月，中国陆上对外合作勘探开发石油资源的第一个风险勘探合同签订——与澳大利亚CSR糖业公司等合作开采海南岛福山凹陷石油资源。同年，南方11个省区陆上石油资源先行开放。全面开启了我国海洋陆上石油开放百花齐放的新时代，为下一步"走出去"奠定根基。

改革开放的鸿篇巨制一旦开启，每一页都是崭新的。

作为全国工业领域改革开放的先行者，石油工业对外合作率先接触到了国外油公司先进的管理体系、经营方法和技术装备，也深刻感受到彼此巨大的差距。一个理念越发清晰——要参考国际通行的规范管理模式和运行方式，建立大型现代化的企业集团，融入世界发展潮流。

改革开放大潮激荡，每一天都是新的起点。石油工业在困顿中踏上改革开放之路，又在接续奋斗中沿着这条伟大的道路不断奋进，奔涌向前。

3.新征程新思路

踏上新征程的中国石油在新旧体制转轨之际，直面变革引发一系列摩擦和碰撞，确立发展新思路，通过实施三大战略："稳定东部，发展西部""多元开发，多种经营"和"对外开放，国际化经营"，将国家战略化为企业自身发展行动。中国石油逐渐从原本的国家政府部门到实行"自主经营、独立核算"的经济实体，变为政企分开，转变职能。

1992年邓小平同志发表南方谈话，党的十四大召开，1994年以国务院21号文件为标志进行油价改革，中国石油天然气总公司就势在全行业推进"两定两自一挂钩"经营政策，坚定转向激烈竞争的国内外大市场。《公司法》引导企业通过建立现代企业制度，增强企业活力，提高经营效益。

踏上新征程的中国石油天然气总公司开启了一次次深度、持续的大变革。20世纪80年代末掀起的塔里木石油会战成为变革的起手式，成为陆上油气企业建立油公司体制的试验田。与之前在胜利、中原等东部油田开展的会战模式全然不同，塔里木石油会战俗称为"铁打的营盘流水的兵"，不建家属基地，各项施工作业任务面向全国招标。来自全国20个油气田的2万多人会聚西部，协力在塔里木创造了"两新两高"（采用新工艺、新技术，打出高水平、高效益）新模式。

中原油田在20世纪80年代中期开始实行单井工资包干。甲乙方合同关系、项目承包制让企业迅速从原本的单纯生产型向市场经营型过渡。从1993年到1997年，中原、胜利、华北、辽河等油田坚持走油公司道路，加快解体"小而全"，先后建立起符合市场竞争需要的管理体制和经营机制，形成了生产专业化、管理系统化、服务区域化、经营市场化的新格局。当中原油田甩掉亏损帽子、被评为国有企业扭亏增盈10个先进典型之一时，更多的油气田也形成了以油公司为主体，生产专业化、服务社会化的新格局。

自上而下的政策引导激起了油气田全方位、大力度的改革，而基层的改革实践又自下而上地推动机关新型劳动制度建立。1996年中国石油天然气总公司机关职能部门从23个缩减为15个，将管理职能和经营职能严格分开。这也犹如一个红色按键，启动了各油气田机关简政放权、岗位按市场法则优胜劣汰的一系列改革动作，成为又一个激发陆上石油工业的活力之源。

东部老油田，稳产路正长。这对"稳定东部"的内涵要求更多：首先是要把东部的生产水平稳定住，同时要坚持以经济效益为中心，要有产量，还要提效益。这个时期的东部油田，坚持把勘探工作放在首位，松辽盆地原油年产量突破6000万吨大关。大庆油田大力实施"稳油控水"工程，年产量连续4年达到5600万吨的高点。辽河油田形成一整套适合中深层超稠油油藏的工艺技术，解决了超稠油开发的世界性难题。渤海湾盆地递减速度得到减缓，胜利油田加快滩海产能建设……东部油田原油产量占中国石油天然气总公司的84%。

总公司把西部作为资源接替战场，坚定开辟新阵地。以1989年塔里木石油勘探指挥部正式成立为标志，西北石油大会战拉开序幕。在新疆、青海、四川、陕甘宁地区，勘探不断有新发现。1993年，全新疆原油年产量首次突破1000万吨大关，为石油工业的战略接替带来了曙光。1997年，以长庆、新疆、塔里木等为代表的西部油田油气年产量当量近2242万吨，戈壁滩上出现座座油田。

1997年，总公司原油产量超1.43亿吨，中国坐稳世界第五大产油国的交椅。而纵向来看，截至2019年，中国石油工业累计生产原油超过30亿吨，连续19年产量过亿吨，为中国国民经济的持续增长提供了有力支持。

2018年，中国石油公司紧紧围绕建设世界一流国际能源公司目标，积极应对复杂多变的经营环境，坚持新发展理念和稳健发展方针，稳中求进、稳中应变，高质量发展的成效初步显现，净利润525.91亿元，净利润大幅增长130.7%。

4.乘风破浪立潮头

1960年大庆油田万人誓师大会

1998年是载入中国石油工业史册的重要一年,以石油石化大重组,成立中国石油、中国石化两大集团公司为标志,掀开我国改革历史进程新的一页。风雨兼程21载,中国石油改革创新,砥砺奋进,在助力我国经济腾飞的同时,实现自身的快速发展。

2018年12月12日,中国石油召开全面深化改革领导小组第二十七次会议,对扩大企业经营自主权等问题进行深入讨论。这一年里,中国石油全面深化改革领导小组召开5次会议,三大类50项改革任务稳妥有序实施。中国石油在改革开放的大潮里乘风破浪,勇往直前。

21年风雨兼程,重组改制、海外上市、扩大经营自主权试点、内部矿权流转……中国石油改革创新,砥砺奋进,在助力我国经济腾飞的同时,实现了自身的快速发展。在变革中谋新,在发展中求变,中国石油走出了一条具有中国特色的改革发展之路,树立起国有骨干企业深化改革、勇立潮头的标杆典范。

追忆1998年,国内外经济形势动荡,亚洲金融风暴劲猛袭来,国际油价跌入历史谷底,化工市场受此波及出现量价齐跌。此时的中国,正在为

大庆油田新油区

加入世界贸易组织而努力，面对进一步开放国内市场、营造平等竞争环境等诸多要求，改革刻不容缓。

当年，国务院决定实施石油石化战略大重组，通过行政性资产划拨和互换的形式，将原中国石油和中国石化按南北区域划分，改组为两个特大型石油石化集团公司，实现了政企职责的彻底分开。从总公司到集团公司,中国石油转变成为真正的法人实体和市场竞争主体、一家业务覆盖上中下游的一体化公司。

国企改革的目标之一是建立现代企业制度,提高企业核心竞争力。要加快迈出这关键一步,海外上市是最佳机遇。2000年4月6日和7日,中国石油股票在纽约证券交易所和香港联交所上市。2000年10月、2001年2月,中国石化、中国海油紧随其后相继上市。从国有企业到上市公司,中国石油成为国有资本控制的多元化投资主体,在全球树立了全新的国际石油公司形象,为世界所瞩目。

党的十九大报告明确指出,要深化国有企业改革,发展混合所有制经济,培育具有全球竞争力的世界一流企业。对于中国石油来说,就是要将改革进行到底,将企业做优做强,实现国有资产保值增值,为我国国有经济贡献更多的"石油力量"。

在新一届党组带领下,中国石油在完善现代企业制度、优化管理体制、推进供给侧结构性改革、发展混合所有制经济等方面,推出了上百项改革举措,重要领域和关键环节改革取得实质性进展,主要领域改革主体框架基本确立,改革工作呈现多点发力、全面稳步发展的良好态势。

全面深化改革实施意见、工程建设业务重组改制、天然气销售管理体制改革、市场化和混合所有制改革指导意见……中国石油奋力奔跑在改革路上,持续的业务整合和优化,让现代化企业管理架构更加清晰,在市场化改革中做强做优做大国有企业。

19年前的世纪之交,国际石油市场变幻莫测,国际油价由1998年跌破10美元/桶的历史低点,在不到一年时间里上涨至100美元/桶的历史高位,随后屡创新高。在党中央召开的一系列重要会议上,石油安全问题被反复提及,大力倡导"走出去"战略。中国石油迈出海外创业的坚实步伐,以更加积极主动的姿态融入经济全球化。

在哈萨克斯坦,中国石油接手肯基亚克油田后,采用自主创新技术,3年即建成200多万吨的产能。

在积极参与海外项目建设的同时,中国石油迈入了国际油气资产收购兼并的快车道。2005年，中国石油以41.8亿美元的价格成功收购哈萨克斯坦PK石油公司，这成为中国企业走出国门后的最大一宗单笔投资项目和第一个大型公司整体并购交易。

20多年间，中国石油海外业务从小到大、从弱到强，海外油气保障能力显著增强，国际贸易量和贸易额持续大幅增长，高质量运作了一批海外项目，成为当地油气合作典范工程。2011年，中国石油海外油气作业产量当量超过1亿吨，权益油气产量当量达到5170万吨，高质量建成"海外大庆"。

自2001年参加《财富》500强排名以来，中国石油的排位节节上升，从最初的第83位一直上升到2017年的第4位。

2013年，习近平总书记提出共同建设"丝绸之路经济带"和"21世纪海上丝绸之路"重大倡议，推动沿线油气合作迈向纵深，开启了一段必将载入史册的对外合作新旅程。

随着"一带一路"倡议的快速推进，中国石油海外油气合作全面开花。中俄天然气管道东线和中俄原油二线工程正式开工、亚马尔LNG项目一期投产、中缅油气管道建成投产……油气合作形成的上下游产业链条、拉动的相关产业发展、形成的生产运输销售贸易网络等，进一步促进了中国与沿线国家之间的经贸联系。

如今，"一带一路"倡议使中外合作伙伴关系更加紧密，油气合作由此成为世界互联互通的桥梁，成为沿线国家携手共进的纽带。中国石油企业国际化经营的规模不断扩大、手段日益丰富，业务覆盖全球主要产油国及地区，海外油气权益年产量接近1亿吨。

作为"一带一路"倡议的主力军，截至2017年年底，中国石油海外油气业务已扩展到全球38个国家，管理和运作95个油气合作项目。此外，中国石油物资装备产品出口扩大至78个国家和地区；"走出去"的工程技术服务作业队伍超过1300支；国际贸易业务遍及80多个国家和地区。五大油气合作区、四大油气战略通道、三大国际油气运营中心战略布局基本完成，上中下游一体化的海外业务格局逐步形成，国际竞争力显著增强。

大庆海拉尔油田

　　资源是中国石油工业发展最重要的根基，提升油气安全供给能力是国家对石油企业最根本的刚性要求。进入21世纪，我国经济快速腾飞，对油气资源依赖程度逐年提升。中国石油始终把资源战略作为公司发展的首要任务，全方位加大油气勘探力度，推进能源供给侧结构性改革。

　　从稳定东部到发展西部，大打勘探开发进攻战，国内油气产量箭头向上。1998年，克拉2气田投产，塔里木油田一跃成为国内主力气源地，直接促成"世纪工程"西气东输；2002年，大庆油田实现从1976年起连续27年原油5000万吨稳产高产，创世界油田开发奇迹；同年，克拉玛依油田原油年产量上千万吨，如今已实现连续16年原油生产超千万吨；2013年，长庆油田油气当量达到5195万吨，如期建成"西部大庆"。

　　中国石油从以油为主到油气并举，国内天然气工业进入快发展时代。进入21世纪，国家提出要加快小康社会和生态文明建设步伐，石油工业以北京供气为突破口，加大了天然气生产建设和经济辐射发展的力度，在陆上和海上相继形成9个千亿立方米以上的大气区。2017年，中国石油天然气业务取得历史性突破，国内产量首超千亿立方米，为优化我国能源结构、建设美丽中国增添"底气"。

从常规油气到常非并举，页岩气、页岩油、煤层气等非常规油气不断取得新发展。2010年，中国石油在四川盆地发现长宁—威远页岩大气田，探明储量2000多亿立方米；2012年，中国石化在四川盆地发现涪陵页岩大气田，建成首个国家级页岩气示范区、勘查开发示范基地；"十二五"末，中国石油在鄂尔多斯盆地东缘建成了国家级煤层气产业基地，具备年产百万吨油当量的生产能力。

回首往昔，中国石油脚步坚实有力，用责任和担当书写出一篇篇改革的动人诗篇，用智慧与勇气将改革向纵深推进。展望未来，机遇与挑战并存，中国石油将坚持全面深化改革不动摇。

大庆石化保洁公司服务品牌文化展厅

5. 固其根本抓好党建

坚持党的领导、加强党的建设，是我国国有企业的光荣传统，也是国有企业的"根"和"魂"。正如习近平总书记所强调的，坚持党对国有企业的领导是重大政治原则，必须一以贯之；建立现代企业制度是国有企业改革的方向，也必须一以贯之。

中国特色现代国有企业制度，"特"就特在把党的领导融入公司治理各环节，把企业党组织内嵌到公司治理结构之中，明确和落实党组织在公司法人治理结构中的法定地位，使国有企业党组织的领导核心和政治核心作用得到充分发挥。把加强党的领导与完善公司治理统一起来，使党组织发挥的作用组织化、制度化、具体化，充分调动干部职工的积极性、主动性、创造性，把党建工作成效转化为企业发展优势。

随着国内油气对外依存度持续走高，作为我国油气产量最高的长庆油田，必须坚持全面从严治党，发挥党建引领发展的决定性、根本性作用，更好地保障国家油气供给安全，把党的政治优势转化为企业发展优势。

党的领导是国有企业的力量所在，一流党建引领一流企业。加强党的建设必须始终以习近平新时代中国特色社会主义思想为指引，把党的政治建设摆在首位，践行"两个维护"、强化"四个意识"，认真落实党中央重大决策部署，推动党的路线方针政策在企业落地生根、开花结果，才能确保油田始终沿着正确方向发展。

新时期，我们制定了到2025年实现油气当量6300万吨以上的新目标，把加强党的建设摆在推进长庆"二次加快发展"各项工作的首位，就是要切实发挥党组织把方向、管大局、保落实的重要作用，打造参与决策、带头执行、有效监督的政治核心，强化理论武装、突出目标引领、转换发展动力，促进全员思想大解放、理念大转变、工作大落实。

强国企必先强党建，强党建必先强基层。着力点是要强"根"铸"魂"、固本培元，充分发挥党支部战斗堡垒和党员先锋模范作用。通过以

"百面红旗""百个标杆"为引领，继续实施"千队示范"工程，着力把基层党支部打造成团结群众的核心、教育党员的学校、攻坚克难的堡垒，形成党员干部"沉下去"、工作成效"提起来"、群众口碑"浮上来"的生动局面，让油田上千个党支部和数万名党员始终做油田发展的"主心骨"和"顶梁柱"，以企业改革发展成果检验党组织的工作和战斗力。

推动长庆"二次加快发展"，核心是人，关键是干部。解决油气勘探开发难题，挑战低渗透油气田开发极限，必须依靠技术创新、管理创效、文化增辉，着力打造一个忠诚干净担当的坚强领导班子和一支高素质专业化员工队伍，才能为油田发展提供强有力的人才和智力支撑。

通过加强干部梯队建设，大力培养选拔年轻人才，培育人才成长的良好"土壤"，持续推进"双序列"改革，提升岗位员工综合素质，打造"油田工匠"群体，促进创新成果转化为实实在在的产量效益。通过推动全面从严治党向基层延伸，深化"三不腐"有效机制实践，综合运用"四种形态"，严防"四风"问题反弹回潮。通过始终抓好意识形态工作，筑牢全员理想信念，丰富石油精神时代内涵，切实增强"我当个石油工人多荣耀"的自豪感，以优异的成绩向新中国成立70周年献礼。

注重保障改革顺利推进，明确党委班子及成员抓党建工作职责和岗位权限，使其知道"干什么"；明确"一岗双责、党政同责"，使其知道"为什么干"；明确岗位履职必须遵循党章规定，使其知道"怎么干"；出现问题倒查追责，使其知道"干不好怎么办"。

加强党建制度立改废工作，要求企业进一步理程序、明职责、建制度，推动党建工作制度化、规范化、科学化。刚性抓好制度执行，全面落实党建工作考核和问责机制，坚持有权必有责、失责要追责。党的工作最坚实的力量支撑在基层，最突出的矛盾问题也在基层，抓好基层组织建设是长远之计和固本之举。

只有把党建工作融入生产经营管理的每个领域、每个环节，抓具体、抓深入，才能充分发挥政治优势，推动实现企业高质量发展。我们以落实"八个必须"为抓手，实现党政工作由"两手抓，两手都要硬"向"双手合力,深度融合,组合出拳"转变。

强国企必先强党建,强党建重在抓基层。国有企业作为党和国家最可信赖的依靠力量,必须旗帜鲜明坚持党的领导,理直气壮加强党的建设,坚持不懈提高基层党建工作质量。

持续提升基层党建标准化水平。基层党建标准化是全面推进基层党建工作的具体体现,是不断改进和加强党的建设的有效方式。持续推进基层党建与生产经营相融合。坚持党的领导、加强党的建设是国有企业的独特优势。只有把党建工作融入生产经营管理的每个领域、每个环节,抓具体、抓深入,才能充分发挥政治优势,推动实现企业高质量发展。吉林石化坚持以落实"八个必须"为抓手,实现党政工作由"两手抓,两手都要硬"向"双手合力,深度融合,组合出拳"转变。通过"党建项目化管理"融入重点难点任务、"党员责任区"融入专业工作、"党员好管家"融入日常管理的"党建三融入"工作路径,抓细、抓小、抓实,契合精细化管理要求,将"四个诠释"具象化,把党员先锋模范作用辐射到每个岗位,将党建工作全过程嵌入管理链条,与生产、机动、安全等各专业深度融合,实现党建工作与企业生产经营的双促进。

树立"党的一切工作到支部"的鲜明导向,引导支持基层党组织融合生产实际创造性地开展党建工作,固化推广"党员值日岗"等实践案例,创造了"嵌入工作法"等经典做法,实现党建工作从"为做而做"向"为效而做"转变,使基层党建和企业管理迸发更大活力。

发挥党支部的凝聚力量,党支部永远是凝心聚力、统一思想的核心,必须让支部到队站。要高度重视党支部建设,把党支部建设成推动发展、凝心聚力的坚强堡垒,以适应单机单队作战的需要。要持之以恒深化"四个诠释"岗位实践活动,使党员成为攻坚克难、无私奉献的先锋部队。

职工群众是公司发展的根本力量。人心齐,泰山移。西部钻探具有铁人的基因、石油的精神。传承铁人基因、打造钻探铁军,是加强党建不可或缺的内容。要牢牢把握员工思想的新变化,扎实做好统一思想、凝心聚力工作,催生强大精神动力,让铁人精神、石油精神在高质量发展的创新实践中发挥作用。

人是生产力中最活跃的因素，党的建设必须把管事和管人结合起来，切实做好管思想的工作。要教育引导广大干部员工牢记使命，担当尽责。将"成就甲方才能成就自己"刻入脑海，时刻保持谦虚心态，低下身子放下面子，甩开膀子干出样子，争做油田满意的乙方。领导干部要始终把为公司谋发展、为员工谋幸福当作第一要务，勇挑重担，攻坚克难，集中精力解决主要矛盾。

要团结带领广大干部员工强化执行，真抓实干。凡是公司决策定下的事，必须照着办、抓紧办，有令必行、有禁必止、政令畅通。领导干部要坚持靠前指挥、靠前服务，深入基层"摸活鱼"，亲力亲为盯全程，一张蓝图绘到底。

激励鼓舞广大干部员工超越自我，追求卓越。树立永争第一的信念，保持坚定执着的情怀，坚决摒弃小富即安、得过且过的平庸思想，主动对标先进、争当排头，把工作做到极致，不断创造新业绩，实现公司高质量发展。

6.深化合作携手共进

2018年10月30日至31日，中国石油集团公司党组在京召开扩大会议，专题研究海外油气业务优质高效发展问题。时任集团公司党组书记、董事长王宜林主持会议并讲话，强调开拓创新、埋头苦干，全力抓好各项措施落实，以海外油气业务优质高效发展的优异业绩，为推进世界一流综合性国际能源公司建设、服务好国家"一带一路"倡议、保障国家能源安全做出更大贡献。

座谈会上，规划计划部做海外油气业务优质高效发展研究报告，中油国际公司、国际事业公司、国际部等18家单位和部门做专题汇报。与会人员分别从立足现有项目和新项目持续加大油气勘探力度、坚持技术引领提升海外效益开发水平、完善高质量的油气供应保障体系、加强与国际大石油公司合作及国际化人才培养等方面提出意见和建议。

王宜林在总结讲话中指出，集团公司海外油气业务经过25年的艰苦努力，实现了从无到有、从小到大、从弱到强的历史跨越。特别是习近平总书记提出"一带一路"倡议以来，海外油气业务坚持稳健发展方针，建成五大油气合作区、四大油气战略通道和三大油气运营中心，形成了以勘探开发为核心的完整油气业务链，并带动服务业务走出去，构建了特色运营模式和国际化风险管理体系，保持了突出的安全环保业绩，培养了精干高效的国际化人才队伍，实现了石油精神和国际化管理实践的有效融合。

在深入分析海外油气业务面临的深刻变化后，王宜林着重指出，要提高思想认识，增强推进海外油气业务优质高效发展的责任感和使命感。要深刻认识到推进海外油气业务优质高效发展，是贯彻中央推动高质量发展决策部署的具体行动，是服务"一带一路"倡议、保障国家能源安全的重要责任，是建设世界一流综合性国际能源公司的必然要求，是巩固扩大发展成果和破解发展矛盾的根本途径。他同时强调，要强化目标引领，切实发挥好国际化经营的中坚作用。海外油气业务优质高效发展要按照立足常规、油气并举、扩展海洋、延伸下游、储备前沿的要求，实现有质量的规模、有效益的速度、有水平的结构，形成资产优质、结构优化、管理高效、经营创效、风险可控的海外油气业务体系，在集团公司建设世界一流综合性国际能源公司进程中走在前列。重点要发挥好稳健发展和高质量发展表率作用、国际化经营排头兵作用、一体化发展领头羊作用、"一带一路"建设主力军作用、中国石油品牌形象传播者作用"五个作用"。

王宜林着重强调，要突出优化调整，有效提升发展创效能力。要着力推进海外资产结构优化，合理调整已有项目，稳妥优选新项目，不断完善合同模式构成。要着力推进区域布局优化，努力将中亚—俄罗斯建成海外"一带一路"油气核心合作区，将中东建成海外最能发挥综合一体化优势的高端合作区，将非洲建成海外最具影响力的常规油气重点合作区，将美洲建成海外非常规油气高效开发特色合作区，将亚太建成海外重要的天然气及一体化项目合作区。要着力推进"一带一路"建设工程，继续加大油气资源开发合作力度，完善油气战略通道布局，全面拓展国际油气市场，稳步推进工程技术等五大重点领域产能合作，积极履行社会责任。

王宜林指出，要培育核心竞争力，全面提升国际化经营水平。一是实施降本增效工程。系统构建降本增效工程管理体系并形成长效机制，多措并举扩收增效，精心优化投资管控，持续降低成本费用，努力拓展增效渠道。二是提升商务运作能力。做好运营过程中法律风险监测与防范，打造专业化、国际化商务谈判团队，高度重视新项目开发前期工作，加强基础管理和信息化建设。三是加强海外技术支持。积极构建"队伍稳定、整体协调、发挥特色、资源共享、形成合力"的技术支持体系。四是发挥整体协同优势。进一步放大海外投资业务与服务、贸易、炼化、管道等业务的协同效应，实现甲乙方相互促进、上下游协同发展。

王宜林最后强调，要落实保障措施，为优质高效发展提供政策支持。一是切实转变观念，推动经营理念由偏重"生产经营型"向"资产经营型"转变，发展理念由单一"投资驱动"向"创新驱动"转变，大力推进精细化管理。二是持续深化改革，细化和落实好海外油气业务体制机制改革框架方案，进一步完善管控体系。三是加强队伍建设，构建人才梯队培养体系，探索完善国际化用人机制。四是完善风控体系，构建"依法合规、突出重点、分级管理、立体防控"管控格局，抓好重点领域风险防控。五是加强党的建设，大力弘扬石油精神，积极参与社会公益事业，提升中国石油形象和品牌含金量。六是大力提倡奉献精神。

深化国际油气合作，是"一带一路"倡议的重要组成部分。近些年来，中国石油紧紧抓住历史机遇，围绕政策沟通、设施联通、贸易畅通、资金融通、民心相通的"五通"目标，秉承共商、共建、共享的"三共"原则，积极打造"一带一路"建设的能源支点。

中国石油通过与合作伙伴新签一批油气合作协议，深化和扩大与合作伙伴在项目融资、管道运输、储气库建设、油气供应及天然气发电等多领域的合作。中国石油与沿线政府、能源企业共议同商，联手打造"一带一路"油气黄金链，与阿联酋、莫桑比克、缅甸、土库曼斯坦等沿线十几个国家合作伙伴签署数十项能源合作协议，其中许多合作协议得到国家高层的直接推动，迎来了海外油气合作难得的历史新机遇。

"一带一路"倡议的核心内涵是与世界各国打造利益共同体和命运共同体。中国石油在20余年海外油气合作经验基础上，提出打造开放共赢、互利互惠的油气合作利益共同体的设想，得到了合作伙伴的大力支持与积极响应，中国石油的"朋友圈"不断扩大。聚焦发展、开放融通的共识也让已经成熟的合作伙伴关系更加紧密，油气合作由此成为世界互联互通的桥梁，成为沿线国家携手共进的纽带。

中国石油五大油气战略合作区中，中亚、中东、亚太三个合作区位于"一带一路"沿线，这三个合作区的油气权益产量占中国石油海外油气权益产量的四分之三；四大油气战略通道中，西北和东北方向的通道架起了"丝绸之路经济带"的油气桥梁，西南方向的中缅油气管道则架起了"21世纪海上丝绸之路"的油气桥梁。三大油气运营中心中，亚太油气运营中心在全球油气贸易中扮演着越来越重要的角色。

以亚马尔LNG项目为代表的互联互通设施建设不断向"一带一路"沿线国家延伸，为满足东道国能源供应、支持当地经济发展做出了重要贡献。通过发挥特色技术和管理优势，特别是上下游一体化优势，中国石油积极参与当地石油工业建设，为资源国提供"一揽子"解决方案，成为当地政府信任的合作伙伴。

在"一带一路"向西延伸的进程中，已形成每年550亿立方米输气能力、横贯中亚三国的中国—中亚天然气管道A/B/C线成为丝绸古道的现代化身，自2009年年底投运以来已累计向国内输气超过2000亿立方米。它们连同中哈天然气管道C线、哈南线等不仅为资源国带来实实在在的经济利益，而且为其丰富的油气资源提供了广阔的市场，成为"一带一路"倡议互联互通领域的合作典范。

丝路向南，从云贵高原西出国门，就来到缅甸。两条管道组成的中缅油气管道，是中国与东盟国家开展互联互通基础设施建设的示范性工程，使双方的经济联系更紧密，对振兴区域经济意义重大。中、缅、韩、印等全球多个国家资质优秀的企业贡献了优势力量，形成了"四国六方"的合作模式，打造了互利共赢的国际化范本。

地处"五海三洲之地"的中东，是国际油气合作的高端市场。在伊拉克，中国石油参建的哈法亚油田油气产量超过预期，作为伊拉克南部油田的主要力量，每天有25万桶原油源源不断地输送到全球各地。在伊朗，北阿扎德甘项目投产增强了中国石油与伊朗政府、合作伙伴的互利互信，成为该国加快边界油田开发、增加石油出口，带动经济发展的新生力量。

放眼向北，"冰上丝绸之路"捷报频传。中俄天然气东线管道和中俄原油管道二线工程加速推进，亚马尔LNG项目第三条生产线于2018年11月21日成功投产，对带动沿线地区经济社会发展，促进两国能源战略多元化具有重要意义。中俄双方在石油和天然气领域的合作陆续取得突破性进展，成为"一带一路"倡议和欧亚全面伙伴关系落实的一大亮点。

中国石油历经20多年的艰苦创业和奋力拼搏，目前已在"一带一路"沿线20个国家运作着52个合作项目。2017年，公司在"一带一路"地区油气权益产量当量超过7300万吨，占中国石油海外油气权益总产量的80%以上。设施的联通进一步推动了贸易的互通。2017年，"一带一路"地区油气贸易量达2.3亿吨油当量，占公司贸易总量的一半。"一带一路"已经成为中国石油海外核心油气合作区，成为跨国油气战略通道的资源保障区和优势产能合作的主要市场。

展望未来，中国石油将进一步展开多方合作，共同努力推动共建"一带一路"向高质量发展转变，共同书写合作共赢的历史新篇章。

第三章
中国石油的跨越发展

一、由弱到强的转变

1.石油力量的崛起

中国有石油最早的记录出现在北宋。沈括的《梦溪笔谈》中，记述了他在西北发现的一种可燃烧黏稠液体"脂水"，并命名为"石油"，称"此物后必大行于世"。1859年美国小镇梯特斯维尔钻成了世界上第一口现代油井，现代石油工业就此拉开序幕。1867年美国开始向我国出口"洋油"。随后，其他资本主义国家也开始向中国倾销"洋油"。当时的清政府软弱无能，忙于割地赔款，在资本主义列强向我国输入的商品中，石油产品的数量仅次于鸦片、棉纱，是排在第三位的大宗商品。"洋油"的倾销垄断了中国市场，同时也阻碍了中国石油工业的发展。为抵制倾销，发展自己的石油产业，中国逐渐开发自己的石油工业。1878年，在台湾苗栗用近代钻机钻成中国第一口油井；1907年，在陕西延长钻成"延1井"，这是我国大陆第一口近代油井；在新疆独山子钻成了近代油井。这些油井都是采用机械设备钻成的，标志着中国以手工操作和以畜力为动力的石油开发方式发生了重大转变，从中国古代石油工业阶段发展到近代石油工业阶段。

从贫油到石油大国

新中国成立时，中国的石油产量不过12万吨，其中，人造油占5万吨，这些只能满足全国1/10的需求量。在1904—1948年的45年中，旧中国累计生产原油仅有278.5万吨，而这期间进口的"洋油"共计2800万吨。当时的中国需要从苏联大量进口石油，中国市场被美孚、亚细亚、德士古这些"洋油"垄断。

1952年8月1日，是石油工业史上崭新的一页。为了甩掉"贫油"的帽子，摆脱当时资本主义国家对新中国的制约，中国人民解放军第19军第57师近8000名将士改编成"中国石油师"，集体转业到石油战线。在那些艰苦的岁月中，"中国石油师"指战员遍布大江南北，参加了我国几乎所有的油田开发会战。

1952年年底，玉门油田原油产量达到14.26万吨，玉门油田成为新中国最大的油田。1953年，玉门油矿被列入了国家"一五"计划。随后，国家调集大批的技术专家、工人和学生，从四面八方向玉门汇集。1957年，玉门油田的原油年产量达到了75.54万吨，占全国石油总产量的87.8%。当年的12月，新华社发布消息：新中国第一个石油工业基地在甘肃玉门建成。至此，作为新中国石油工业的大学校、大试验场、大研究场所，玉门油田担负起"出产品、出人才、出经验、出技术"的历史重任。一批批玉门油田人走出甘肃，南下四川，北上大庆，东去庆阳，西进吐鲁番。每一个油田建设的战场上，都留下了玉门油田人的足迹。

1958年，当时刚刚主持工作的邓小平同志提出了石油工业两大根本性转变：一要发展天然油，二要战略东移，为新中国石油工业指明了发展方向。

新中国会记住这一天，1959年9月26日，松嫩平原大同镇附近，一座名为"松基三井"的油井里喷射出黑色油流。正值新中国国庆10周年之际，时任黑龙江省委书记的欧阳钦提议将大同镇改名为大庆，大庆石油城就这样诞生了，并将大庆油田作为一份特殊的厚礼献给新中国。

1960年2月，一场关系石油工业命运的石油大会战，在大庆拉开了序幕。分散在祖国大江南北的石油师人，重新在大庆集结。沈阳军区、济南军区、南京军区的3万退伍士兵也加入了会战的行列。并且中央军委又给大庆分配去3000名转业军官。在新中国的经济发展历史上，只有石油工业是由转业、退伍军人做主力援军，由此，石油工业被称为新中国的"长子"。

在大庆石油会战取得胜利之后，为加强我国东部地区的石油勘探，石油勘探队伍开始进入渤海湾地区。1964年，经中央批准在天津以南、山东东营以北的沿海地带，开展了华北石油会战。1965年，在山东探明了胜利油田，获得了每年83.8万吨的原油产量。在天津又拿下了大港油田。当时正值"文革"期间，中国石油人顶着各种压力与干扰，克服重重困难，开发建设了这两个新的石油基地。到1978年，大港油田原油年产量达到315万吨。胜利油田石油年产量从1966年的130多万吨，增加到1978年的近2000万吨，成为仅次于大庆油田的第二大油田。在渤海湾北缘的盘锦沼泽地区，石油大军三上辽河油田，20世纪70年代开始，勘探开发了兴隆台油田、曙光油田和欢喜岭油田，新中国的石油人逐渐总结出一套勘探开发复杂油气藏的工艺技术和方法。

大庆油田的开发，是新中国历史上划时代的大事。从此，新中国不再需要从苏联大量进口原油，逐渐摆脱苏联的控制，有了国际话语权。

新中国石油行业注定是一个英雄辈出的行业，王进喜，这个连小学都没上过的放羊娃，从甘肃玉门油田带领1205钻井队来到大庆，吼出了"宁肯少活20年，拼命也要拿下大油田"的豪迈誓言。在零下十几度的严冬里，他带头跳进井场的泥浆池，用自己的身体当搅拌机。这一幕，被永远定格在石油工业发展的史册上。

1970年，47岁的王进喜不幸因病逝世，大庆油田为他建立起一座纪念馆，此后，从全国各地来参观铁人纪念馆的人络绎不绝，在大庆，对劳动模范最崇高的称呼就是"新铁人"。

1963年，全国原油产量已经达到648万吨。1963年11月底，全国第三届人大第四次会议召开，周恩来总理在会上宣布，我国用"洋油"的时代基本结束。

20世纪70年代后，中国又陆续兴建了茂名、大庆、南京、胜利、东方红、荆门、长岭等7个大型炼油厂。其他地方的大中型炼油厂也多达10余个。1965年，中国原油产量达到1000万吨，1969年达到2000万吨，1972年达到4000万吨，1976年达到8000万吨，1978年破亿吨。每隔三四年，中国原油年产量就翻一番。历经了3个五年计划，石油工业成为全国所有工业经济门类中发展最快的。至此，中国用实际行动把"贫油"的帽子甩到太平洋里了。

1978年，新中国石油工业发展到巅峰。这一年，中国原油产量突破了1亿吨，成为世界上第八大产油国，在西方国家眼中，中国成了神秘的"不速之客"。在石油产业，美国、苏联、沙特阿拉伯早已稳坐前三把交椅，1978年这三个国家石油合计产量占世界的近一半。唯一挤入前十的"外来户"就是中国。

中国"入围"产油大国，让西方国家感到不可思议。1913年，美孚石油公司在中国进行地质调查后，给出了中国缺少石油的结论。1922年，美国地质学家、斯坦福大学教授布拉查温德断言，中国绝不会生产大量石油。抗战期间，日本为油找遍中国东北无功而返，无奈在抚顺建立了人造石油厂。当时，中国的石油家底只有延长、玉门、独山子3个小型油矿。

从新中国成立时中国石油产量的12万吨，到入围世界第八大产油大国，这一路的艰难，中国石油人都一步一步地走过去了，新中国石油工业从此开始了彪炳史册的璀璨一跃。

从产油大国到石油强国

新中国成立之后的前30年，在"一五"计划中，只有石油工业没有按计划完成任务，成了唯一个"拖后腿"的产业，1978年，石油工业发展成为中国的工业支柱。新中国由贫油国变成产油大国，在石油产业历史版图上确立了新的坐标。

新中国成立，百废待兴。尤其是改革开放初期，无论是国防、工业、农业、科学技术都需要大规模引进西方先进技术装备，这些需要大量外汇。但当时国家能出口换外汇的产品实在是有限，作为新中国的长子，石油工业责无旁贷地担起了这个责任，成为中国主要创汇的来源。国家需要石油工业创外汇，引进世界先进技术，为实现四个现代化争取更大的发展空间。

1978年，时任国务院副总理谷牧率团出访西欧五国，这是新中国向西方国家派出的第一个政府经济代表团。回国后，在向党中央、国务院呈送的出访报告中提道，"只有出口更多商品，取得更多外汇，才能引进更多技术设备"，并建议"大规模地开发煤炭、石油、有色金属、非金属矿山，争取几年后有相当数量的燃料、原料出口，这样可以很快偿还引进技术设备所需的费用"。石油再次承担起历史的重任。

从1972年开始，中国首次向日本出口原油，到20世纪80年代中国出口原油达到了3775万吨，创汇额占全国出口创汇总额的26.8%。出口的石油转身变为新中国各行各业急需的生产设备，为实现四个现代化发光散热。20世纪80年代中期，石油创汇曾是国家外汇的主要来源。1985年石油出口创汇最高，占全国出口创汇总额的26.9%。

1978年12月，党的十一届三中全会做出了从1979年起，把全党工作重点转移到社会主义现代化建设上来的战略决策，石油工业从此进入了一个崭新的发展时段。

1982年开始，全国原油产量逐年增长，1985年达到1.25亿吨，原油年产量居世界第六位。

1983年7月，中国石油化工总公司成立，原来分属石油部、化工部、纺织部管理的39个石油化工企业被划归总公司领导。1988年8月，石油部撤销，改组为中国石油天然气总公司。同时，1982年成立中国海洋石油总公司，直属国务院领导。从此，中国石油工业基本形成以陆上、海洋、石化三大公司为基础、各自独立经营的产业格局。

1989年，在塔里木开展石油大会战，1992年，中国石油总公司在吐哈组织了石油会战。1997年塔里木产油420.3万吨，吐哈的石油产量达到300.1万吨，新疆克拉玛依油田产油870.2万吨。中国西部已经成为中国石油的重要基地。

2000年和2001年，中国石油、中国石化、中国海油三大国家石油公司上市，成功进入海外资本市场，预示着我国石油石化工业对外开放进入了新的历史时期。

进入21世纪，我国的油、气年产量都产生了可喜的变化。2000年石油年产量1.62亿吨，2006年石油年产量已稳步增加到1.84亿吨。2000年天然气年产量265亿立方米，2006年已快速增长到586亿立方米。

2.破解发展的瓶颈

中国石油工业高速发展给中国的各行各业带来了翻天覆地的变化，同时，中国石油工业进入了瓶颈期。

查找问题

破解中国石油工业高速度发展之后的瓶颈，关键是要解决三大问题。

第一个问题是长期"透支"，后劲乏力。长期以来，石油工业持续的高速发展，积累了很多问题，无论是管理上还是技术上都有很多亟待解决的问题。尤其是原油产量上亿吨以后，中国产油的三大主力——大庆油田、胜利油田、大港油田都面临着产量快速下降的危机。加上当时国家没钱，投资不足、技术落后，使得石油勘探困难重重，新增产量难以弥补自然递减造成的亏空，使石油工业发展后劲受到了严重影响。

第二个问题是体制的"紧箍咒"限制了活力。20世纪80年代以前，中国的石油价格长期冻结，任凭国际油价潮涨潮落。1971年，国家调低了原油和成品油价格。其结果是，国内油价与国际油价的比值由20世纪60年代初的4比1，直线下跌为20世纪80年代初的1比4，降低了石油企业盈利水平，造成了石油工业收入大幅减少，资金积累能力也急剧下降，石油全行业出现政策性亏损。1978年原油产量突破1亿吨大关后，石油行业出现了3年徘徊。同时，石油工业部本来就不多的利润又要全部上交，也限制了企业扩大再生产的活力。

第三个问题是技术装备的短板与国外的差距。改革开放前，西方资本主义国家对中国进行技术封锁20多年。中国石油工业使用的勘探开发技术装备，都是20世纪50年代从苏联和东欧引进的。1960年，苏联撤走了所有技术援助，加上十年浩劫，中国石油工业雪上加霜，在技术领域与西方的差距越拉越大，技术人员稀缺，石油工业总体技术水平落后西方国家二三十年，极大地影响了石油工业发展。

1975年，由我国工业、农业等领域的专家组成的11人考察团，飞往大洋彼岸的美国，结束了中美工业科技界1/4世纪的隔绝。在美国哈里伯顿公司，中国考察团团员看到喷射钻井机钻混凝土块就像削豆腐一样，得知墨西哥湾打3000米的井最快一天一口时，我国石油勘探专家深深地震撼了。当时中国使用的还是20世纪50年代引进和仿造的苏联和罗马尼亚的钻机，钻井时遇到坚硬岩石，往往是还没有钻进去，钻头就磨平了，打一口3000米井，有时竟然需要一年多的时间。

考察团回国后，汇报了看到的令人震惊的石油工业发展速度，国内同行很多人都不敢相信。而西方石油界通行的油田招标风险开发模式，对国内来说更是闻所未闻。随着和西方国家交流越发频繁，中西石油在技术、设备、理念、管理等方方面面的巨大差距，冲击着当时时任石油部部长余秋里、康世恩的思想，也冲击着一线的生产和科技人员的观念。处于困境中的中国石油工业，迫切需要先进的技术、设备、理念，渴望全方位与世界石油工业交流碰撞。

股价是经济的晴雨表，油价是石油工业的温度计。纵观在石油工业史上产生较大影响的巨型震荡，大概有4次，跌幅都超过了60%。分别是1986年的油价暴跌、1998年油价震荡、2008年油价下跌和2014年以来的油价寒冬。

面对震荡，石油公司"抱团取暖"成为集体性的应变方式。1998年油价震荡，石油巨头们从各自战略出发，采取一系列震惊能源界的"世纪合并"——埃克森与美孚合并，BP合并阿莫科后又兼并阿科，雪佛龙和德士古合并，道达尔先后合并菲纳和埃尔夫阿奎坦，"七姊妹"变成"五巨头"。油服领域也不甘寂寞，哈里伯顿兼并德莱赛。2014年油价震荡中，壳牌收购英国天然气集团，GE并购贝克休斯。

这两次危机下的产业大合并，大多是同行业或大体相近行业，比如壳牌联姻BG，目的就是完善清洁能源业务链条。实现的是强强联合，为的是降低成本、提高效率，以超大体量来增强抗击油价下跌的风险能力，优势互补。

油价暴跌对融入世界的中国石油工业影响越来越明显。1986年油价暴跌，因中国石油工业尚没有跟世界石油市场接轨，所以毫发无损。20世纪90年代，中国石油工业市场化进程加快，"走出去"与世界成为一体，油价震荡中国石油就再不能"全身而退"了。1998年油价大跌，直接导致大庆、胜利、塔里木等油田先后关井千余口，引发中国石油工业世纪巨变，中国石油和中国石化开始进行业务大重组，组建上下游一体化的国家石油公司。2014年以来的油价寒冬，中国石油、中国石化的部分油田也采取关井停产、限产的应对措施，中国石油工业加速了油气体制改革的步伐。

抓住机遇

1980年，《财富》世界500强榜单出现罕见一幕：代表着国际石油公司（IOC）的石油"七姊妹"集体跻身前十名。2016年，"七姊妹"在前十名中仅剩三家。同时，以中国石油、中国石化为代表的国家石油公司（NOC）闪耀榜单，位居前列。

中国国家石油公司强势崛起，形成了NOC与IOC双峰并立的格局。

近十年来，以沙特阿美、俄罗斯天然气公司、伊朗国家石油公司、中国石油、巴西石油公司、委内瑞拉石油公司和马来西亚石油公司为代表的国家石油公司"新七姊妹"强势崛起，进入了全球500强。

这个榜单背后反映了国家石油公司在40年里的成长。这40年，一些发展中国家石油公司打破局限，先后走出国门，到国际大舞台参与竞争，巩固和扩大在世界石油市场上的份额，以国际化来促进一体化。比如，马来西亚石油公司在与国际大石油公司合作勘探开发本国油气资源的同时，把更多的投资投向国外，已经在全球超过20个国家参与了数十个勘探开发项目。

21世纪以来，中国石油飞速发展，成为国家石油公司的旗帜。中国石油"走出去",从里海之滨到幼发拉底河,从撒哈拉沙漠到西伯利亚……中国石油能源之路越走越宽、合作之旅愈行愈远。近3年来,中国石油深度参与"一带一路",带动中国其他行业全方位的国际合作。

1997年,在北京召开的第15届世界石油大会有一个大胆的预言,天然气将在未来赢得飞速发展,21世纪将属于天然气。

随着时间的推移,预言渐成现实。21世纪以来,全球天然气的储量、产量、消费量及贸易量稳步增长。天然气在世界一次能源的消费结构里,2017年比1990年上升了3.5个百分点,达23.8%,"天然气时代"到来了。

天然气的清洁能源属性,决定了它的"前途无量",让它挣脱了化石能源的羁绊,在世界能源消费结构中"逆势生长"。世界能源加速绿色转型需要它。《石油大博弈》《能源重塑世界》作者丹尼尔·耶金就对天然气不吝称赞:"在全球能源低碳转型的进程中,化石能源不应被简单排斥,而应被创新性地拥抱,特别是最清洁的化石能源——天然气。"

天然气的发展是有缘由的,20世纪90年代以来,全球气候变化加剧,飓风台风肆虐,各国发展都遭遇了来自自然环境的巨大压力,低碳用能逐渐成为全球共识。1992年,联合国大会通过了《联合国气候变化框架公约》。5年后,《联合国气候变化框架公约》参加国又制定了《京都议定书》。2015年,巴黎气候变化大会达成《巴黎协定》。

上述3个协议的签署,将应对气候变化上升到国际合作的层面,有了国际组织的"背书",加速了清洁能源使用的政治需求。各国对天然气的清洁需求逐渐从自发变为自觉。21世纪以来,全球天然气消费增长率超过50%,中东增速最快,达到190%;亚太地区增量最大,达到5 082.75亿立方米;北美贡献了25%的增速。中国成为世界天然气消费增速最快的国家,进入21世纪以来,17年增长了8倍多,天然气增速达到445%。

随之而来的是天然气开采和储运技术迅速提升,各国天然气产业进入了大增长阶段。世界跨国大石油公司加速了布局天然气。受全球油气生产西移、消费东移趋势的影响,各大石油公司在全球贸易流向上开始谋求转型,积极布局天然气全产业链建设。

2010年6月，在阿姆斯特丹召开的"解放您的潜力——全球非常规天然气2010年会"上，美国天然气技术研究所将终身成就奖授予了页岩气之父——90岁的乔治·米歇尔。他没有想到，20世纪70年代，他和团队十余年坚持的水力压裂技术，此后大发展并引爆21世纪风靡全球的页岩气革命。2000年，美国尚无页岩气表观产量统计。2005年开始，短短几年时间，美国天然气产量先是超俄罗斯，成为世界第一产气大国；2019年，石油产量再超沙特，成为全球第一大产油国，油气进口国变成出口国，能源实现独立。

页岩气革命让美国能源战略东移，使北美成了地球版图上的"新中东"。2012年俄罗斯总统普京首次承认，因页岩气产量快速增长，全球能源市场发生变化，已给俄罗斯天然气工业带来风险。

中国等国家积极向页岩气领域进军。2012年11月，位于重庆涪陵的焦页1井钻获高产页岩气流；2013年9月，国家能源局正式批准设立涪陵国家级页岩气示范区。此后，长宁威远、云南昭通及陕西延长页岩气示范区相继建立。2017年涪陵页岩气产能已超100亿立方米，成为全球仅次于北美的第二大页岩气田。中国页岩气发展进入快车道。

页岩气革命给世界带来的变化是巨大的，人们把页岩气革命中的水平钻井技术和压裂钻井技术，与第一次能源革命中的蒸汽机技术、第二次能源革命中的内燃机和电动机技术相提并论。

至此，世界石油工业发展理念从"资源为王"向"技术为王"逐渐转变。

在世界变成地球村的今天，绿色清洁发展成为全世界的共同诉求，石油工业已经没有围墙了。要赢得空间、赢得尊重、赢得发展，首先需要走向世界，扮演好一个合格的世界企业公民角色。是否践行承担起社会责任，成为衡量世界石油公司优劣的一把标尺。

二、开创市场新格局

1.原油从1亿吨到2亿吨

国家统计局数据显示，截至2018年10月底，我国国内今年原油产量为1.57亿吨，同比增长0.3%。在原油对外依存度不断提升的情况下，2亿吨国内年产量底线思维越发成为业内共识。

改革开放以来，我国经济发展大幅增长，需要石油产量持续稳定增长作为能源保障。石油工业又一次担当起党和国家赋予的历史重任，在陆上、海洋攻坚争油夺气，实现了国内原油年产量从1亿吨到2亿吨的历史性跨越。这1亿吨的增量来之不易，背后是中国石油人付出的艰辛和汗水，是在发现难度加剧、老油田递减速度加快的背景下获得的，足见跨越式发展背后的含金量。

实现从1亿吨到2亿吨的跨越助力我国持续跻身世界产油大国前列，为国民经济快速发展输送源源不断的工业血液，为保障国家能源安全提供原动力。

在世界石油工业领域，中国创造了一个奇迹。BP世界能源统计年鉴数据显示，2017年，中国以占世界1.5%的石油探明储量贡献了占世界4.4%的石油产量。这是所有产油国中最大的杠杆系数。数字的背后是我国油气勘探开发呈现的高难度。

几十年的勘探开发，使我国各油气田勘探开发难度越来越高，资源劣质化趋势越发明显，寻找规模优质储量的难度持续升级。20世纪90年代开始，我国油气勘探整体进入以岩性油气藏为主的阶段。"十二五"期间，我国已探明石油储量中，低渗、超低渗储量占70%，低丰度储量占90%以上，整体进入低品位资源勘探阶段。

陆上，中国石油在准噶尔盆地玛湖和吉木萨尔地区发现两个10亿吨级特大油田，在鄂尔多斯盆地和塔里木盆地发现华庆、姬塬、靖安、塔中等多个亿吨级大油田，成为石油储量增长的主力，新增探明储量连续12年超过6亿吨。

中国石化发现了顺北、塔河等多个亿吨级高效大油田。延长石油突破认识禁区，按照"盆地下面找盆地"的勘探思路，在鄂尔多斯盆地持续获得新突破，为陆上原油稳产不断夯实资源基础。

在陆上石油勘探开发难度呈几何级攀升的当下，勘探程度较低的海洋成为我国石油增储上产重要阵地。改革开放初期，海洋石油率先对外开放，"引进来"技术装备，迅速打破海洋石油勘探开发久攻不破的局面。近年来，中国海油通过采取自主创新和对外合作相结合等多种方式，近海、深海勘探多点开花，相继发现渤中34-1、绥中36-1、蓬莱9-1、蓬莱19-3等多个亿吨级油田，为国内原油年产量1亿吨增量做出巨大贡献。改革开放以来，国内海域累计探明油气地质储量超过40亿吨。

截至2017年，我国国内新增探明地质储量创出连续14年超8亿吨的佳绩，并呈现持续时间长、油气同步高峰和三级油气储量全面高峰的特点，为持续稳产上产增添"底气"。

从产量数据来看，2017年我国原油产量与阿联酋较为相似，但阿联酋对应的探明石油储量是我国近4倍，足见我国石油开发强度之大。

经过多年高速高效开发，国内油田纷纷进入开发中后期，呈高含水、高采出程度的"双高"特征，尤其是陆上老油田。以大庆油田为例，综合含水率高达90%以上，即每采出1吨油水混合物，只有10%是油，难度可想而知。

从我国原油产量构成看，老油田仍然是主要贡献者，占全国产量70%以上。老油田能否"老而弥坚"，能否"老树发新芽"，对我国原油产量能否稳定增长意义重大。

为此，以中国石油为代表的陆上开发大军紧紧抓住综合调整"控递减率"和转换方式"提高采收率"两条主线，持续开展油藏精细描述、注水专项治理、重大开发试验、二次开发、机采提效、长停井治理等工作，不断释放地下潜力。大庆油田创造了年5000万吨稳产27年的奇迹，辽河油田实现千万吨33年稳产，为"深化东部"奠定了重要基础；长庆油田油气当量2013年跨上5000万吨台阶，新疆油田原油产量实现连续15年千万吨稳产，为"发展西部"发挥了重要作用。

长庆马岭长8、华庆长6等水平井整体开发示范区的建立，为低渗透有效开发探索了新模式。小井距、长水平段、大规模压裂等模式的有效运用，使致密油得到有效开发。矿权内部流转工作等改革尝试，有效盘活未动用储量资产，拓展更多开发领域……近年来，我国陆上原油年产量稳定在1.5亿吨左右。

实现从1亿吨到2亿吨的跨越，离不开海洋石油开发的不懈探索。作为我国工业战线的"海洋特区"，中国海油率先启动项目制、招标制等改革，探索形成了一整套近海、深海有效开发体系，实现了从改革开放初期年9万吨到2010年超过5000万吨油当量的突破，为原油年产量跃上2亿吨做出重要贡献。

每一次技术革新，均奠定了我国石油工业的根基。中国石油"5000万吨级特低渗透—致密油气田勘探开发与重大理论技术创新""高密度宽方位地震勘探技术创新及重大成效""三元复合驱大幅度提高原油采收率技术及工业化应用""海洋油气勘探开发科技创新工程体系"等的突破，破解了油气勘探开发领域一道道世界级难题；新一代二元复合驱技术、四代分层注水开发技术、集约化大井丛开发工程技术等技术的突破，强力助推"双高"油田效益开发，有力支撑低品位资源效益动用，一例例辉煌的成就举世瞩目。

每一次"提速",都推动石油勘探开发不断突围。依靠精细控压钻井、工程地质一体化钻井技术等关键核心技术的进步,中国石油在平均井深超过5000米的四川盆地,取得平均钻井周期缩短50%的好成绩,创造了"磨溪提速"新模板。海上优快钻井技术,使海上钻井时间缩短至1/8……提速提效为原油增储上产"加速度"。

从1亿吨到2亿吨,成就来之不易,极不平凡。站在新的起点上,油气上游业务又迎来新一轮"赶考"征程,一幅更加安全高效的能源画卷正在徐徐展开。

2.石油管道四通八达

2018年12月9日,西气东输三线东段工程建成投产,全线贯通后我国西部又将新增一条天然气进口通道。截至2018年12月15日,中俄东线天然气管道工程黑河—长岭段已完成焊接总量的92%,我国东北方向第一条天然气进口通道基本完成。

从1959年我国在新疆建成第一条原油长输管道——克拉玛依—独山子原油管道,截至2018年底,我国油气长输管道总里程累计达到13.6万千米。2018年,我国新建成油气管道总里程约2863千米,与上年相比管网建设速度大幅放缓,新建成管道仍以天然气管道为主。我国油气管道建设起步较晚、发展较快。新中国成立后,以"八三"管道建设为起点,先后掀起四次管道建设高潮。到如今,国内油气管网纵横交织,四大油气进口通道畅通无阻,有力保障了国家能源安全。

1970年8月3日,"八三"管道工程项目启动,掀起我国第一次管道建设高潮,历时5年,先后建成大庆—抚顺、铁岭—大连等8条管线,总长2471公里,改写了我国没有长距离输油管网的历史,连接东北地区各大炼厂,极大地支持了当时国民经济建设。

我国第二次管道建设高潮从1976年开始,随着胜利、辽河、华北、中原等油田相继进入快速开发期,历时10年先后建成了秦皇岛—北京等12条油气管道，总长度3400多公里，我国东部油气管网不断完善，管道运输承载起更大责任。前两次管道建设高潮具有鲜明的油气上游产量主导特色，区域性建设特征明显。

从第三次管道建设高潮开始，管道建设进入跨区域发展新阶段。第三次管道建设高潮始于1987年，到20世纪初建成兰—成—渝成品油管道、涩—宁—兰天然气管道、忠县—武汉天然气管道、西部原油成品油管道、西气东输一线等一批长输管道，推动国家"西部大开发"战略落地实施，建成我国西部和南部油气管网，形成"西气东输""西油东进""川气出川"等油气输送格局。

"十一五"以来，我国又相继建设了陕京系统、兰—郑—长成品油管道、涩—宁—兰天然气管道复线、西气东输二线、中俄原油管道及二线、中缅油气管道等一大批国家重点管道项目，掀起我国第四次油气管道建设高潮，打通了四大油气进口通道，形成横跨东西、纵贯南北、海气登陆、覆盖全国、连通海外的油气输送格局。

经过四次管道建设高潮，管道建设实现了向高钢级、高压、大口径转变，管线延伸实现了从线到网、从境内到境外的发展。管道在油气资源优化配置上发挥的作用越来越大。同时拉动了我国经济发展，管道运输已成为继铁路、公路、水路、航空之后的第五大运输产业，完善了现代综合交通运输体系和现代能源体系。

在中俄东线施工现场，不只是大型钢管，每一名员工、每一台设备，甚至每焊接完的一道焊口都有自己的"二维码身份证"。再加上一部部便携信息管理工具，串联起各业务归口的数据搜集，管理人员享受到指尖上的信息化应用带来的便捷与高效。

中俄东线项目已完成20个焊接机组的组网及作业场景视频监控布置，打开视频监控系统，作业场景和每一道焊口的焊接过程就会通过网络传输到业主、施工单位项目部。

数据实时上传，实现智能管控。中俄东线全部采用自动焊施工，这在我国长输管道建设史上尚属首次。中俄东线项目部建立了"智能工地"实时监视中心。"现在的焊接数据，可以通过数据采集系统直接观察，有一点违反焊接操作规程都能记录下来。"CPP412机组信息化工作负责人李永年说。除了焊接数据，防腐机组温度、气压、AUT检测等数据也实现了实时采集功能。

中俄东线项目部还为每个机组安装了GPS系统，管理人员只需在电脑上轻轻一点，机组的实时坐标便显示出来，实现了机组作业位置的实时跟踪。

现场安全监督系统、大型设备监督系统、P6计划管理系统等信息化管理方式，正在中俄东线的施工现场和项目管理中广泛应用，依靠互联网技术搭建起的"智能工地"已经实现。

中国石油擦亮管道施工中的"绿色名片"，推进实施"隧道渣场、穿跨越工程、石漠化治理、土地复耕、植被恢复"五类示范工程，为我国石油工程建设水土保持生态文明提供了技术规范，成功探索出我国首套绿色生态管道建设理论体系，在西三线东段、锦郑成品油管道建设中全面推广，提升了我国管道建设在国际市场的核心竞争力。

2018年元旦投运的中俄原油管道二线穿越我国北方一道天然生态屏障——大兴安岭林区，施工过程中重叠使用中俄原油管道一线10米作业带，减少伐木面积近420公顷。在河流穿越中采用盾构、顶管等非开挖方式，减少了对河流原地貌的破坏。

管道建设更是拉动经济发展的"引擎"。以西气东输二线工程为例，作为我国"西部大开发"的标志性工程，西起新疆霍尔果斯，东至香港，沿线经过25个省区市，供应覆盖面积最大、受益企业和受益人口最多，有力拉动了沿线城市经济建设，带动了相关产业发展。

截至目前，我国油气管道关键设备国产化率已达95%以上，提升了国家工业体系水平，有力带动了国内冶金、机械、电子等相关产业发展升级，促进了中国制造走向世界。

年份	项目进展
2002	兰成渝成品油管道投产
2004	西气东输管道全线投产
2007	中哈及西部原油管道投产
2010	中俄原油管道投产
2011	中亚及西气东输二线投产
2013	中缅天然气管道投产
2017	中俄东线天然气管道开工建设
2018	中俄原油管道二线投产
2019	中俄东线天然气管道正式投产通气

数据来源：国家统计局、中国石油集团规划计划部及规划总院。

3.从进口设备到自主研发

2018年11月14日，"伟大的变革——庆祝改革开放40周年大型展览"在国家博物馆展出。展厅正中央，一边是"可上九天揽月"中国航空航天成就，一边是"可下五洋捉鳖"深海探测装备和可燃冰试采蓝鲸一号平台。

而在40年前，改革开放第一批走出国门的中国石油访美代表团，在看到墨西哥海湾的现代化钻井平台时发出感叹："中国何时能拥有自己的钻井平台？"

如今，从火箭发射所需的航天煤油和专用石化产品，再到攻克世界可燃冰开发难题的神狐海域可燃冰试采项目，石油科技助神舟上天、探万米地宫，开启了石油工业高质量发展新征程。

1981年开始，石油工业从原油出口的留成外汇中拿出了6亿美元，用以引进国外先进的地震技术装备等，270个地震队"鸟枪换大炮"；为推动国内石油钻井技术水平快速提升，我国进口了2000米、3000米车装钻机和

6500米电动钻机及其配套的系列钻井工具;热采锅炉让辽河、新疆的稠油不"愁";大型酸化压裂设备让一批难动用的低渗透油田得以动用……

改革开放初期,来自美国、法国的24个地震队带着最先进的技术和设备,成建制跨入国门,先后在准噶尔、柴达木、塔里木等高难度勘探地区开展地震作业。他们不同于国内的工作方式、管理模式,让中方地震队受益良多。HSE管理理念也由此引入中国。

在"引进来"的同时,中国石油工业充分消化吸收国外先进技术和管理理念,逐步形成具有中国特色的石油科技体系,在地质、物探、开发、测井、钻井、炼油、化工、储运等领域的技术创新取得了突破性进展,打造了近百项工程技术利器,有力支撑了油气主业发展。在一次次艰难攻关中,中国石油科技创新之路越走越宽,越走越精彩。

2004年,兰州石化重奖科研工作者,给"新型FCC汽油降烯烃催化剂的研制与工业开发"的两名科技功臣各奖励了一辆小轿车;管道局对承担公司级科研课题的研发人员发放津贴,科研人员发表论文和取得知识产权都会得到相应奖励……一系列激励机制的创新,充分体现了对科研劳动成果的尊重,有效激发了广大石油科研工作者的积极性。

2017年,中国石油印发实施《石油科学家培育计划》《青年科技英才培养工程》两项人才工程及配套制度文件,打通了青年科研人员成长成才通道。目前,中国石油拥有中国科学院、中国工程院院士21人,还有数以万计的科技领军人才。

为加大科技转化力度,中国石油先后出台了《科技成果转化创效奖励办法》等相关制度,创新激励机制,鼓励企业结合自身实际逐步探索股权出售、股权奖励、岗位分红等多种方式激励科技人员开展科技成果转化。

随着改革不断深入,创新的重要性被逐渐加强。在2016年集团公司工作会议上,中国石油将"三大战略"拓展为"四大战略",首次将创新纳入总体发展战略,明确提出要把创新摆在公司发展全局的核心位置,让创新成为引领发展的第一动力。

40年来,技术与装备不断更新换代,让中国物探技术水平逐步走到了世界前列。如今，中国石油拥有的超高性能计算机集群，可以实现每秒1400万亿次的计算能力。GeoEast软件的成功面世，更是打破了西方的长期技术垄断，创新集成了"两宽一高"地震勘探技术系列。2018年7月，东方物探与阿布扎比国家石油公司签署全球物探行业有史以来最大的三维采集作业合同，合同金额16亿美元。

改革开放以来，面对国外严密的技术封锁，中国油气装备制造企业加快追赶步伐，国产化程度不断提高，实现了从消化吸收到自主创新的全面升级，国内装备制造空白领域日渐缩小。

中国石油联合国内钢铁企业共同攻关，4年时间实现X80钢及五大类9项系列产品全部国产化，随后又成功研制出X90、X100、X120；2007年，12 000米钻机一举创造了特深井钻机研制的3项"世界之最"；2012年，由我国自主研发制造的首台20兆瓦电驱压缩机在西二线一次投产成功，我国长输管道从此跳动中国"心"；中国海油"海洋981号"钻井平台等系列海洋石油重大技术装备的成功研制，使我国具备了深海油气勘探开发的全套技术手段和能力⋯⋯

40年来，中国石油工业科技创新硕果累累，油气产业链处处彰显着高科技的力量和魅力。科技给力，圆了大国石油梦。一系列勘探开发理论、技术上的突破，助力国内油气资源增储上产。三次采油让大庆油田连续27年稳产5000万吨；长庆油田"磨刀石"上闹革命，迈上5000万吨高产新台阶；通过深层古老碳酸盐岩成藏理论技术，发现了安岳龙王庙整装大气田；通过凹陷区砾岩油藏勘探理论的创新认识，发现了玛湖10亿吨级特大型砾岩油田⋯⋯

2012年，大庆石化新建60万吨/年乙烯装置一次投产成功，让中国从此摆脱大型乙烯装置依赖进口的历史。中国石化以自主知识产权技术为主设计建设了天津、镇海等大型乙烯装置，炼化技术总体达到世界先进水平。

科技给力，构建地下国脉万里长城。中国石油全力推进大输量天然气管道建设技术、天然气液化及接收工程技术等重大科技攻关，打破国外技术垄断，实现了我国管道建设从追赶到领跑世界的历史性跨越。

4.从计划经济到市场经济

2019年11月5日—10日，第二届中国国际进口博览会在上海举行。

此次进博会上，中国石油分别与SNAM、斯伦贝谢公司签署了战略合作协议，与哈萨克斯坦天然气运输、沙特阿美、科威特石油、ABB、斯伦贝谢、卡特彼勒、霍尼韦尔、陶氏化学等20家境外供应商签署了20多份采购合同。

中国石油集团董事长王宜林表示，在高度专业化分工的今天，孤军奋战没有前途，唯有深化国际合作、取长补短，共享有利因素，才能持续推动油气行业的可持续发展，才能不断创造新的价值。

2018年11月，美国《石油情报周刊》公布了2018年全球最大50家石油公司排名，国内三大石油公司悉数入围。其中，中国石油蝉联世界第三大石油公司，连续18年跻身世界十大石油公司行列。

改革开放40年来，中国石油从计划经济走向市场经济、从重组上市到融入全球，中国声音在世界石油舞台上越来越响亮。

1983年，石油工业开始分两步实施"利改税"。1985年，国家又开始对石油企业实行"拨改贷"。这两项政策的实行，终结了计划经济时期形成的统收统支体制，形成了利益机制，对调动石油企业坚持以生产为中心、持续增加产量的迫切性和积极性发挥了重要作用。

此外，中国石油工业从20世纪80年代起开启了多轮油气价改，倒逼体制改革跟进。1981年，1亿吨原油产量包干政策实行后，国产原油价格首开我国工业部门生产资料价格双轨制先河。国产成品油价格于1983年开始实行双轨制；天然气价格于1987年开始实行双轨制。一举打破了改革开放前油气产品一直由政府计划配置，油气价格一直实行单一价格的政府定价机制。

自20世纪90年代起，中国石油工业开始探索实施油公司体制，推动石油企业改革从承包经营、转换机制向体制和管理创新的深化，建立与国际接轨的现代企业制度。

1998年，通过政企分开和上下游一体化，将原中国石油天然气总公司和中国石油化工总公司及其下属企业分别重组为两个特大型石油石化企业集团，实现上下游、内外贸、产运销一体化经营，解决了多年未解决的产业链脱节弊端，使两大公司基本具备了国际石油公司的业务结构，为建立现代油公司体制奠定了基础。

从1999年开始，三大石油公司相继开展内部大重组，将油气主营业务资产剥离，独立发起设立股份有限公司，并分别在境内外上市。这次重组改制成为中国石油工业难度最大的一次改革，也是运作时间最短的一次改革。

2000年4月6日，经过充分准备，中国石油天然气股份有限公司中国石油股票，在美国纽约上市，7日在中国香港上市挂牌交易，融资额达33亿美元。2000年10月19日，中国石油化工股份有限公司股票在美国纽约、英国伦敦和中国香港同时上市。10个月后，中国海油也成功在海外上市。中国三大石油公司进入国际资本市场。

中国石油公司刚一上市，世界著名经济金融杂志《商业周刊》就发表一篇文章，题目是《这位巨人能在华尔街腾飞吗》，对中国石油公司上市的前景表示怀疑；一周年之后，同一作者又在同一刊物上发表了一篇题为《石油巨人引起轰动》的文章，对中国石油公司上市的业绩深表赞许。这个转变，是中国石油不畏艰险干出来的。摩根士丹利首席经济学家罗奇评论说："中国石油堪称中国国有企业改革的典范！"

中国石油在国际舞台上以油气合作项目为载体，通过发挥特色技术和管理优势，特别是上下游一体化优势，为资源国提供"一揽子"解决方案。截至2017年年底，中国石油在"一带一路"沿线20个国家参与运作管理着52个油气合作项目。2017年公司在"一带一路"地区油气权益产量当量超过7300万吨。这只是中国石油企业一体化运作带来高效率的一个缩影。

中国石油企业依托上下游一体化、国内外一体化和甲乙方一体化的优势，快速在海外高效建成大型油气项目的同时，也带动中国石油工程技术和工程建设队伍走出国门，带动装备和材料出口。这充分说明了，参与国际竞争、与国际接轨不一定就意味着按照别人的打法出牌，坚持自己的特色才会有核心竞争力。

5.改变能源生产结构

我国正处在工业化、城镇化加速发展时期，以煤为主的能源结构，使能源需求与环境压力与日俱增。作为我国最大的油气生产企业，中国石油天然气集团公司，勇担能源结构调整的重任，致力于天然气开发利用，初步形成了以气为主的清洁能源开发利用体系，担当起我国能源结构变革的历史使命。

天然气主导的全球能源结构变革势在必行

以哥本哈根气候变化大会为标志，发展低碳经济成为国际社会的共识。天然气作为一种清洁高效的化石能源，是向新能源过渡的桥梁，是低碳经济的重要支柱。有关测算表明，以天然气为动力，二氧化碳排放量要比煤炭低43%，比石油低28%。在后国际金融危机时期，大规模开发和利用天然气资源，既是各国积极应对全球气候变暖的现实选择，也是维护国家能源安全和提高国际竞争力的重大战略。

近年来，世界天然气开发利用步伐明显加快。从储量看，世界天然气资源非常丰富，常规储量约为471万亿立方米，非常规储量为921万亿立方米，天然气资源当量远大于石油。从产量看，近30年来世界天然气产量持续快速增长，年均增长2.6%，超过石油近1.5个百分点。2020年在世界能源结构中将占到1/3的份额。从消费看，天然气在世界一次能源消费中的地位不断上升，从1980年的1.44万亿立方米增长到2009年的2.94万亿立方米，年均增长2.5%。据估计，到2030年，全球天然气需求总量将达4.5万亿至4.6万亿立方米，平均每年增长1.6%。天然气开发利用正在引领着全球能源结构的变革。

在国际上，我国天然气开发利用水平仍较低下。2008年，全球天然气消费占一次能源消费总量的比例约为24.1%，而我国仅为3.8%；世界人均天然气消费量为508立方米/年，是我国人均水平的8倍多。《中国天然气发展报告(2019)》预计，2019年我国天然气表观消费量将达到3100亿立方米左右，同比增长约10%；2050年前我国天然气消费将保持增长趋势。显然，我国现有生产能力远不能满足国内需求。但这同时也意味着，我国石油天然气业务发展的市场空间十分巨大。2009年11月，党和国家公布了控制温室气体排放的行动目标，确定到2020年单位GDP二氧化碳排放比2005年下降40%至45%，并作为约束性指标纳入国家中长期规划。要实现这一目标，加快天然气开发利用是不二的选择。

目前，我国大规模开发利用天然气的条件已经成熟。从国内储量来看，我国常规天然气可采资源量为22万亿立方米，到2009年年底累计探明天然气地质储量6.32万亿立方米，探明率只有21.1%，储采比仍保持较高水平，具备持续开采的资源条件。同时，我国拥有非常丰富的煤层气资源，约占世界的14%，仅次于俄罗斯和加拿大。从国际市场看，中国与哈萨克斯坦、吐库曼斯坦等分别签署了天然气引进和油气田合作勘探开发的相关协议，到2009年海外液化天然气利用量已达76.3亿立方米。从发展阶段来讲，国内天然气储量虽然集中在中西部，但随着运输管网框架的形成，解决地区间供需矛盾的条件已经具备。"十一五"以来，我国天然气发展势头迅猛，能源结构"气化"进程明显加快。可以说，中国已经踏进以气为主的能源结构调整新阶段。

为保障国家天然气需求进行不懈探索

中国石油是我国天然气行业的领头羊。近年来，明确地将天然气业务作为成长性、战略性和历史性工程，从投资、技术、人才等方面加大支持力度，天然气业务保持持续快速增长。

加大勘探工作力度，探明储量持续增长。中国石油在塔里木、鄂尔多斯、四川、柴达木、松辽、准噶尔六大盆地取得了天然气勘探的突破性进展，发现了我国第一个万亿立方米储量规模的苏里格大气田，勘定了克拉玛依二号、鄂尔多斯东部、沁水等13个千亿立方米储量规模气田。近10年来，累计新增探明天然气地质储量3.8万亿立方米，是前50年总和的2.4倍，年均新增探明地质储量3744亿立方米。2009年新增探明天然气地质储量4616亿立方米，连续3年超过4000亿立方米，使我国进入了天然气储量增长高峰期。

突出大气田建设重点，天然气产量大幅提升。中国石油先后建成了克拉玛依二号、苏里格两个年产100亿立方米以上的大气田，靖边、榆林、迪那二号等12个年产规模10亿立方米以上的中型气田，天然气产量连续九年保持两位数增长，年均增长16.4%。2009年，中国石油生产天然气683亿立方米，是2000年的近4倍，形成了西南、长庆、塔里木3个年产规模超百亿立方米的气区，以及青海、新疆、大庆3个年产规模30亿立方米以上的气区。2000—2009年，中国石油天然气产量占全国总产量的比例从70%上升到80%，在世界的排名由43位迅速上升到第9位，中国石油推动我国步入了产气大国的行列。

加快科技创新，天然气开发利用技术不断提升。由于我国地质结构复杂，天然气开发利用面临着一系列技术难题。为攻克技术瓶颈，中国石油针对克拉玛依二号、苏里格、涩北等气田的不同地质条件，协同开展重大科技项目攻关、重大技术现场试验和成熟技术推广应用，形成了低渗特低渗透气藏、高酸性气藏、火山岩气藏、碳酸盐岩气藏、非常规天然气等勘探开发技术。特别是近两年，针对低渗透、高酸性、火山岩三类复杂气藏，中国石油以提高单井产量为核心，引进国外先进技术和自主研发相结合，形成了水平井分段压裂酸化、直井分层压裂、高温酸化/酸压工艺等技术系列，有力促进了复杂气藏的规模化开发利用。

重视骨干管网建设，天然气销量快速增长。1997年，陕京线建成投产，长庆气区天然气正式进入北京；2001年，涩宁兰管线建成，开始向西宁和兰州供气；2004年，忠武线顺利通气，使"川气出川"的夙愿得以实现。特别是，西气东输工程的建成投产，标志着我国天然气管道建设步入了快速发展期。截至2009年年底，我国天然气管网总里程达到2.7万公里，比2000年翻了一番；输气能力为825亿立方米/年，是1999年的7.4倍，基本形成了连接主力气区和主要消费市场的全国性管网。目前，中国石油供气范围扩大到全国26个省区市，天然气销量从2000年的118亿立方米上升到2009年的594亿立方米，增长了4倍多。

不断深化对外合作，初步形成了多元化供应格局。近年来，中国石油加大了国外天然气资源引进力度，相继与俄罗斯、缅甸、印尼、伊朗等签署合作开发项目，2009年年底土库曼斯坦的天然气正式进入我国。目前，中国石油天然气对外合作稳步推进，合作范围向煤层气等领域拓展，2009年煤层气等非常规气田产量达到35亿立方米，比2000年增长30多倍，10年累计产气109亿立方米，不仅经济效益显著，而且在引进新的经营理念、管理方式和先进技术装备等方面都取得良好成效。

切实担负起能源结构调整的历史使命

央企理应担大责。按照中国石油的发展战略，"十二五"期末，天然气产量达到1200亿立方米以上，占全国份额稳定在70%左右。实现这一目标，中国石油既拥有有利条件，也面临诸多挑战。要赢得挑战，就必须以科学发展观为指导，紧紧抓住国内外能源结构调整优化的战略机遇，依靠技术、市场、管理的全面创新，努力实现天然气业务持续快速健康发展，创造出无愧于历史和时代的业绩。

突出资源勘探，夯实天然气业务发展的基础。资源是天然气业务发展的前提和保障。中国石油将继续大力实施储量增长高峰期工程，以塔里木、鄂尔多斯、四川、准噶尔、松辽等盆地为重点，加大低渗透砂岩、前陆盆地、海相碳酸盐岩、火山岩四大领域的滚动和风险勘探力度，力争建成4个储量规模超过万亿立方米的大气田，努力保有大量可接续开发的规模储量区。同时，要转变复杂气藏勘探思路，对碳酸盐岩、火山岩、致密天然气、煤层气、页岩气等，树立"先上产、后增储"的理念，按照整体研究、整体部署、滚动扩展的原则，做好勘探与开发的衔接工作。

精心组织气田生产，加强调峰能力建设。目前，中国石油已建成储气库（群）10座，设计工作气量174亿立方米，设计日采气能力1.58亿立方米；预计2020年储气库工作气量110亿立方米，2025年储气库气量150亿立方米。根据规划，中国石油将建立东北、华北、中西部、西北、西南、中东部六个区域储气中心，按照"先东后西、先易后难"的布局原则及"达容一批、新建一批、评价一批"的工作部署，充分挖掘储气库建设潜力，加快推进储气库建设。特别是对新纳入规划的23座储气库，以提质、提速、降本增效为中心，制定针对性措施，系统优化设计，确保储气库建设组织到位、措施到位、运行到位，达到快速建产、效益运营的要求。

加强技术攻关，提高天然气田开发水平。中国石油要依托国家重大科技专项，坚持科研与生产相结合，技术与工程相结合，紧紧抓住稳定并提高单井产量这个"牛鼻子"工程，加强技术攻关，形成配套技术，确保单井产量规模化目标的实现。特别是，要针对低渗、高酸性、碳酸盐岩等不同类型气藏开发特点，坚持引进吸收再创新，积极推广新工艺新技术，探索三维地震优选开发井位的经济可行性，千方百计提高单井控制储量和产量，加强地面标准化、规范化建设，努力降低开发成本，提高气藏最终采收率，实现长期稳产增效。

严格控制投资和成本，提高天然气开发效益。中国石油天然气业务已进入投资高峰期，要想提高投资回报率，就必须转变工作思路，强化管理。重点是要把投资及成本控制贯穿于天然气勘探开发全过程，从源头开始，精打细算，最大限度地挖掘潜力；优化勘探开发部署，加强项目论证和方案比选，坚持效益标准；细化项目全过程管理，做好前期评价和产能建设项目的跟踪、监督、检查，加强重点项目的动态调整，不断完善方案设计。此外，要坚持市场化方向，进一步健全规范市场管理制度和运行机制，开发井至少要有两个以上钻探公司承担，通过市场化的机制降低勘探开发成本。

促进有关部门完善政策，营造天然气发展的良好环境。长期以来，我国缺乏天然气价格形成的市场机制，导致天然气价格偏低。特别是，国产与进口气价差较大,造成供求矛盾突出,能源浪费严重。加快探索天然气等能源价格市场化形成机制,既是推动我国天然气行业健康发展的基础性工作,也是优化能源结构、提高能源利用效率和发展低碳经济的有效途径。此外,在税率设计上,我国仍存在油气不分、常规气与非常规气不分、一般气田与边际气田不分的问题,难以鼓励天然气资源接替中占重要比例的小气田、非常规气田和老气田的开发利用。因此,我国应借鉴国际先进经验,充分发挥税收调节资源配置的杠杆作用,实行差别化税收优惠政策,努力使各类天然气田尽其所用。

2019年,中国天然气生产量为1 761.7亿立方米,同比增长9.03%。

想当年,"富煤少油缺气",是国际公认的中国能源结构特色,而在改革开放的40年历程中,这个结构正在一步步优化。20世纪七八十年代,蜂窝煤几乎是全国城镇居民的共同记忆。40年后的今天,天然气替代蜂窝煤进入百姓的厨房,大大提高了居民的生活质量。

1978年,中国原煤产量6.18亿吨,在我国一次能源生产和消费结构中的比重高达3/4和2/3。当时,天然气消费在一次能源消费中的占比只有2.9%。

20世纪80年代,煤气在中国一线城市家庭中成为"新宠"。由于管道铺设困难,能直接把煤气引入厨房的家庭仍是少数。公开资料显示,1982年,全国接入煤气管道的家庭只有450万户,没有管道的小区就采用煤气罐的形式补充。

1997年,我国第一条天然气长输管道陕京管线投运,京、津等市的部分居民用上了天然气。6年后,西气东输东段工程顺利竣工,天然气像一只春燕,"飞"入寻常百姓家,全国2亿多人口用上清洁能源。

2017年,全国337个地级及以上城市,有90%以上使用天然气,用气人口达到3.5亿,天然气在一次能源消费中的比例提升到6.6%(不含港澳台),城镇居民已向蜂窝煤时代说"再见"了。

1997年,陕京管线分配给天津2亿立方米天然气,天津担心用不完。这在今天看来几乎是一件不可思议的事情,2017年,天津的天然气供应量增长40余倍，在冬季高峰期仍供不应求。全国都是如此。1997年，国内天然气全年消费量197亿立方米，20年后，这个数字变成了2386亿立方米。

2007年，国内天然气产量和消费量出现持平局面，从2008年开始，国内天然气消费量首超生产量。接下来，不断刷新的天然气消费量增速把国内天然气消费带入一个新时代。

这个变化，一方面体现了中国在清洁用能方面的努力，另一方面，也折射出百姓生活的变化。在天然气化工、工业燃料、天然气发电、城市燃气这四个领域，事关百姓生活的城市燃气消费占比达39.3%，位居第一。

"煤改气"也渐渐成为一个高频词汇。百姓的需求就是企业的风向标，关乎民生的能源革命，使能源企业供应清洁能源的力度加大。

以京津冀地区为例，国家出台的《北方地区冬季清洁取暖规划（2017—2021年）》，要求京津冀及周边"2+26"城市推进"煤改气"工程，涉及474.3万户。据国家发改委统计数据，2017年，全国煤改气带动天然气消费657亿立方米。

按照传统惯例，黄河以南大部分城市冬季不集中供暖。近年来，随着天然气的普及，以天然气为主要燃料的壁挂炉成为南方城市主要的取暖方式。2017年，燃气壁挂炉带动的天然气消费约115亿立方米。

中国已从一个天然气消费在全世界微不足道的国家成长为仅次于美国和俄罗斯的世界第三大天然气消费国。

为践行绿色发展理念，满足百姓日益增长的用气需求，中国在不断提升天然气供应量的同时，也不断优化天然气的供销格局。供应量从1978年的137亿立方米增长到2017年的2402亿立方米，不仅是量的变化，也是产供格局的变化。我国的天然气供应从国内少数地区即采即用的原始模式发展为全球布局，集产、贸、运、储、销一体化的格局。

据发展改革委统计数据，2018年我国天然气产消费量2803亿立方米，同比增长18.1%。

以三大国有石油公司为代表的油气企业，不断加大国内天然气勘探开发力度，形成了长庆、塔里木、西南、青海四大气区。21世纪的前17年，国内天然气开采量从303亿立方米增长到1476亿立方米，年均增速保持在12%以上。

作为国内天然气供应的第一大公司，中国石油在2017年开采天然气1033亿立方米，可替代1.33亿吨煤炭，减排二氧化碳1.42亿吨、二氧化硫220万吨，环保功效相当于14.2亿棵树，等于再造3.5个塞罕坝林场。

为合理配置国内天然气资源，20年间国内建成了西气东输、川气出川、陕京管线等大型调气工程。为应对季节因素带来的天然气消费峰谷差，全国建成11座储气库（群），完成了资源进一步优化。

在加大开发并合理利用国内资源的同时，中国也积极寻求外部合作，立足全球保障国内天然气供应。在过去10余年间，中国已建成了中亚、中缅天然气长输管道，把中亚地区和孟加拉湾海域的天然气资源引入中国。

2018年7月19日，亚马尔液化天然气项目向中国供应的首船液化天然气（LNG）通过北极东北航道运抵中国石油旗下的江苏如东LNG接收站。这是海上进口液化天然气的又一重大通道，也是中国四大能源通道的重要组成部分。

为全球调配天然气资源，国内建成20座LNG接收站，力保把全世界最优资源通过多种形式输入国内。

除此以外，中俄东线天然气管道工程黑河至长岭段全线贯通，线路全长1067公里，实现了与哈沈、秦沈等在役天然气管网的联通。正式供气后，首期每年50亿立方米，初步计划2023年全线投产后，每年供应量为380亿立方米。届时，它将与中亚、中缅天然气管道及海上LNG进口通道一起，形成我国天然气进口的四大战略通道，构建出立足全球、内外并重、稳定保障民生用气的大格局。

6.炼化产业集群化发展

中国的石化工业经过60多年发展，已经建成了门类齐全，品种配套，技术先进，具有较强竞争力的工业体系，跻身世界石化大国的行列。

目前，中国是世界上最大的石化产品生产国，目前炼油能力、乙烯能力居世界第二位，丙烯生产能力以及合成树脂、合成橡胶、合成纤维居世界的第一位；中国是世界上最大的石化产品消费国，全球石化消费的30%在中国；中国石化也是全球最大的化工产品进口国，2018年国家乙烯产量1845万吨，但是2018年当量消费量是4450万吨，全球乙烯当量贸易当中中国的贸易当量乙烯占了80%。

我国炼油和乙烯、三大合成材料等石化产品产量在世界排名数一数二，我国炼化工业的国际影响力明显提升。

改革开放40多年来，从现代石油农业到现代石油工业，短缺经济彻底结束，中国工业经济进入了新时代。其中，石油化工业的高速发展发挥了重大作用。

1972年，中国先后从国外引入化肥、化纤等成套设备和技术，通过大量生产人造纤维和化肥，逐步缓解了"穿衣吃饭"问题，也奠定了现代石油化工业的基础。

从20世纪70年代争相抢购"的确良"，到世界第一大化学纤维生产国，从每年花二三十亿美元进口化肥，到世界第一化肥生产大国，中国国民经济发生了天翻地覆的变化。

从一组数字能清晰地看到今天的中国正在以怎样的速度驰骋世界：汽车保有量全球第二，民航运输总量连续九年排名世界第二，高速公路里程居世界第一。

截至2017年，我国炼油一次加工能力达到7.72亿吨，居世界第二位，比1978年增长7.4倍。乙烯产量1737万吨，比1979年增长39倍。合成橡胶、合成纤维、烧碱等国内主要化工产品产量位居世界第一，产品供应的"整体数量短缺"问题得到根本解决，目前行业整体跨入世界先进行列。

进入21世纪，顺应世界炼化发展趋势，大型化、集群化、一体化、智能化已成为我国炼化工业转型升级的主要方向。

中国石化全力打造茂湛、镇海、上海和南京四大世界级炼化基地；中国石油广东石化项目将建成绿色、智能、效益型世界级炼化基地；中国海

油则着力打造惠州石化基地，形成相对完整的产业链条；新建的舟山、长兴岛等民营石化企业都在按照基地化、一体化的方向加快布局，争相抢占竞争制高点。

2018年，巴斯夫和埃克森美孚先后宣布，将分别在广东湛江和惠州独资建设精细化工一体化基地和化工综合体项目，国内炼化市场竞争格局迎来新的变量。

国内三大石油公司积极推动智能炼厂建设，九江石化、燕山石化、镇海炼化、茂名石化4家智能工厂已建成，以数字化、智能化、集成化的"新妆容"引领炼化发展新潮流。

截至2017年年底，我国千万吨级炼厂25家，合计炼油能力3.37亿吨/年，占全国43.7%。中国石油、中国石化炼厂平均规模分别为743万吨/年和746万吨/年，已基本达到世界平均水平；千万吨级大炼油成套技术实现跨越式发展，具有自主知识产权的百万吨级大型乙烯装置工业化成套技术全面打破国外技术垄断，化肥成套技术成功应用，结束了我国60年引进氮肥技术的历史；上海化工区、南京化工区、宁波化工区、茂名石化工业区等一批具有世界水平的石化园区拔地而起……

支援灾区

绿色清洁环保是炼化企业清晰坚定的努力方向。在紧迫的环保形势下，我国油品质量升级可谓跳跃式发展。自1999年至今，我国先后完成了从无铅汽柴油到国Ⅴ车用汽柴油质量升级，用12年走完了欧美国家20多年从国Ⅱ到国Ⅴ的升级之路。

兰州石化建成国内首套聚烯烃清洁生产线，每年可供应医用聚烯烃10万吨，制成的注射针管和输液瓶全部满足超洁净要求，已全面替代玻璃；高密度聚乙烯管材也掀起了建材领域"以塑代钢"的热潮；吉林石化生产的碳纤维可广泛应用于航天、军事国防等领域……

从结构失衡、产品单一到柴汽比不断降低，化工原料型产品占比提高；从汽柴油质量升级到船用油、基础油的品质提升；从火箭、飞船、航母等国之重器所需特殊油品到家居日用品原材料……炼化工业用更加清洁优质的产品，提升自身竞争底气，也塑造着新时代美好生活的新模样。

7.脱贫攻坚中的"石油力量"

中国石油从1994年定点扶贫新疆维吾尔自治区5县开始，累计投入帮扶资金10.5亿元、援建项目600多个、选派挂职干部155人次。2018年年底，中国石油定点扶贫的10个贫困县中，8个已实现脱贫摘帽。中国石油在我国的扶贫历程中发挥了重要作用，形成了具有影响力的中国脱贫"石油力量"。

1983年10月，针对南疆三地州缺少工农业用油和农业生产缺化肥的情况，邓小平同志亲自批准在喀什地区建设泽普石化三项扶贫工程，并把这项造福南疆各族人民的历史重任托付给原石油部。

由石油部投资5亿元，1986年5月开工建设，1990年9月正式投产的南疆三项工程（炼油厂、化肥厂、液化气厂），是当时新疆最大的扶贫工程。它的建成投产，不仅结束了南疆三地州没有现代工业的历史，而且改变了工农业用油和化肥完全依靠外地运进的历史，使三地州城镇居民用上了液化气。

1994年，中国石油接到国务院"命题作文"，开始定点帮扶新疆维吾尔自治区福海、木垒、巴里坤、托里、尼勒克5个国家级贫困县。中国石油对5县先后注入了5000多万元资金和物资，开展了以教育、科技、智力和基础性、公益性为主要内容的扶贫开发项目200多项次，仅用5年多时间便帮助5县摘掉了贫困县的帽子。

经过20多年的倾情付出，石油人浇灌的扶贫之花如今已遍及全国23个省区市的200多个区县，惠及贫困人口500多万。在平均海拔5000米的西藏可可西里无人区，不产一滴石油的双湖，因石油人的到来变成了璀璨的"藏北明珠"，成为中国最年轻的县级市。与2002年相比，双湖人均收入从那曲地区最低一举登上首位。在南疆地区，42个县市400多万城乡居民用上了天然气，百姓赶着毛驴车到几十里外砍伐胡杨、红柳生火做饭的历史一去不复返。在福建长汀，万亩水保生态示范林项目已通过中国石油验收，帮助该县水土流失治理和经济发展。

中国石油在"2016年企业参与精准扶贫工作经验交流会暨蓝皮书发布会"上被评为参与扶贫优秀企业，受到表彰。

中国石油帮扶地分布在革命老区、民族地区、边疆地区和连片特困地区，基础设施薄弱，住房难、行路难、饮水难、就医难等民生问题突出。中国石油聚焦各地脱贫瓶颈，优先选择最困难的村、最困难的家庭、最贫

扶贫路上

困的人口,扶真贫、真扶贫,累计投入数亿元用于基础设施完善,修建石油新村,铺设"幸福路",开凿"致富渠",建设了一大批普惠性设施,既注重产业扶贫带动成片突破,又注意定点除贫,打通脱贫"最后一公里"。

中国石油深入扶贫第一线,对民生建设,坚持项目进乡、扶贫到村,积极支持当地政府改善农牧民基本生产生活条件;对产业帮扶,以市场化为前提,以互利双赢为目标,找准利益共同点,切实带动贫困地区经济社会发展;对智力扶贫,以基层干部和困难家庭为对象,精准识别,跟踪服务,切实增强他们自我发展的能力和信心。

随着国家精准扶贫方略的提出,中国石油不断创新理念方式,从"授人以鱼"到"授人以渔"再到"孵化渔场",中国石油以智力扶贫和产业扶贫为重点,孵化出包括特色农业、金融惠农、生态农业等众多精准扶贫项目，以产业发展拉动和帮扶当地人整体素质和能力提升。

以资助贫困学生完成学业为目标的"旭航"助学项目，是中国石油教育扶贫的品牌项目。2015年以来，"旭航"项目共资助贫困学生5000余名，其中600多名高中毕业生圆了大学梦。

2015年阿里巴巴年货节，中国石油帮助引进的"村淘"项目在贵州习水火了一把，当地电商销售额超600万元。牵手中国扶贫基金会，中国石油推动阿里巴巴、苏宁等电商平台与帮扶县对接，推动特色产品"走出去"。

依托优质教育资源，中国石油与北京史家教育集团、171教育集团和实验中学教育集团等合作，采取长训与短训、"请进来"与"走出去"相结合的方式提高贫困地区教学管理水平，让贫困地区学子接受良好教育。

运用"互联网+扶贫"的创新模式，中国石油与腾讯公益等平台合作发起"妈妈回家就业"和"同舟工程"项目，3天内获得2.2万名网友捐款60多万元。

除扶贫事业外，中国石油还持续投入国内外公益事业，积极带动地方就业和经济社会发展，在天津"8·12"重大事故救援中，在苏丹儿童书籍匮乏之时，在坦桑尼亚居民缺少安全饮水之际，中国石油主动上前，施以援手，与利益相关方携手构筑共担共享共赢的责任共同体。

近5年，中国石油年均社会公益投入保持10亿元规模，承担定点扶贫与对口支援任务居中央企业首位……

8.应对市场变局唯有创新

2019年7月31日，国务院明确提出了深化"放管服"改革的系列举措，其中包括将成品油零售经营资格审批下放至地市级政府。这一重大举措，将大幅简化企业审批流程，切实降低企业经营的制度性交易成本，有效补齐政府监管短板，打造更加公平、透明的成品油营商环境。

近年来，国家关于推进成品油销售完全市场化的政策加快出台，成品油资源渠道更加多元，市场主体更加分散，"裂变式"新业态正加速形成。

网络开发更难、获取成本更高,竞争日趋白热化且竞争领域和方式不断升级,传统模式已不能满足未来市场竞争的需要。销售企业必须从全产业链考虑产品、服务、成本、品牌等综合要素,提升综合竞争能力。

20世纪70年代末,全国原油年产量突破1亿吨,原油加工能力增长了5倍多,每年除满足国内生产外还有部分用于出口,每年成品油创汇达67亿美元。1985年,成品油创汇额度最高,占全国出口创汇总额的26.9%。

1988年,党的十三届三中全会要求将党的工作重点转移到社会主义现代化建设上来。我国GDP连续多年两位数高速增长。在这种国民经济高速发展的背景下,国内成品油市场从供大于求转为供不应求,我国部分地区出现汽车排长队加油、限量加油等情况。到1993年,我国从石油出口国变为石油进口国,即便这样,也未能彻底改变"油荒"局面。

一组数字可以佐证:1988年到1998年间,我国GDP增长了4.6倍,汽车产量增长了1.5倍,带动汽柴油消费量翻了一番。

国务院于1998年7月做出重大决策:中国石油和中国石化两大企业重组。同时,国内成品油进一步开放,催生了以个体户为代表的庞大社会集团如雨后春笋般在成品油市场中崛起,也促成了以壳牌、埃克森、BP"三驾马车"为代表的海外石油集团布局中国市场。

1998年我国油气市场还发生了一件大事:我国成品油价格机制开启与全球油价同频共振时代。在此基础上,成品油价格机制之后又经历了5轮调整。2008年,我国终于实现了成品油价格调整常态化、价格制定从政府完全定价向主导定价的过渡。

20年间,我国加快从计划经济向市场经济转型步伐,市场在资源配置中的作用也逐渐从基础性转为决定性。我国能源市场财政、税收、外贸等方面配套改革相继取得重大突破,现代产权制度逐渐建立。

尤其是近几年,原油进口和使用权向民营炼厂放开、成品油终端市场全面向外资放开等一系列政策措施的出台,加速了我国能源市场化转型进程。

20年来我国炼油加工能力快速提升,成品油加工能力反超消费能力。2017年我国现有炼油能力7.48亿吨/年,按照全球炼油企业平均开工率83%

计算，我国炼油产能过剩约1亿吨。尽管如此，随着国家宏观调控和市场调节双重作用的发挥，我国成品油市场仍顺利实现从相对紧缺到充分平衡的过渡。

过去40多年，随着成品油商品属性的回归、市场化步伐加快、成品油高利润等因素驱动，我国加油站行业经历了快速扩张期，加油站数量从4000余座飙升至超过10万座。加油站经营模式由单一经济成分向多种经济成分、单品种经营向多种经济经营转变。目前我国加油站市场国营加油站占一半，另外一半来自外资加油站、民营加油站等。

随着成品油定价机制完全市场化、大数据、互联网等多重叠加时代的到来，加油站将进入优胜劣汰期，倒逼销售企业从油品提供商向综合服务商转型，线上线下一体化发展。

不可否认的是，过去40多年是一个变革的时代。我国成品油消费增加超过10倍，我国加油站数量增长了24倍。从当年的"要油"到如今的加油，从以前的有油不愁卖到现在的油品质量和综合服务双升级，成品油的商品属性逐渐回归，对国民经济的发展起到了重要的作用。

足迹：
1955
首次制定原油价格
1983
国产成品油价格双轨制
1988
计划外成品油非标准品最高出厂限价
1993
成品油取消计划外最高限价，实行随行就市
1994
全国炼厂生产成品油实行统一出厂价，双轨制终结
1998
确立国内成品油价格与国际油价变化相适应，在政府调控下以市场形

成为主的价格形成机制

2000

国内成品油价格开始进入与国际成品油市场"挂钩联动",当时参考的是新加坡市场价格

2001

"挂钩联动"改为参照新加坡、鹿特丹、纽约三地市场价格来调整国内成品油价格

2006

国内成品油价格实行与国际市场原油价格间接接轨的机制,以布伦特、迪拜和米纳斯三地原油价格为基准

2008

国际市场原油价格连续22个工作日变化超过4%就调整国内成品油价格,并向社会发布相关价格信息

2016

完善成品油价格机制,设置调控上下限。调控上限为每桶130美元,下限为每桶40美元

海外炼厂

三、合作共赢"一带一路"

"过去几年共建'一带一路'完成了总体布局,绘就了一幅'大写意',今后要聚焦重点、精雕细琢,共同绘制好精谨细腻的'工笔画'。"2018年8月27日,国家主席习近平在推进"一带一路"建设工作5周年座谈会上发表重要讲话,再次为新时代推动"一带一路"建设指明了发展方向。

2013年9月,习近平主席出访哈萨克斯坦、印度尼西亚时,先后提出建设"丝绸之路经济带"和"21世纪海上丝绸之路"的倡议。"一带一路"的故事,一个关于构建人类命运共同体、推动世界共同繁荣发展的壮丽画卷,从那时开始运笔。

5年来,"一带一路"倡议推动沿线油气合作迈向纵深。中国石油紧紧抓住历史机遇,继续巩固和扩大先发优势,围绕政策沟通、设施联通、贸易畅通、资金融通、民心相通的"五通"目标,秉承共商、共建、共享的"三共"原则,积极打造"一带一路"建设的能源支点,绘就"大写意"中浓墨重彩的壮美画卷。

抢抓机遇,开放融通,携手打造油气合作利益共同体

从接连合作陆海项目、陆上项目、海上项目,再到签署价值16亿美元全球物探行业最大单,中国石油与阿布扎比国家石油公司开展的油气全产

2016年4月,伊朗北阿项目投油成功

业链一体化合作已经成为中阿两国战略合作伙伴关系的重要组成部分。

很多人会发现,5年来,沿着"一带一路",这样的合作大手笔屡屡出现。

第四届东方经济论坛举行期间,中国石油与俄罗斯国家石油公司、俄罗斯天然气工业石油股份公司分别签署合作协议,进一步加强上游领域的合作;通过政府高层推动,中国石油和哈萨克斯坦能源部在2018年上合组织峰会期间签署相关合作协议,实现了数个千万吨级油气合作项目延期。

在2017年"一带一路"国际合作高峰论坛期间,中国石油与合作伙伴新签一批油气合作协议,深化和扩大与合作伙伴在项目融资、管道运输、储气库建设、油气供应及天然气发电等多领域的合作。

5年来,中国石油与沿线政府、能源企业共议同商,联手打造"一带一路"油气黄金链,与阿联酋、莫桑比克、缅甸、土库曼斯坦等沿线十几个国家合作伙伴签署数十项能源合作协议,其中许多合作协议得到国家高层的直接推动,迎来了海外油气合作难得的历史新机遇。

"一带一路"倡议的核心内涵是与世界各国打造利益共同体和命运共同体。中国石油在20余年海外油气合作经验基础上,提出打造开放共赢、互利互惠的油气合作利益共同体的设想,得到了合作伙伴的大力支持与积极响应,中国石油的"朋友圈"不断扩大。

聚焦发展、开放融通的共识也让已经成熟的合作伙伴关系更加紧密,油气合作由此成为世界互联互通的桥梁,成为沿线国家携手共进的纽带。

阿美亚洲总裁兼首席执行官纳比尔·努艾姆说,"一带一路"倡议探讨的是一种互联互通,在能源及其他各个领域为沿线各国开启了多种合作机会。沙中两国能源合作将在"一带一路"倡议框架下释放出新的活力。

阿联酋国务部长兼阿布扎比国家石油公司首席执行官贾贝尔说,中国关于经济发展的理念同阿联酋不谋而合,阿联酋完全同意并坚信"一带一路"倡议关于贸易、和平、繁荣的理念和愿景,我们与中国石油的合作将会在石油和天然气产业链中创造更大的价值。

更重要的是,"一带一路"倡议提出5年来,各国纷纷提出对接战

阿曼项目油田现场设备检测

亚马尔项目

略——中巴经济走廊、俄罗斯欧亚经济联盟、哈萨克斯坦光明之路计划、沙特"2030愿景"等，能源对接均是其中的重头戏，促进了沿线各国在政治上更加互信，经济外交空间更加广阔。

路路相通，美美与共，共建"一带一路"不断走实走深

2018年8月9日，亚马尔液化天然气项目完成了第二条生产线液化天然气的首次装船，标志着第二条生产线投产。作为"一带一路"倡议提出后实施的首个海外特大型项目，亚马尔液化天然气项目的建设不仅将带动北极能源开发和航道发展，还将为亚欧合作开辟一条新捷径。

亚马尔项目的前三条生产线在2018年底顺利投产，取得了很好的效果。除了资源国本身的资源得到有效开发外，所有参与股东也都达到了预期的合作效果。2019年，不管是气田产量、LNG产量和凝析油产量都超过预计指标。

从中哈合作一个项目发展到在中亚7个国家运行24个油气投资项目，建成直通中国内地的油气供应动脉，形成集油气勘探开发、管道建设与运

营、工程技术服务、炼油和销售于一体的完整业务链，有力地促进了资源国石油工业的现代化进程。截至目前，中国石油在中亚累计生产原油超过3亿吨，天然气超过800亿立方米。中国石油中亚合作项目成为中国与中亚国家共建经济走廊、形成互联共保油气安全体系及利益共同体的闪亮品牌。

"一带一路"在缅甸的先导示范项目和样板工程，中缅油气管道不仅带动当地基础设施建设，而且推动了管道沿线经济发展、油气产业发展，改善了当地民生。

缅甸副总统吴年吞评价说："它不仅是参与投资的4个国家互惠共赢的项目，而且将提高缅甸的经济、工业化和电气化程度，对缅甸的长期发展具有重要意义。"《曼谷邮报》曾撰文称，这条管道将使缅甸成为"亚洲的新十字路口"与商贸枢纽。

伊拉克作为中东地区石油储量第三大资源国和第二大产油国，具有丰富的油气资源。哈法亚油田为伊拉克七大巨型油田之一，储量超百亿桶。作为伊拉克战后招标的重点项目，哈法亚油田不仅关系到伊拉克当地经济的恢复发展，也将影响伊拉克乃至中东地区油气发展的方向，成为国际一流石油公司竞相角逐的对象。中国石油于2009年底联合法国道达尔和马来西亚国家石油公司中标该项目，成为该项目的作业者，开启了哈法亚油田开发波澜壮阔的大幕，哈法亚项目成为中国石油首个海外最大规模的作业者项目。

从2012年投产500万吨原油项目开始，历经多年开发，哈法亚油田40万桶/日的高峰产量不仅拉开了哈法亚油田高质量发展新征程，更以实际行动阐释了"一带一路"共商、共建、共享、共赢的深远内涵，为伊拉克人民带来更多福祉。

经过20多年的艰苦创业和奋力拼搏，中国石油目前在"一带一路"沿线20个国家进行着52个项目的合作。2020年新签合同额和营业收入分别达到150亿美元和120亿美元左右。2020年完成油气当量1200万吨。"一带一路"已经成为中国石油海外核心油气合作区，成为跨国油气战略通道的资源保障区和优势产能合作的主要市场。

多元参与，共享发展，传递合作共赢最强音

99.9%纯金，金丝编制……在哈萨克斯坦，对一个外国人的最高肯定，莫过于获得一枚"友谊勋章"。6月8日，哈萨克斯坦总统纳扎尔巴耶夫在北京钓鱼台国宾馆，向中国石油集团董事长王宜林颁发了哈萨克斯坦共和国"友谊勋章"。

20年多来，中国石油先后有7人获得哈萨克斯坦"友谊勋章"。除了"友谊勋章"，来自中国的石油人还被授予了其他勋章，以表彰其对哈经济、社会的贡献。有媒体称："细数颁给中国石油人的各类勋章，就是一部缩微版的中国油企在哈发展史。"

秉承合作共赢的价值理念，中国石油在"一带一路"沿线的成功实践切实造福了各国人民，也再次表明，丝绸之路从不只是贸易之路，它所承载的友谊传递与文化融合才是超越千年的精髓。

"是中国石油帮助我们建设了如此优质的舞蹈学院。"6月22日，哈萨克斯坦阿斯塔纳国立舞蹈学院院长阿斯姆拉特娃女士对来访的中国石油客人表达由衷的谢意。2016年，由中国石油主赞助建设的阿斯塔纳国立舞蹈学院竣工并投入使用，学院的重要部分芭蕾舞剧院也随后落成，赢得了当地政府和社区民众的高度赞誉。

中国石油投资建设的恩巴—让那若尔铁路，是第一条外国投资者在哈萨克斯坦建设的铁路，在解决员工通勤问题的同时，也带动了铁路沿线的经济发展。投资359万美元修建的土库曼斯坦"米干村水厂"，一次性解决了边远地区5000多名居民的饮水问题。

中缅管道项目启动后，中国石油东南亚管道有限公司和两个合资公司共实施了178个援助项目，让孩子们不再因为缺少教室而不得不轮流上课，医院床位不再紧缺，原始海岛村村通淡水管线，并且有道路、桥梁、通信塔，孤岛步入现代生活……

在伊拉克，中国石油参与油田商业生产创造的价值占伊拉克GDP"半壁江山"，提供了4万多个就业岗位，员工本土化率达85%。在鲁马利亚镇，

高温下,土库曼斯坦萨曼杰佩集气站在进行管线切割作业

艾哈代布项目修建的环城公路,解决了油区百姓出行难的问题,被当地人称为"通向中伊友谊的道路"。

"一带一路"倡议提出5年来,中国石油用匠心工程打造利益共同体,用良心项目维护命运共同体,在"一带一路"地区企业社会责任履行上累计投入超过3亿美元,带动当地就业超过10万人,石油合作项目惠及当地人口超过300万人,实现员工本土化率超过90%,有力增进了中国石油员工和相关国家民众的友好感情,为"一带一路"建设筑牢了社会根基。

2017年,中国石油荣获哈萨克斯坦"2017年度企业社会贡献特别奖"。2016年,中油国际(印尼)公司获得印尼政府授予的2015年度印尼本土化份额履行承诺奖。印尼驻华大使苏更·拉哈尔佐说:"希望中国石油与印尼开展合作为今后在其他多领域的合作奠定坚实基础。相信强大的民心相通就像黏合剂一样,将使两国关系更加紧密。"

五洲击水,乘风远航。如今,更加工整细致的"一带一路"工笔画已经开启描绘。随着从"大写意"的粗笔勾勒到"工笔画"的精雕细刻,中国石油将进一步携手合作各方努力推动共建"一带一路"向高质量发展转变,共同书写合作共赢的新篇章。

"一带一路"倡议提出6年来,以"五通三同"(即政策沟通、设施联通、贸易畅通、资金融通、民心相通;利益共同体、命运共同体和责任共同体)为建设原则,对增进"一带一路"区域内的油气合作各方的能源安全,扩大各方的能源利益均有着重大意义。

油气及相关产业是"一带一路"建设中最具有先发优势、规模最大的产业,通过近20年的合作,已形成三大油气合作区、四大油气战略通道的全产业链合作格局,拥有了雄厚的油气合作基础。中国参与"一带一路"共25个国家、120余个油气合作项目,在"一带一路"沿线建成了中亚—俄罗斯、中东、亚太三大油气合作区,在陆上三大油气战略通道中建设了中亚、俄罗斯、缅甸到中国的多条管线,中国从"一带一路"国家进口原油占进口总量的67%,进口天然气510亿立方米,占进口总量的85%。中国在"一带一路"国家参与运营4个炼厂合作项目,在"一带一路"国家的工程技术与建设队伍超1500支。

从全球油气开发趋势看,截至2017年年底,全球油气田共14 047个(油田8411个,气田5636个);在产油气田3833个(油田2536个,气田1297个);主要分布于中亚—俄罗斯、中东、非洲、美洲、亚太和欧洲等六个地区的133个资源国408个含油气盆地。

从剩余探明储量看,"一带一路"沿线国家原油剩余探明储量占全球总量的55%;天然气剩余探明储量占全球总量的76%。从待发现资源潜力来看,"一带一路"沿线国家原油待发现资源量占全球总量的47%;天然气待发现资源量占全球总量的68%。从油气储产量分布可以看出,"一带一路"沿线各国油气资源和产量主要分布在"丝绸之路经济带",特别是中东、中亚和俄罗斯等国家和地区。

与"一带一路"沿线国家开展油气合作是中国油气进口最现实的选择。随着中国经济的持续发展和结构调整,作为世界第一大能源消费国、第二大油气消费国的中国,未来最现实的油气进口来源就是"一带一路"区域内的主要资源国。

1.中国石油从"引进"到"走向全球"

改革开放40多年来,中国石油天然气集团公司经历了从"引进"到"走向全球"的转变。

1993年以来,中国石油集团在秘鲁北部赢得了特许经营权,这是国际业务的新篇章。然后,它在巴布亚新几内亚、苏丹、委内瑞拉和哈萨克斯坦等国赢得了许多竞标,并且还成为提供技术服务和从事国际贸易的主要参与者。

自2013年"一带一路"倡议启动以来,中国石油已朝着跨越式发展成为全方位业务提供商的方向发展。

现在,它在五个海外油气合作地区、四个跨境油气通道和三个海外油气运营中心开展业务,标志着海外业务进入了一个新阶段。

2017年,尽管全球油价呈下降趋势,中国石油集团全年股票产量为8908万吨,显示了公司的盈利能力。除确保能源安全和石油供应外,中国石油还努力成为世界领先的能源公司,以下主要事件证明了这一点。

重大事件:1978—2018年

(1)中国石油集团迈出国际合作的第一步

对于海上石油合作,中国石油工业部于1980年5月29日与法国和日本公司签订了合同,在渤海、北部湾和渝北油田的部分地区进行石油勘探,开发和生产。

关于陆上石油合作,中国石油开发公司海南分公司于1985年5月28日与澳大利亚公司CSR Sugar签订了合同。

这些合同在双边层面上推动了石油合作。

（2）陆上石油合作也取得丰硕成果。中国石油天然气集团公司自1985年以来一直与外国合作伙伴合作。在过去的30多年中，与12个国家和地区的49家石油公司签订了约77份合同，吸引了1100亿美元的外国投资。

截至2017年，中国石油已管理35个项目，全年桶油当量986万吨。

（3）陆上石油合作项目进展顺利

中国的第一个百万吨级浅海油田——赵东油田项目；最大的陆上天然气开发国际合作项目——长北天然气项目；第一个陆上天然气合作项目——川中天然气项目。

根据中国石油与壳牌集团的一项协议，长北天然气项目作为主要供应商，连续九年保持了超过35亿立方米的稳定产量。

（4）过去25年中，海外油气资源合作一直很顺利，海外油气合作区域的数量增加到五个，其中中亚—俄罗斯、中东、非洲、美洲和亚太地区占据了全世界聚光灯。

2017年，这些地区的全年生产量达到16274万吨油当量，同比增长17.2%。

（5）建立了四个跨境油气通道。

2003年，该公司的四个跨境石油和天然气渠道（从西北、东北、西南和近海进行进出口）开始了。迄今为止，中国石油已形成了最初的石油和天然气供应网络。

哈萨克斯坦—中国原油管道：该管道自2006年5月正式输油以来，一直是中国第一条允许从中亚进口石油的直接石油进口管道。

中亚—中国天然气管道：这是第一条将中亚天然气引入中国的管道。有四条跨界线（A、B、C和D），一条跨过哈萨克斯坦领土。截至2017年，通过该管道输送到中国的天然气总量达到2000亿立方米，使超过3亿人受益。

俄中天然气管道（东部）：在俄罗斯的部分始于雅库茨克。

它在中国的部分始于黑龙江省黑河市，最后至上海。第一阶段到8月底已经完成了一半，并于2019年12月投入运营。

中缅油气管道：由一条原油管道和一条天然气管道组成，于2010年6

月开工建设，于2017年4月投入使用，被视为中缅合作的重要成就。

（6）建成三个海外油气运营中心。

中国石油天然气集团公司宣布，将于2008年开始建立海外石油和天然气运营中心，该中心提供贸易、加工、仓储和运输业务。2009年在新加坡、伦敦和美国得克萨斯州休斯顿建立了三个地点，使中国石油的存在感在亚洲、欧洲和美洲的贸易额为4.7亿吨，价值1726亿美元。

（7）1997年启动了三个对外合作与发展的关键项目

苏丹1/2/4街区

1996年11月，中国石油以高价赢得了在苏丹穆格拉德盆地开发1/2/4区块的合同。

为了启动该项目，中国石油集团及其合作伙伴于1997年3月成立了一家联合运营公司——大尼罗河石油运营公司（GNPOC）。

哈萨克斯坦的Aktobe项目

1997年，中国石油天然气集团公司在阿克纠宾赢得了特许权招标，并于2000年成立了中国石油天然气集团公司阿克纠宾Munai天然气公司，即CNPC AMG。

委内瑞拉的油块

1997年6月，中国石油天然气集团公司赢得了分别位于马拉开波湖和委内瑞拉东部盆地的Intercampo油田和Caracoles油田的招标。2000年年底，原油的日产量增加到开始时的8倍。

（8）苏丹海外合作的"三个第一"

苏丹及世界上第一个千万吨级油田

苏丹1/2/4号区块于2000年12月实现了1000万吨的年产量。

苏丹第一条长途原油管道

这条管道从1998年5月开始建设，并于1999年8月投入使用，使原油可以到达北部的苏丹港。

第一家外资联合炼油厂

该炼油厂从1998年5月开始建设，并于2000年5月投入运营。中国和苏丹领导人视其为中苏丹合作的典范。

（9）中国最大的海外收购交易发生

中国石油天然气集团公司在2005年10月以41.8亿美元的价格收购了PetroKazakhstan Inc.（PK），这是中国公司最大的也是首次海外收购，也是2005年全球第二大收购案。

（10）中国石油积极有效地参与了"一带一路"建设

中国石油天然气集团公司与"一带一路"沿线国家的合作富有成果，并与俄罗斯、哈萨克斯坦和阿联酋等国的政府和能源公司签署了一系列合作协议。

在中亚—俄罗斯，亚马尔液化天然气项目开始运营。俄中天然气管道东线的建设如火如荼。

在中东，伊拉克的北阿扎德甘项目和哈法亚项目第二期成功进行。根据与阿布扎比国家石油公司（ADNOC）的协议，中国石油获得了ADCO陆上特许权8%的权益。

在亚太地区，缅甸至中国的油气管道已陆续建成并投入运营。

（11）中国石油集团组织"一带一路"油气合作圆桌会议

2017年5月16日，油气合作"一带一路"圆桌会议在中国石油北京总部举行。能源领域的20多位官员和高管比较了关于建立"一带一路"油气合作新模式和新机制以及共同愿景的说明，并达成了广泛共识。

（12）成功提取了海底可燃冰（天然气水合物）

中国石油在南海神狐海域启动了寻找天然气水合物的试点项目，并于2017年5月使该试采成功，创造了最长的钻井时间和最高的钻井量纪录。

官方数据显示，截至2017年年底，全球185个国家和地区的中国国有企业海外分支机构达到10 791家。

这些公司的海外资产估计有7万亿元人民币（1.03万亿美元），全年的年收入为4.7万亿元人民币，总利润为1064亿元人民币。

2.中国石油永远在路上

据官方统计,截至2018年年第三季度,中国石油实现全年营业收入2.77万亿元,利润总额达1105.6亿元,重新成为国内油气行业利润第一的企业。

中国石油在过去40年的发展可以概括为宏伟的改革和努力的历史。

20世纪70年代,中国石油工业发展迅速,1978年原油产量再创新高,突破1亿吨。然而,此后石油产量下降,直到1982年中央政府发布了一些刺激该行业的政策和措施。1985年,中国的原油产量为1.25亿吨,居世界第六位。

1998年,中国石油天然气集团公司重组为一个综合能源集团。当时正是亚洲金融危机爆发的时候,石化产品的生产和销售以及国际油价急剧下降,跌至历史最低水平。

为了解决这种情况,中央政府启动了中国石油天然气集团公司与另一家国有石油巨头中国石化之间的重组,该重组在短短几个月内就完成了。中国石油集团将其12家子公司转让给中国石化,作为回报,中国石化收到了19家公司。

得益于该计划,中国石油将其业务扩展至油气上游和下游业务,以及油田服务、工程建设、设备制造、金融服务和新能源开发。

2000年4月,中国石油天然气集团公司在纽约证券交易所和香港联合交易所上市。

七年后,它在上海证券交易所上市。

从21世纪初开始,这家中国石油巨头已投入大量资源增加其石油储量,因为储量已被大型国际企业普遍视为核心指标。另一方面,中国拥有10亿吨新发现的探明储量,连续10年刷新纪录。

中国石油在高产能方面也表现出了实力。自1998年以来,该集团的年度原油产量已超过1亿吨,天然气产量增长了6倍。

中国石油已经完成了一系列重大项目,例如收购哈萨克斯坦石油公司；BGP的子公司之一，现已成为世界上最大的地球物理服务提供商；建设五个油气合作区、四个跨境油气供应渠道和三个国际油气运营枢纽。2017年，中国石油在BRI地区的石油和天然气产量超过7300万吨，占海外总产量的80%。

中国石油集团未来的首要工作是继续进行混合所有制改革，并保留和增加国有资产的价值。

3.中国石油工业商机无限

根据中国石油天然气集团公司经济与发展研究所的数据，2017年中国石油和化学工业实现了快速增长，年内该行业的利润达到了8462亿元人民币（1217亿美元），同比增长了51.9%。

全年行业主营业务收入13.78万亿元，增长15.7%。

截至2017年年底，中国石油企业在全球近60个国家运营200多个项目。

2017年，中国石油海外股权生产规模达到1.9亿吨。原油炼制能力达到3000万吨。

同期，中国进口了超过4亿吨原油，成为世界上最大的原油进口国。

中国石油公司也正在成为开拓"一带一路"倡议所涉全球市场领域的先驱。与"一带一路"沿线国家和地区的合作可以追溯到20年前。

根据《福布斯》杂志的数据，2017年中国石油的市值达到2045亿美元，位居全球领先的石油公司之列。

从1979年到2017年，原油产量每年以超过2%的速度增长，大大高于全球0.8%的平均增长率。

与1979年相比，2017年中国的原油产量增长了81%，中国已成为世界前五大石油生产国之一。

天然气产量也迅速增长。从1979年到2017年，其产量每年增长6%以上，是同期全球平均增长率的2.2倍。

与1979年相比，2017年中国的原油加工能力增加了780%。

随着海外市场的不断发展,中国有潜力和能力将投资带给全世界。在过去的40多年中,中国的经济发生了巨大变化,市场规模越来越大,种类越来越多,商机越来越多。

第四章

勇攀高峰的全新征程

一、新起点，继往开来

中国石油历经40多年艰苦创业，40多年拼搏奋斗，百万石油人在党的统一领导下，用辛勤与努力书写出中国石油工业改革发展的壮丽史诗。生生不息的改革创新基因，流淌在一代又一代的石油儿女的血液当中，凝结成石油精神的优秀特质。

2018年3月，位于上海浦东新区松林路的上海期货交易所内，人头攒动。一声清脆的锣响，宣告酝酿30多年的中国原油期货正式挂牌交易开始，对于提升中国在国际原油市场的地位、促进人民币走向世界具有重要意义。7月，俄罗斯LNG船鲁萨诺夫号将首船来自北极圈亚马尔项目的液化天然气（LNG），通过北极东北航道顺利运抵中国石油江苏如东LNG接收站。这标志着"冰上丝绸之路"结硕果，中国用上了北极气。一声锣响，见证了中国石油行业和期货市场的里程碑事件，全球原油市场唱响"中国声音"。

2018年也是中国石油改革开放接力探索、接续奋进的关键年。10月，中国石油下发通知，进一步调整优化天然气销售管理体制，再次开启天然气业务改革的关键。无论是业务的整合，还是管理架构的调整，市场评价"改革力度都不小"。

中国石油工业开启全面深化改革开放的局面，激荡起奋进新时代的石油力量。石油工业的高质量有三个关键词："一是安全保供，二是效益效率,三是清洁低碳。站在新的起点上推进改革开放,石油人心中更多了一份自信和从容。过去40年的征程,不仅具有深刻的历史意义,更具有深远的未来昭示。

中国石油始终坚持党的领导永不动摇。特别是党的十八大以来,着力探索建立中国特色现代国有企业制度,在改革中大力加强企业党的建设和干部队伍建设,确保改革的方向始终不偏、改革的效果始终不减、改革的干劲始终不松,走出了一条具有中国特色的新时代探索之路。

石油资源是实现国家能源安全的基本保障,也是国家石油公司持续发展、增强竞争力最基本的条件,这就要求各项重大政策都要有利于油气资源的不断增长。国家石油公司赚钱再多,没有把资源和产量增上去,就无法承担起国家石油公司最基本的责任。

我国作为世界石油天然气进口大国,一方面要让市场真正发挥决定性作用,另一方面要使政府在能源安全等事务上更好发挥作用,实现能源效率目标与能源安全目标各得其所,这就需要正确处理好政府与市场在油气资源配置方面的关系。

坚持改革开放要不断总结经验,不断实践,不断解放思想,不能受老框框的束缚。中国石油工业改革开放的40年,就是不断解放思想的40年。产权不清、权责不分,就重组改制,建立现代企业制度;国际竞争力不强、话语权缺失,就加大"走出去"力度,在摔打中成长、在磨砺中强大;内部缺乏活力,发展呆板僵化,就进行混合所有制改革,引入外部资本的新鲜血液,创新融合,实现共同进步。

深处全球改革浪潮中,如逆水行舟,不进则退。谁能勇于担当、率先突破;谁能解放思想,让"认识的盲区"越来越窄;谁能深化改革,让"传统的禁区"越来越小;谁能扩大开放,让"发展的空间"越来越大。谁就能把握发展先机,挺立时代潮头,在激烈的全球竞争中立于不败之地。变革之下,中国石油工业从"大不大"向"强不强"的目标转型,任务越发紧迫。

发展中出现的问题,要用更高质量的发展来解决;发展中遇到的难题，要用更坚定更深入的改革来破解。中国石油新疆油田发现玛湖10亿吨级特大型砾岩油田，开拓出中国新的石油基地。塔里木油田中秋1井放喷测试成功，获得日产天然气33万立方米、凝析油21.4立方米的产量，预示着将有千亿立方米级凝析气藏。中秋1井的突破为天然气勘探找到了一条新路径，将为西气东输和新疆当地开辟新气源地。

中国石油人凭借智慧与勇气，勇于担当、奋发有为，将改革开放进行到底，为实现中华民族伟大复兴中国梦贡献更大的石油力量。

二、直面挑战，迈向世界一流

推动我国石油石化企业迈向世界一流，必须立足国内国际两种资源、两个市场，立足激发和增强微观企业活力，深化国资管理体制和国有企业内部改革，克服企业存在的各种体制机制弊端，加速依靠技术、效率、国际化水平和产品品质等"质"的因素提升企业全球竞争力。

中国石油石化企业依托快速扩大的国内市场及海外资源的大力拓展，已具有较高的全球竞争力。

中国石油的企业规模在较长一段时间内都保持在全球石油石化行业的前列。自2009年进入全球行业前列以来，我国主要石油石化企业规模快速增长，企业总资产、销售收入、油气产量、原油加工能力等指标在国际石油公司排名中均已居领先位置，如中国石化的销售收入和原油加工能力均居全球首位，中国石油的油气产量居全球第五且远远超过主要国际石油公司。

油气资源储备充裕、研发投入巨大，企业发展后劲足。2017年，中国石油年石油储量位居全球第八，在国际石油公司中高居首位，油气储采比处于行业前列。研发投入方面，根据欧盟委员会《2018年欧盟产业研发投入排名》，这一年中国石油以120.4亿元的年度投入位居全球石油石化行业首位，中国石化位居行业第三。

中国石油积极持续地拓展海外业务，国际化经营水平不断提高，海外收入和海外资产大幅提升,成为全球竞争力提升的一个重要因素。21世纪以来,我国主要石油石化企业国际化程度持续升级,形成了全链条的国际化发展架构。

国内持续扩大的消费市场为石油石化企业竞争力提升奠定了坚实基础。我国是全球仅次于美国的石油消费国,2017年石油表观消费量5.88亿吨,占全球石油消费量的13.1%,目前仍以5%~7%的速度增长。同时,随着我国日益重视大气污染防治,近年来我国天然气需求量激增,年均增长16%左右,成为全球第三大天然气消费国,占全球天然气消费量的6.5%。国内油气消费市场的持续扩大为我国石油石化企业进一步扩大业务规模、深化国际合作创造了独一无二的条件。

新形势下,石油石化企业迈向世界一流面临的主要挑战包括:

一、国内需求增长速度渐缓与企业转型发展的挑战。石油石化行业经过多年高速增长以后,进入了一个新的发展阶段,其特点是行业投资低速增长、石油需求增长放缓、行业效益显著下降。石油石化企业过去依靠规模扩张提升竞争力的因素由此大大减弱,收入增长基本与埃克森美孚、壳牌、BP等企业同步,如不能依靠技术、效率、国际化水平和产品品质等"质"的因素快速弥补,企业竞争力会降低。另一方面,随着国内一些传统大油田资源日益枯竭,油田企业转型发展将是一个非常严峻的挑战,过去依靠较好的规模效益存在大量冗员,而规模效益消失、企业效益明显下降后,这一问题就会变得非常棘手,如何加快资源枯竭油田企业转型发展、如何有效安置大规模员工,是石油石化企业面临的一项艰巨任务。

二、国际油价长期走低及绿色能源革命的挑战。国际原油价格自2014年大幅下跌以来,总体上保持了长期低位的状态。国际石油企业为解决低油价,采取积极减员增效、节支降本、调整投资方向等举措,有效降低企业现金流平衡点,表现出了极强的低油价适应能力。我国石油石化企业长期依靠国内市场地位和规模效益,成本刚性大、投资调整慢,低油价适应能力弱。在国际油价长期低位的市场环境下,我国石油石化企业必须尽快提升适应能力,保持低油价下的可持续发展。此外,全球绿色能源革命对全球石油企业来说也是一个重大挑战,国际石油公司纷纷加大了对天然气的投资,积极布局风电、光伏、燃料电池等新能源,向综合型能源企业转型。对我国石油石化企业来说,受人员、机制、效益等约束,整体转型的难度更大。

三、开放性市场的挑战。随着我国加快构建开放型经济新体制和持续优化营商环境,石油石化行业对内、对外开放的大门将越来越大,如2018年我国放开了外商投资加油站的股比限制,国内大型民营炼化项目不断"上马",国内石油石化市场竞争加剧,这对石油石化企业来说必然是一个严峻挑战。

关于如何推动我国石油石化企业迈向世界一流的建议主要有以下几方面:

立足国内国际两种资源、两个市场,立足激发和增强微观企业活力,通过深化国资管理体制和国有企业内部改革,提升企业创新能力和国际化水平,推动我国石油石化企业成为具有全球资源和市场整合力、对国内石油石化产业发展具有重要引导力和带动力、在国际石油石化产业竞争中具有重要话语权的世界一流企业。

一、要继续深化石油石化领域的国资国企改革,石油石化是关系国家安全和国民经济命脉的重要领域,石油石化领域深化国资国企改革,应在保障国有资本控制力的基础上,切实增强国有经济活力和创造力,推动微观企业成为真正的市场主体。一是改组组建聚焦以石油石化为主的综合能源国有资本投资公司。利用国有资本投资公司专业化的市场投资和资源整合能力,优化能源领域的国有资本布局,开展多元化投资,多途径保障国家能源安全,积极应对绿色能源革命。二是以整体上市为目标加大石油石化实体企业的混合所有制改革力度。在保持国有控股的基础上,引进战略投资者,优化上市企业股权结构。三是加大对主要石油石化企业的放权授权力度。作为世界一流示范企业加以培育,在企业投资、战略规划、工资总额、薪酬激励等方面给予企业更多自主权。四是将石油石化企业的商业目标与非商业目标隔离开来。所承担的非商业任务要清晰、透明,并采取政府购买或独立核算的实现方式。

二、要持续推进石油石化企业的内部改革，使企业焕发新的活力。相比竞争性领域的国企，石油石化企业的内部改革相对滞后，应在迈向世界一流过程中，加快补短板，加强内部的市场化机制建设。将三项制度改革落实到企业各个层级，切实有效地做到"干部能上能下、员工能进能出、收入能增能减"。持续推进企业瘦身健体的机构改革。有效处置"僵尸企业"，压减企业管理层级，大幅缩减管理人员。妥善解决历史遗留问题。积极利用国家政策，多渠道分流安置富余员工，加快厂办大集体企业改革，实现"三供一业"真实分离，有效推进退休人员社会化管理。加快企业内部的职业经理人制度建设。建立并全面推广以聘任制、任期制和经营目标责任制为核心的职业经理人契约化管理制度，充分发挥企业家作用。强化企业内部的激励机制改革，充分利用各种激励手段，建立健全多层次的激励约束体系。加强地方合作，从人员分离、产业转型、资产处置等方面加强对资源枯竭油田企业的后续安排。

三、大力推进创新策略，逐步转向综合性能源企业。石油石化企业要确立创新提质增效的高质量发展道路，更多依靠效率、技术、品质等"质"的因素来提升企业竞争力，并紧密结合全球能源变革进程，逐步向综合性能源企业转变。这就要求企业建立以经济效益、满足国内需求、可持续发展等多目标为导向的企业经营机制，调整资源结构、提升资产质量、优化资本布局，有效增强企业应对油价变化的适应能力。同时加强科技创新引领。目前，我国主要石油石化企业的研发投入规模已非常大，但研发效率并不高，未来要在前沿技术研发、国际科技合作、创新人才引进培养、科技成果转化应用等方面多下功夫。紧跟全球绿色能源变革，加强新能源领域布局。全球能源变革具有渐变性，我国石油石化企业既要坚持油气业务不动摇，也要主动参与新能源，以多种投资形式有选择地布局新能源。

四、要提升企业的综合国际化水平，积极向国际化企业转变。石油石化企业迈向世界一流，需将眼光更多转向海外市场，率先成为以国内业务为中心，布局全球业务、整合全球资源、具有全球产业话语权的全球型企业。向全球型企业转变，关键是要提升企业的综合国际化水平。这就要求企业以拓展海外发展为目标，从保障和满足国内需求的单一目标，转变为既满足国内需求，又获取更多市场份额、市场利润的多重目标，更加注重海外资产的效益和质量；同时加强在海外的上下游一体化运作，积极开拓下游市场，提高企业收入的海外实现率；最后强化企业国际化发展的合规经营和内控体系建设，防止发生"黑天鹅"风险。

五、要以更加开放的姿态来适应整个行业的发展趋势。石油石化行业正在加大对外资和民营企业的开放力度，市场竞争将日益激烈，有利于促进我国主要石油石化企业竞争力提升，也有利于多渠道保障我国石油安全。作为掌握着国内绝大部分行业资源的国有石油石化企业，应以更加开放的姿态适应行业发展趋势。专注优势核心领域，将诸多非核心业务及环节或分离或外包或混合，主动整合外部资源为己所用。加强与外资、民营企业的合作，在石油炼制、油品销售等下游环节和油气勘探开发、油气管道建设等上游领域开展全面合作，借外力提升企业综合竞争力。积极顺应行业开放政策，不设障碍不设关卡，与外资、民营企业共同推进行业发展。

三、新时代的新石油精神

新时代要想使践行新时代石油精神成为引领石油人干事创业的精神航标，成为企业高质量发展的不竭动力，需要做好以下几方面：

一、做好"不忘初心、牢记使命"主题教育工作。要坚持把新时代石油精神作为员工思想教育的主脉，并将其融入单位工作部署、发展规划和战略目标，按照"明确主题、分层施教、覆盖全员"的原则，开展不同形式的理想信念教育、形势任务教育、专题活动教育，引领大家牢记"我为祖国献石油"的初心使命，让践行新时代石油精神成为一种政治自觉、使命自觉和行动自觉。

二、做好新时代石油精神本土化的工作。"践行新时代石油精神"不是空洞的口号，而是要成为实实在在的行动，这就需要在石油精神与单位实际、工作岗位的结合上下功夫，积极搭建载体平台，让石油精神形象化、具体化，让企业员工践行起来有针对性、有榜样、有目标。

三、做好石油精神优良基因的传承工作。在石油工业发展壮大过程中，孕育形成了以"苦干实干""三老四严"为核心的石油精神，这种精神是石油人艰苦创业、为国分忧、为民族争气的源头活水，成为支撑石油工业发展的优良基因。新时代，要依托企业发展史打造的教育阵地，拓宽教育渠道，丰富教育载体，让员工铭记历史功勋，培植与企业发展契合同向的价值观，激发大家弘扬优良传统，以更加振奋的精神状态和更加高扬

垦荒

的斗志创造出无愧于历史和时代的新业绩。

四、培养适应新时代的高素质石油人才。团结动员石油青年积极践行新发展理念,就要大力弘扬和传承以"苦干实干""三老四严"为核心的石油精神,对标学习石油先进代表,引导新青年履职尽责创先进、立足岗位争优秀,为勘探开发建设贡献智慧和力量。

五、营造良好氛围,充分利用榜样力量。铁人王进喜、大庆新铁人李新民等石油行业杰出代表的先进事迹感人至深、催人奋进,是石油精神的生动写照。要通过多种形式,用好各类媒体资源,内外结合,集中宣传报道先进代表的成长经历、创新成果、工作业绩、精神风貌。

六、发挥激励引导作用,善用活标杆力量。先进典型是看得见的标杆,要注重从优秀技能人才中选树先进典型,充分发挥"领跑者"的作用,利用好先进典型自身具有的影响力、凝聚力和感召力。要培育员工身边的典型、榜样,用以点带面的思路和时代性、先进性、群众性相结合的原则,让员工积极主动地投身岗位,钻研技术,建功立业。

七、建立良性机制,发挥平台作用。良好的生产生活条件是石油青年全面发展的基础,要为他们当好后盾,搞好服务,及时解决困难,表彰工作中取得的成绩。要研究支持员工成长成才的相关政策,关心他们的生活,让他们时刻感受到组织的温暖,感受到企业的关爱,把员工的个人成长与企业的发展紧密结合起来,引导员工立足岗位,敬业奉献。

中国石油精神不仅是企业发展的精神支柱,更是鼓舞员工拼搏奋进的动力源泉。因此,我们要紧跟时代步伐,在践行新时代石油精神的过程中展现两种力量。

在工作中,弘扬和鼓足自信坚定、豁达乐观的精神。更要教育广大员工,树立不忘初心、牢记使命、坚定信念、埋头实干的价值观,把企业的高质量发展推向前进。还要弘扬和鼓足迎难而上、百折不挠的勇气。面对艰巨的发展任务,树立和强化问题导向,勇于直面困难,在迎接挑战、解决问题中求突破、求发展。

新的历史时期,要始终弘扬新时代石油精神,保持积极向上、奋发有为的精神状态。因此,要结合各项工作,讲好石油精神的故事,让新一代员工得到启发、鼓舞和激励,让老一代员工重温、铭记历史。只有将艰苦创业、敢于担当的作风深植于员工的基因,代代传承,才能助推企业实现高质量发展,创造新的佳绩。

溯源石油精神的根本,它从中华民族优秀传统文化中汲取了宝贵的精神营养。独立自主、厚德载物的拼搏精神涵养了石油行业自强不息、坚忍不拔的创业精神;仁民爱物、平等正义的待人之道孕育了石油行业诚实守信的经营之道;海纳百川、兼收并蓄的博大情怀厚植了石油行业融入全球、共建人类命运共同体的责任意识;克勤克俭、以和为贵的生活理念铸造了石油行业降本增效、构建和谐企业的人文关怀。石油精神植根于中华民族优秀传统,形成于艰苦创业年代,是百万石油员工共同的价值追求和精神信仰。

领悟新时代石油精神,要将其放在文明发展大潮和能源发展大势中重新定位。从其发展延续的历史脉络来看,石油精神是大庆精神、铁人精神的凝练和升华,而当下的石油精神,已从其最初的"爱国、创业、求实、奉献"发展为与社会主义现代化生产实践和社会生活相适应的一种现代形态,成为和平年代中华民族伟大精神的典范。在社会主义市场经济的伟大实践中,石油精神与时俱进地融入经济社会发展大势;在追求科学发展、关注质量效益的改革中,石油精神责无旁贷地融入现代管理理念;在利益多元化、竞争日趋激烈的百年变局中,石油精神以更高层次的奉献观内化好石油员工的优秀品质。石油精神,契合时代要求,富含时代气息,具备时代价值,是新时代百万石油员工坚守的精神信仰。

  石油精神汇聚了我国几代石油人崇高的思想精髓、高尚的品格、不朽的豪情壮志,是习近平新时代中国特色社会主义思想在石油战线的生动体现。习近平总书记指出,文化自信,是更基础、更广泛、更深厚的自信。中国石油集团作为国有大型骨干企业,应成为践行社会主义先进文化的典范、传承中国精神的主体力量,以新时代石油精神引领企业文化建设。

井下作业施工现场

四、高产量，开启新征程

中国石油从2012年投产哈法亚油田500万吨原油项目开始，历经多年的开发建设，哈法亚油田40万桶/日的高峰产量，不仅开启了哈法亚油田高质量发展新征程，更以实际行动阐释了"一带一路"共商、共建、共享、共赢的深远内涵，为伊拉克人民带来更多的福祉。

伊拉克作为中东地区石油储量第三大资源国和第二大产油国，具有丰富的油气资源。哈法亚油田为伊拉克七大巨型油田之一，储量超百亿桶。作为伊拉克战后招标的重点项目，哈法亚油田不仅关系到伊拉克当地经济的恢复发展，也将影响伊拉克乃至中东地区油气发展的方向，成为国际一流石油公司竞相角逐的对象。中国石油于2009年年底联合法国道达尔和马来西亚国家石油公司中标该项目，成为该项目的作业者，开启了哈法亚油田开发波澜壮阔的大幕，哈法亚项目成为中国石油首个海外最大规模的作业者项目。

赢得合同只是开始，挑战还在后面。彼时的伊拉克，战争硝烟刚散去，一场看不见的开发上产战役又开始了。广袤的油田地表下，复杂的油藏等待着被揭示，巨大的储量既是机遇，也对技术提出了新的挑战。

伊拉克战后动荡的治安和恶劣的自然环境是项目面临的现实挑战：现场工作人员的人身安全随时受到恐怖分子及局部战乱的威胁；大型作业设备通关和运输受到各种原因的阻碍更是屡见不鲜；现场贫瘠的荒漠和超高

温考验着每一位工作人员的身体和心理极限。

除此之外,哈法亚油田极其复杂的油藏特征给开发带来极大挑战:油藏类型千差万别;岩石类型截然不同;异常高压油藏、近饱和凝析油藏、常规轻质油藏等压力系统及流体性质大相径庭。

开发经验不足以及开发工艺的不完善也严重制约项目的有序推进。比如巨型碳酸盐油藏开发国内乃至世界没有成熟经验可借鉴;同一油田内,实现不同类型油藏高效协同可持续开发,之前尚无先例;复杂地层长井段钻完井及固井工艺在中东地区无技术标准可循。

面对哈法亚油田自身复杂的油藏特征及开发技术困难,面对伊拉克严峻的自然和治安局势外部挑战,唯有科学谋划,才能做到决胜千里;唯有深入分析油藏特征,才能有开发理念突破和开发方式转变;唯有工艺技术不断革新,才能有效支撑高效开发。科技创新始终是哈法亚油田开发的制胜法宝。

开发方案是指导油田开发的纲领,直接决定油田开发的成败。根据油田开发和商务需要,项目组不断调整开发方案,以确保合作共赢,最终实现技术—商务一体化部署,登高望远,为哈法亚油田高效开发奠定了坚实的基础。

在中东地区经营多年的国际油公司普遍认为,巨厚碳酸盐岩油藏就像厚厚的海绵一样,里面均匀充满了原油,整体是块状的,找到有效层段一套层系射孔开发即可获得较好的开发效果。然而,哈法亚技术团队的专家通过对多口取心井近2000米的岩心精细描述,经过测井曲线标定及多剖面对比分析,结合生产动态,明确巨厚碳酸盐岩油藏并不是块状厚厚的海绵,而是由许多类似"水泥板"的隐蔽隔、夹层分开的互层状三明治特征,这些隔夹层严重影响了油水的运动,必须分层系开发。巨厚碳酸盐岩油藏具有隐蔽隔夹层的地质认识的创新带来了开发理念的突破和开发方式的转变,哈法亚油田开发摒弃了国际油公司通用的一套层系笼统开发的方式,转向实行分层系注水开发,储量动用程度由40%可提升到70%以上,极大地提高了采收率和开发效益。

面对哈法亚油田复杂的油藏特征和特殊的分层系开发需求,项目组创新应用了多项先进技术,创造了多项第一的成绩:为增大单井产油剖面厚度,成功完成伊拉克境内第一口多分支水平井;为确保疏松砂岩油藏高产稳产,在伊拉克境内第一次采用砾石充填等复合防砂工艺取得显著效果;针对油藏高气油比、低含水特征,成功实施第一个气举采油实验,有效降低了成本;针对超低渗透油藏,成功实施了伊拉克境内第一口水力压裂井,盘活了巨量低渗、特低渗储量。

历经9年的开发,哈法亚油田由最初的日产1万桶水平提升到高峰产量的40万桶,成长为年产2000万吨的大油田。哈法亚项目始终坚持科技创新,始终坚持产量目标,始终坚持合作共赢,取得了丰硕的成果:提前15个月完成一期500万吨产能建设和提前2年实现二期1000万吨产能建设的任务,第一个实现了合同高峰产量,赢得了"中国速度"的美誉。

项目创新的理念和技术更是得到国际同行的认可,相关生产措施建议有效减缓了产量递减,取得了良好的开发效果。相关技术正在中东地区油田开发中起到示范引领作用,"中国创新"在中东高端市场赢得了认可和尊重。

哈法亚油田开发始终以国家"一带一路"倡议为引领,秉持"共商、共建、共享"原则,以全球化思维为指导,与全球多个国际油公司及服务商深度合作共赢。推动本土化行动,直接提供数千个就业机会,实现员工本地化近70%;促进经济大融合、发展大联动,构建成果大共享的命运共同体,为哈法亚当地经济和民生发展注入不竭的动力。

站在新起点,哈法亚项目将秉承科技创新为核心,以合作共赢为基础,促进绿色和谐高质量发展,让哈法亚油田这颗"一带一路"油气合作的"明珠"更加熠熠生辉。

五、5G 时代打造智慧油田

迎接5G时代,一是将智能创新活动升级为创新体系,将生产链与创新链相对应。即将科研立项、一线员工创新、员工五小创新等各自为政的创新活动,升级为创新体系,发挥团队优势;二是充分发挥企业创新工作室的"中央厨房"功能,按照跨专业融合、跨部门协作、跨领域创新及人员融合、项目融合、进程融合的方式,组成由操作骨干现场试验,技术骨干专业分析,专家资源重点指导,核心团队全程协调的大团队协作运行模式,保证创新经费,破除基层员工创新成果和生产应用转化的壁垒;三是建立成果共享资源库,提升共性项目的集成创新水平。对相关智能创新成果进行横向研究,引进消化吸收再创新,缩短创新周期、避免低水平重复性研究,实现高起点、高效率的创新。

实现数据集成与共享的关键是做好数据治理工作,其目标是提高数据质量,保证数据的安全性,实现数据资源在企业各部门的共享。数据治理工作需要以企业级顶层设计的理念和视角建立数据治理体系,推进跨部门、跨职能、跨主题、全流程、立体化地开展数据资源的整合、共享和管控。具体工作包括统一数据标准、规范管理体系、加强主数据管理、强化部门对数据质量的管理责任、以应用推动数据服务和大数据分析工作的开展等。

建立数字化、智能化、统一的信息平台,把信息孤岛联通起来,消除信息盲区，这是顺其自然的，我们也要遵循客观规律。建设智慧油田不是简单的、机械的集成，不是简单地消掉"信息孤岛"，联通、整合是最重要的。比如，大庆油田目前正在建设的数字化生产指挥中心，就是把大庆油田各采油厂、生产单元集成在统一系统平台上，更好地服务油田生产、推动油田高质量发展。

一是要做好顶层设计和专项规划，以"平台化、共享化、集成化、智慧化"为指导原则，制定可落地实施的信息技术总体规划，持续推动油田信息化共享服务水平和协同创新能力的提升。二是要夯实信息化基础管理工作，重点做好勘探开发梦想云一体化推广应用，拓展EPDM模型，将勘探、油藏、气藏数据库与梦想云有效数据集成；同时整合三类数据建设，以生产指挥系统建设为主，集成生产指挥、应急指挥、安全环保数据；以ERP推广深化应用，对财务、合同、物资进行数据整合共享；整合油田内部所有视频监控应用平台及安防类数据，达到实时数据共享目的，持续做好数据正常化监督、考核。三是做好A6系统数据入湖，通过构建"统一数据库、统一技术平台"，将数据统一进行采集，把数据推送到各个系统，实现一次录入多方采集。搭建以项目为核心的一体化协同研究工作环境，推广云模式下数据、功能的统一集成应用，实现各专业数据与相关专业软件之间的无缝对接。

数据是智慧油田建设工作的基石。要对勘探开发数据标准进行一体化设计，也就是主要对钻井、录井、试油、测井等几大专业数据库的逻辑结构、数据规范值进行一体化设计。

当前，物联网、云计算、大数据、"互联网+"等技术蓬勃发展，应用广泛，也悄然改变着原有的产业格局，创造出全新的产业生态和经济模式。面对油田专业分工管理带来的信息孤岛，必须要用颠覆思维、大数据思维、互动思维，来重新审视当前的油田管理模式，借助下一代互联网技术、云计算技术、大数据分析技术、一体化互通共享研究平台等手段，与传统采掘模式深度融合，构建智慧油田下的油田互联互通新时代，打造石油新兴业态。

油田信息孤岛的存在，既有技术上的原因，也有体制机制的原因。打通信息孤岛，关键是让数据"跑起来"。信息技术的发展与创新应用，为消除油田专业分工下的信息孤岛提供了强有力的技术手段。通过数据湖技术的应用，可以把信息孤岛联通和整合，形成油田统一的数据银行，从而实现油田各类业务数据的充分共享。

推动油田由数字化向智能化转变，主要有以下几方面建议：

一、要继续推进油田自动化、信息化、数字化改造，为建设"智慧化油田"打下坚实的基础。通过完成油气生产场站信息化技术改造，实现生产管理从劳动密集型向信息化、自动化、智能化转变，促进生产组织管理方式转变，实现少人值守或无人值守，生产管理运行效率、劳动生产率和管理效益不断提升。另一方面主动顺应技术发展，推动数字油田向智能化的方向演进和转变，重点通过AI人工智能提高井口数据故障诊断和优化系统应用，加大油田自动化数据采集力度和智能化分析运用，全面感知、分析预测、优化决策等大数据分析，持续提升信息化基础能力。

二、从技术和管理两个方面进行探索和应对建设成本高的问题。首先，在技术方面，研发了新一代低成本物联网技术，单井仪表及施工造价降幅达40%~60%，施工时间节约近半，后期运维成本可降低40%；在管理方面，进行物联网的统一规划、统一设计、统一建设、统一管理，实现多功能、多职责的一体化运行监管，避免重复建设、资源浪费和标准不统一。其次，从油田数据深度挖掘程度低这一发展瓶颈入手，应对技术挑战。结合油田实际，建立了油气田大数据分析方法流程，为实现油田业务的趋势预测、辅助决策提供了理论基础。同时，建立了集数据抽取、数据存储、数据分析建模、数据展示为一体的大数据分析平台，实现了分析模型的集成和共享，为数据分析人员、业务人员提供了"自助式"大数据分析应用协同环境。

三、数字化是以数据为表征，所有行为用数字度量、存储；而智能化则是通过数据进行分析决策，是数字化高级阶段。相比数字化，油田生产智能化程度更高、管控模式更加趋于合理，勘探开发更加高效精准，管理决策更加科学合规。而要实现油田数字化向智能化跨越式转变，关键是解决以油田各项业务为核心的无缝连接与知识共享，以互联网、物联网、云计算、云储存等为基础，整合勘探、开发、生产、经营等环节，建立多维的专家支持系统，实现协调、规范、精准、智能化的高效运行管理模式。

四、推动油田由数字化向智能化跨越的过程中，应该由业务主导，通过需求导向，进行智能化应用的探索和实践。目前云计算、大数据、物联网、人工智能等技术日新月异，一些行业的智能化应用成效已经凸显。在油田信息化建设中，业务专家从实际需求出发，针对明确的业务场景提出智能化应用方向，而后由信息化工作者来寻求解决方案，是最为有效的数字化向智能化跨越式发展的路径。

油田数字化向智能化转变的关键是数据深度应用的不断推进。边缘计算、大数据分析等新兴技术的规模应用推进了企业智能化进程。对于油气田企业而言，要紧紧围绕勘探生产业务实际需要，按照构建"油公司"模式，优化"采油厂—作业区"两级管理模式，打造全面感知、远程操控、预测趋势、智能优化、智慧决策的智能油田，助推劳动组织的深度变革，打造精益管理和创新增效升级版。改变传统经验决策，人工操作变为用数字说话、听信息指挥的新型生产管理模式。

加快推进以油气生产物联网为核心的数字化建设，实现油田从劳动密集型向技术密集型转变。向油田智能化转变的关键是应该启动一些大的关键项目，比如在建的大庆油田生产指挥中心、云数据中心等，要形成合力，更好地实现资源共享、集中利用。

5G具有高带宽、大容量、低时延的优点，能够为生产现场提供广覆盖、高带宽的网络资源，尤其是对生产现场视频等高容量信息传送具有非常高的价值，解决了敷设光缆带来的建设成本高、征地用地协调难、施工安全风险高等难题。但是受限于5G建设成本高难以实现油气生产现场全覆盖、高频段信号绕射能力差、公网传输信息安全等问题，规模推广应用仍需进一步开展可行性研究工作。

基于5G低时延、高带宽的特点，可以实现生产运行数据、高清监控视频的实时传输，还可以对单井、管线、电力线、基站进行无人机巡检和精准远程控制，实现远程集中控制生产设备设施状态，实现少人或无人值守，减少一线用工数量。通过5G高带宽的特点，地质勘测原本需要几个月采集的TB级大数据量的地质数据，可以在很短的时间内回传到研究单位，可以大大提高地质数据的解释效率等等。

5G的发展和普及，将网络和通信能力提升到前所未有的新阶段，也会为智慧油田建设带来革命性创新应用。物联网系统更高效，各种工业生产系统可以利用5G技术实现顺畅稳定的通信连接，突破高连接密度的瓶颈，让更多的设备联网通信，而不用担心网络会拥挤。5G需要部署大量的微型基站，在油田发展中受到频谱许可程序长、费用过高等因素制约。高速低延迟的5G网络将面临极大的安全隐患，大量的终端和应用为恶意代码和黑客提供了大量的攻击机会，为油田的安全生产和核心技术保密带来挑战。

5G网络的稳定性特点应用在前端数据采集、远程数据传输、现场用可穿戴设备等方面，将助推工厂的自动化和实时过程控制水平再上一个新台阶。5G网络的传输速率和高可靠性在气田视频监控方面，超清视频的传输有助于工业视频监控远程实时掌握现场生产情况，低延迟和高互动性在应急指挥方面可以更好地发挥远程指导作用，对于智能化工厂建设来说算是一项非常有意义的革新。最值得期待的是VR/AR技术，5G技术结合无人机、VR/AR技术、人工智能技术，可以提供更好的信息交互和响应速度，在气田自动安全巡检、虚拟可视化巡检等方面有着广阔的应用前景。

数字化建设，是对传统油田管理模式的变革。在生产方式上，有效降低了生产运行对一线人员的需求，员工足不出屋就能借助生产管理平台巡井，还可以实现动态监测、预测预警、方案优化等，其中，留楚油田人均巡检频次比过去降低了75%。

在管理模式上，岗位层级得到压缩，组织机构得到精简，管理层级得到优化，总体表现出"一少（值守型岗位少）、一专（专业化运维管理）、两集中（指挥型工作集中、运维型工作集中）"的新型岗位配置特点；管理层级由五级减为三级，形成了以站控中心为中枢的集中管控模式。

在数据应用上，借助数字化建设产生大量的数据，公司探索其价值挖掘，用数据指导科研生产、提升管理能力，实现"让数据说话，听数据指挥，用数据提效，靠数据管理"。

对进入勘探开发中后期的华北油田来说，实施油田生产数字化建设，为解决当前公司面临的人多油少、传统管理模式管控效率低以及安全综治等突出矛盾，探索出了一条可行的转型发展之路，形成了一套可复制的数字化建设方案模型和实施模式，实现了生产效率与效益的整体提升。

"十三五"以来，中国石油按照建设"共享中国石油"的战略部署，重点建设生产运行、专家、服务、信息技术和云资源五大共享中心。"共享中国石油"将创新形成生产、经营、管理、服务新模式，实现数据、信息、知识、经验等无形资源的充分共享，推动人、财、物等有形资源的共享应用和整体优化。

生产运行共享中心积极应用物联网技术，逐步实现经营决策分析智能量化、生产组织扁平化和运行实时优化，大幅提高劳动生产率。目前，中国石油已全面完成ERP应用集成建设，支撑生产经营管理网络化、国内外业务一体化高效运行。

中国石油已累计实现10多万口油气水井、1万余座场站的数字化管理，1400多套炼化生产装置纳入信息系统管理和实时监控，连接2000支工程技术队伍，监控2600口钻井作业；6万台运输车辆集中调度和实时监控；6万公里油气长输管道集中统一调控。销售分公司利用信息系统，推动将单纯销售油品转变为油品非油品和资金利用综合创效，将普惠营销转变为精准营销，形成了第三方支付、"线上+线下"营销等新模式，有力地支持了扩销增效。

专家共享中心高效整合各领域、内外部专家资源，集中分享知识经验，对生产经营疑难问题及时开展群诊群策，远程在线指挥现场作业。在石油工程技术领域已建设40多个远程作业支持中心，有效提高了生产作业效率、质量和安全管理水平。

服务共享中心将集中专业队伍，全面支持财务、人力资源等服务共享。中国石油共享服务中心正在加快推进各项业务。电子会计档案、商旅集中管理、增值服务等财务共享专项工作也在按计划协同推进，其中电子会计档案已完成125家单位的上线实施，减少纸质会计档案输出3亿张/年，具有显著的经济效益和社会效益。预计2019年年底，人力资源共享服务的上线单位将累计达到30家，服务员工将达到36.5万人，接近员工总数的1/3。

信息技术共享中心为ERP、油气生产数据管理系统、炼化生产运行系统、加油站管理系统等共享中心提供技术支撑平台。其中，科技管理系统3.0版于2017年7月15日正式上线，实现项目计划、立项、实施、验收归档和经费的全过程管理，2018年年底在企事业单位全面推广，奠定了技术信息共享基础。

云资源共享中心将通过云计算平台的持续完善和拓展应用，形成中国石油"三朵云"，即应用业务云、电子商务云和科学计算云。2018年11月，中国石油正式发布第一个主营业务智能共享平台——勘探开发梦想云平台，上游业务信息化发展蓝图正快速落地。发布半年来，多家油田的综合数据显示，应用梦想云平台，数据准备效率提升60倍至100倍，研究工作效率提升20%以上。梦想云还吸引了斯伦贝谢、华为等28家企业达成入驻意向或协议，显示出巨大潜力。

六、铭记使命，勇攀高峰

守初心铸忠魂担使命展风范为实现中华民族伟大复兴贡献石油力量，这要求所有石油人深入学习贯彻习近平新时代中国特色社会主义思想，时刻铭记肩负的责任和使命，不断锤炼忠诚干净担当的政治品格，在守初心中铸忠魂，在担使命中展风范，为创建世界一流示范企业、为推进中华民族伟大复兴贡献石油力量。

习近平新时代中国特色社会主义思想，是夺取新时代中国特色社会主义伟大胜利的思想旗帜，是当代中国的马克思主义、21世纪马克思主义，具有十分重大而深远的意义。习近平新时代中国特色社会主义思想博大精深，贯通了马克思主义哲学、政治经济学、科学社会主义，贯通历史、现实和未来，贯通改革发展稳定、内政外交国防、治党治国治军等各领域，形成了系统科学的理论体系，彰显了鲜明的马克思主义理论品质，要牢牢把握其深刻内涵，确保中国石油改革发展的正确航向。

习近平新时代中国特色社会主义思想，是指导国有企业做强做优做大的根本遵循。重点把握习近平总书记关于国有企业地位作用重要论述精神，始终坚持做强做优做大国有企业的信心和决心。重点把握习近平总书记关于国有企业改革重要论述精神，充分认识到深化国有企业改革是坚持和发展中国特色社会主义的必然需要。重点把握习近平总书记关于国有企业创新驱动发展重要论述精神，始终把创新放在发展全局核心位置。重点把握习近平总书记关于建设高素质国有企业领导人员队伍重要论述精神，推动企业领导人员树立更高标准，干在实处、走在前列。重点把握习近平总书记关于国有企业坚持党的领导、加强党的建设重要论述精神，铸牢国有企业的"根"和"魂"。

习近平总书记对中国石油做出的系列重要指示批示精神，明确了当好国有企业"种子队"、坚持"两个一以贯之"、保障国家能源安全、加强国际油气合作和大力弘扬石油精神等要求，寄托着对石油工业的殷切希望，是引领中国石油高质量发展的行动指南。要深入贯彻落实总书记重要指示批示精神，以中国石油的生动实践彰显党的创新理论的真理性和时代价值。

中国石油作为党领导下的国有重要骨干企业，要准确把握和深入践行党的初心使命，履行好中国石油的政治担当，重点要回答好三个问题。一是要知道"不忘初心、牢记使命"是怎么来的。要始终牢记，一切向前走，都不能忘记走过的路；走得再远、走到再光辉的未来，也不能忘记走过的过去，不能忘记为什么出发。二是要知道初心使命对共产党人意味着什么。为中国人民谋幸福，充分展现了百年大党的为民情怀；为中华民族谋复兴，充分展现了百年大党的伟大使命。三是要知道中国石油守初心担使命的基本要求是什么。就是要坚持爱党爱国、忠诚担当的政治品格，坚持找油找气、竭力保供的主责主业，坚持创新创效、敢为人先的革命斗志，坚持共赢共享、放眼世界的开放理念，坚持为民惠民、创造和谐的价值取向，弘扬以"苦干实干""三老四严"为核心的石油精神。要充分认识到初心和使命，既是历史的又是时代的，既是理论的又是实践的，要在今后工作中继续深入践行。具体要切实增强找差距抓落实的政治自觉，坚定不移推进世界一流示范企业建设。近年来，集团公司党组坚决贯彻落实党中央决策部署，着力发挥国有重要骨干企业"四个作用"，各项工作都取得长足进步。但与中央要求相比，我们在理论学习、高质量发展、深化改革、加强党的建设和干部队伍建设等方面还存在差距，要进一步查摆剖析存在的问题，采取有力措施加以整改。要坚持落实新时代集团公司的新战略新目标新要求，打好"四场关键战役"，做好"三篇文章"，强化"两个坚持"，推动世界一流综合性国际能源公司建设踏上新征程。

第五章

从高速发展向高质量发展转型

大庆油田

一、大庆油田：大庆精神代代传

一个成熟油田能够持续性稳产，对于国家能源安全至关重要。

大庆油田创造了世界同类油田开发史上的奇迹：1976年起，实现年产原油5000万吨以上持续27年高产稳产，实现年产原油4000万吨以上连续12年稳产。这一切，见证了国家改革开放40年的历史进程。

2018年，大庆油田实现油气当量4 166.85万吨，营业收入、利润总额、上缴税费创三年来最高水平；2019年上半年，已实现国内外油气产量当量2 159.2万吨；2018年收入首次突破百亿元，预计2019年的海外权益产量将超过800万吨。

在2018年公布的《大庆油田振兴发展纲要》中，大庆油田提出2035—2060年的发展目标，作为持续提升阶段，油气产量当量保持在4000万吨以上。

"当好标杆旗帜，建设百年油田"，大庆油田不断探索老油田的发展新路，展示着资源型国有企业的张力与活力。

回望历史

1958年1月，石油部提出了石油勘探任务，将松辽盆地和华北、塔里木等地区一起划为含油气远景区，明确松辽盆地的勘探要配合地质部的普查，选择有利地带，进行详查细测，提供可供钻探的构造建议。

大力推进石油勘探,进一步加快油田增储步伐

地质部在松辽盆地发现大同镇长垣等17个可供钻探的储油构造。石油部首先在任民镇和登楼库两个构造上钻了两口基准井,接着,地质部松辽石油普查大队、地质部长春物探大队和石油部松辽石油勘探局反复论证,多次协商,在1958年10月将松基3井的井位选定在大同镇西北地区小西屯以东200米,高台子西100米处。

1959年4月11日,松基3井开钻,7月20日完钻,8月29日完井,9月26日原油外溢,开创了大庆油田发现的新局面。

1959年冬,为纪念松基3井在国庆前夕喷油,大同镇改名为大庆,油田命名为大庆油田。

1960年2月,石油部党组决定开展石油大会战,2月20日党中央批准石油部党组《关于松辽大会战的报告》,5月1日在萨尔图召开万人大会,宣布开始大会战。以王进喜为代表的数万名石油职工聚集大庆长垣,分3个探区做石油钻探,1960年6月1日,大庆油田生产的原油开始外运。

大庆油田建成后,为国家提供了急需的石油资源,脱掉了中国贫油的帽子。60年来,大庆油田累计生产原油近23.9亿吨,为建立我国现代石油工业体系做出了重大贡献。

回想当年,国家基础建设刚刚起步,大庆石油工人为了加速推进石油产油进度,将泥土和草混合夯成土方作为落脚点,住进"干打垒"。如今,大庆石油城一座座高楼拔地而起,现代化石油新城面貌日新月异。

石油精神的传承,让大庆涌现出1205、1202钻井队等"双子星座"新典型。

经过多年的开采,大庆油田厚厚的油层剩下的大多是被业内认为"不具备工业开采价值"的"表外储层",甚至被列为"开采禁区"。大庆人硬是用"铁人"精神,历经30年研发出三元复合驱技术,将这些别人眼中所谓的"针头线脑""边角废料"从岩缝里"洗"出来,为大庆增加了一个地质储量7.4亿吨的"大油田",目前年生产原油400万吨以上,相当于又找到了一个中型油田。

大庆自主创新研发的"国字号"表面活性剂,成本比国外降低了40%,大庆油田三元复合驱油技术工业应用提高采收率20个百分点以上,使我国成为世界上唯一大规模工业化应用三元复合驱技术的国家。

2016年,大庆油田对承担"十三五"重大科技专项的13个课题长全面实施竞聘上岗,建立以课题长为核心的市场化、开放式科研攻关模式。探索建立双序列成长通道,技术序列和管理序列在一定条件下转换和晋升,调动科研人员的积极性。制订青年科技英才培养计划,探索建立青年骨干成长通道。

近年来,大庆油田主要开发技术指标箭头一路朝上,主力油田采收率已突破50%,高出国外同类油田10至15个百分点。水驱精准挖潜技术、二类油层化学驱技术、致密油有效动用技术取得新进展,现场应用见到明显效果。

在大庆地下找到天然气,是油田几代人的梦想。十几年间,大庆油田不断加大天然气勘探开发力度。从"一油独大"到"油气并举",如今,已将天然气业务作为战略性、成长性、价值性工程来抓，将其上升到前所未有的高度，进一步加快增储上产步伐，积极培育新的经济增长点，推动主营业务实现结构优化、转型升级。

2017年，大庆油田天然气产量首次突破40亿立方米，深层气在新领域新层系获得新进展。随着天然气勘探坐稳松辽，打好塔东、潼南两记"重拳"，"大油田+大气田"将成为"当好标杆旗帜，建设百年油田"的有力支撑。

改革之路

改革开放伊始，《人民日报》就在头版头条刊发《要有"第一个吃螃蟹"的勇气》，向全国推广大庆油田解放思想、大胆实践，用经济方法管理经济的经验。1981年9月，石油部对大庆实行原油产量包干。当年年末，大庆召开推行经济责任制座谈会，颁布《推行经济责任制实施办法》。1993年，作为国内陆上石油第一家股份制公司，大庆头台油田开发有限责任公司成立，这是中国石油、大庆油田与地方合资合作开发边际低产油田的第一次尝试。在大庆油田身上，记录着计划经济向市场经济转型的历史巨变，也深深烙印着国企辉煌、突围、改革、进步的方方面面。

近年来，大庆油田不仅提升管理水平降本增效，深化改革也蹄疾步稳、有序推进。

2015年8月，大庆油田出台《关于开展扩大经营自主权试点工作的指导意见》，7家试点单位运行以来活力迸发。试点改革扩范围、扩规模，钻探工程公司、昆仑集团、头台油田、重庆分公司、龙西难采储量示范区等单位进入试点行列，深入推进"五自"经营机制增加活力。

2017年出台的《大庆油田有限责任公司全面深化改革指导意见》，是路线图，也是时间表。当年11月，中国石油集团电能有限公司正式成立。中油电能调结构、转机制，产业布局更优。机关机构大幅压缩，总部机关科级以上机构由54个压减为"7部1室1站"，总人数由445人压减为100个管理岗位。

大庆铁人广场

专业化重组扎实有序推进,物探业务明确整体划转方式,进行移交前的准备工作。企业办社会职能剥离移交稳妥实施,民用供水、物业、供热相继签订正式分离移交协议。公司机关改革已优化调整机关机构,向轻身健体、精干高效迈进。

"真正走上改革之路后,路是越走越宽的。推开窗子我们可能看到的是风景,但当我们真正敢于推开门走出去,我们就成了风景。"这是发展转型后中油电能人的感触,也是面对改革的大庆石油人的心声。

开放共享

如今的大庆油田,高楼林立,车流如织,环境宜人。"咬定青山"才有"金山银山",让美丽与发展同行,"绿色生态油田"已成为这里最亮丽的名片。

　　推进国家级绿色矿山建设,大庆油田将绿色矿山建设,融入"当好标杆旗帜,建设百年油田"奋斗目标,"一张蓝图"绘出了天蓝、地绿、水清的幸福生活,绘出了振兴发展的美好图景。

　　这里的绿色矿山建设,不是简单的"披绿",而是既关注地下,在资源持续利用方面做文章,也重视地上,以生态环境整治与培育为重点,还兼顾大气排放控制,建立立体式绿色矿山建设体系。2016年7月25日,《人民日报》刊登报道《黑色油田绽放绿色生机》,介绍了大庆油田将环保理念融入油气勘探开发整个周期的生动实践。

　　走进大庆,吸引人的不仅是蓝天碧水、花鸟绿地,更令人惊喜的是这里开放的理念、共赢的奋进。

　　2018年上半年,大庆海外市场收入52.55亿元,同比增长43.3%,增收创效能力进一步提升。2018年大庆油田海外权益有望突破600万吨。

"走出去"正成为大庆油田重要的经济增长点。1998年进入国际市场以来，大庆油田的海外业务项目已经覆盖至26个国家和地区，构建做大中东、深耕非洲、发展中亚、拓展亚太、介入美洲市场格局。

铁人广场上，铁人王进喜的巨大雕像高高矗立，铁人王进喜纪念馆参观游客络绎不绝。以铁人命名的铁人学院，成为17家全国党员教育培训示范基地中唯一的国企培训机构。铁人精神的沃土，与时俱进以新姿吸引着众人的目光。

2018年6月，大庆油田和华为签署战略合作协议，跨行业构建有效共赢模式，让传统与创新融合交汇。7月，大庆油田与塔里木油田实施战略联盟合作，携手共建塔里木油田。

今后一个时期，大庆油田将聚焦"两个5000"目标。石油勘探，今后5年内年均提交优质可动用探明地质储量要达到5000万吨；天然气勘探，今后5年至8年内提交规模优质探明储量要达到5000亿立方米。

《大庆油田振兴发展纲要》显示，2020—2035年，大庆油田的国内外油气产量当量计划保持在4500万吨以上，天然气产量占比达到15%以上，海外权益产量占比达到45%以上；松辽主体层系资源探明率达到70%以上，主力油田采收率达到60%以上。至2060年，大庆油田发现的100周年，油气产量当量保持在4000万吨以上。

在大庆油田振兴发展的百年蓝图中，不变的是传承与创新！

大庆足迹

1978年

邓小平同志在第三次视察大庆时指出：要把大庆油田建设成美丽的油田。大庆开始了较大规模的城市建设，第一批楼房拔地而起。

1986年

新华社报道，大庆已成为一座新兴的石油化工城市，跨入世界十大油田行列。

2002年

大庆油田实现原油5000万吨高产稳产27年，创造了世界同类油田开发史上的奇迹。与大庆的稳产相对应的，是国家建设的稳固，是国家发展的高速度。

2005年

12月31日，大庆油田利税、销售总额双双突破千亿元。

2007年

12月26日，大庆油田有限责任公司获得首批"中国工业大奖"。

2008年

大庆油田海外市场收入首次突破200亿元。

2009年

3月22日，大庆油田已累计生产原油20亿吨。

2011年

1月14日，大庆油田第三次荣获国家科技进步特等奖。

2014年

12月31日，大庆油田实现原油4000万吨以上持续稳产12年。

2016年

3月，全国两会期间，习近平总书记参加黑龙江代表团组审议时指出，大庆就是全国的标杆和旗帜，大庆精神激励着工业战线广大干部群众奋发有为。

长庆油田

二、长庆油田：从低到高的勇敢跨越

《长庆志》上记载：长庆油田目前在鄂尔多斯盆地已成功开发油田33个、气田11个，天然气日均产量超1亿立方米。

2018年，长庆油田全年生产油气当量5465万吨，连续6年稳产5000万吨以上，油气当量净增150万吨，天然气产量创历史新高，营业收入和利润总额比上年分别增长了20%和70%。

40年来，长庆人在党的领导下，沐浴着改革开放的春风，凭着逢山开路、遇水架桥的闯劲，实现了从1978年年产原油61万吨到2013年年产油气当量5000万吨的华丽转身，一跃成为我国最大油气田和天然气管网枢纽中心。

20世纪70年代初，青海、玉门、四川、江汉等油田的石油队伍、地方干部和2万多名解放军指战员、复转军人共5万多人，云集陕甘宁开展了规模空前的长庆石油勘探开发大会战，拉开了"三低"油气田效益开发的序幕，会战指挥部驻扎陕西、甘肃两省交界的长庆桥小镇，"长庆油田"由此得名。

然而，要在以低渗、低压、低丰度"三低"为特性的"磨刀石"上，攻克"井井有油，井井不流"的世界级难题，并非一件容易的事。

在改革开放的春风拂煦下，长庆石油人大胆提出了"东抓三角洲，西找湖地扇"的勘探思路，于1983年7月30日，成功完钻了第一口探井——塞1井，获得日产64.45吨的高产工业油流。安塞油田诞生了，这是鄂尔多

中国石油长庆油田

斯盆地第一个探明的以三叠系油藏为主、储量上亿吨级规模的大油田。

长庆石油人没有被喜悦冲昏头脑，又及时调整发展战略，按照"油气兼探"的决策部署，开始实施天然气勘探的重大战略转移。

1984年9月29日，任11井获天然气无阻流量25.86万立方米的高产工业气流。1989年6月11日，陕参1井获天然气无阻流量28.3万立方米的高产工业气流，标志着靖边气田的发现。正式拉开长庆石油人在鄂尔多斯盆地中部大规模进行天然气勘探的序幕。

1998年，长庆油田年产原油、天然气分别为400.2万吨和4.600 8亿立方米，折合油气当量约436万吨。400多万吨的油气年产量，在当时我国油气生产大家族中，还是个"小不点"。

到2018年，长庆油田已连续6年油气产量超过5000万吨，40年净增长5200多万吨，增长88倍，成为我国产量最高的油气田和天然气管网中心枢纽，原油、天然气年产量分别占全国总产量的1/8和1/4，已成长为中国第一大油田和最大产气区及天然气管网枢纽中心，承担着向北京、天津、西安、银川、呼和浩特等40个大中城市供气的任务。西气东输一、二线，陕京一、二线等天然气主干线在长庆交汇，长庆天然气负有承接中亚和西部气源，执行储能调峰、平抑市场需求、保障安全稳定供气的重大责任。

目前长庆油田累计向国家贡献石油3.39亿吨、天然气3795亿立方米，折合油气当量6.413 9亿吨。连续22年向北京及华北地区供气累计超过2000亿立方米；已发现和成功开发安塞、靖安、西峰、华庆等33个油田和靖边、榆林、苏里格等12个气田；累计探明石油地质储量52.05亿吨，天然气地质储量6.42万亿立方米。

40多年来，几代长庆人紧扣低渗透油气藏开发技术关键，凭借理论创新和技术突破铸就科技利剑，攻克了"三低"油气藏规模有效开发的世界难题，形成了独具优势的"三低"油气藏开发配套技术体系。

科技兴油兴气。面对鄂尔多斯盆地储层特点，积极推广应用成熟技术，吸收利用实用技术，创新发展特色技术，形成了快速钻井技术、水力喷射压裂、分层压裂、油田超前注水、气田井下节流等一大批具有自主知识产权的低渗透油气田开发核心技术，实现了低渗透、超低渗透储层的经济有效开发，创造了马岭、安塞、西峰、华庆油田模式，靖边、榆林、苏里格气田模式和一整套适合"三低"油气藏经济有效开发的综合解决方案。

特别是"十二五"以来，长庆油田重点建设了低渗透油气田勘探开发国家重点实验室（集团公司先导性试验基地）技术创新平台，建成了勘探、开发、安全环保、低碳节能等先导试验区，形成了以"三院一中心"为主体、基层生产单位为支撑的一体化创新体系；创立了中生界源下成藏理论，创新了鄂尔多斯盆地海相碳酸盐岩天然气成藏地质理论。先后获国家科技奖3项，省部级科技奖116项；授权专利1324件（发明专利272件）；计算机软件著作权登记72项；集团公司自主创新重要产品17项。

苏里格气田是长庆油田标准化、模块化、数字化、市场化"四化"模

针对多井低产长庆油田大型水平井组

式的发源地,是长庆技术创新、管理创新成果的集合点。解放思想、锐意进取的"苏里格"精神,充分体现了长庆人走新型工业化道路的智慧和勇气。

长庆油田以市场化为导向,构建了多个主体共同参与、平等竞争的市场格局,市场主体培育和监管基本到位,确保了大规模建设的高效组织。坚持整合高端市场优势资源,充分发挥中国石油整体优势,与工程技术服务单位进行战略合作,共谋发展。坚持低端市场面向社会和民营资本,实现了低成本高效率发展。在超低渗透油藏规模开发过程中,长庆油田采用市场机制,在自身没有增加1名员工、1台设备的情况下,有效组织了800多部钻机、1000多支施工队伍参与大会战,满足了每年钻井8000多口、进尺2000多万米的建产需求。市场化运作控制了用工规模,在只有7万余人的长庆油气区,汇集了数倍于自身的优势资源,钻井、试油、地面建设工程质量和效率不断提高,每年节省投资10多亿元。

2018年长庆油田的改革迎来了新一轮浪潮。针对油气生产一线大量缺员,二、三线业务庞杂,冗员严重的现状,长庆油田确立了三条业务发展思路，以业务结构和人员结构优化为抓手，最大限度盘活内部人力资源，形成了主业突出、相关业务协调发展的良性发展格局。

改革开放给长庆油田带来了空前巨变。从1979年原油产量突破100万吨，到1999年，长庆人用了20年，将油气产量增加到500万吨。又用4年时间，实现油气产量从500万吨到1000万吨跨越。2007年长庆人将油气产量提升到了2000万吨；从2008年起，长庆以年均增长500万吨的速度将油气产量快速推高。2013年，长庆油气当量历史性跨越5000万吨关口，此后连续6年实现5000万吨稳产。

40年来，长庆油田始终把环境保护放在与油气生产同等重要的位置，同规划、同部署、同实施。在油田开发建设中，长庆油田投入上亿元专项资金治理清除环保隐患。特别是近10年来，长庆油田每年都投入上亿元专项资金，对生产生活站点、井场和油区道路进行植被恢复，逐渐探索形成了黄土塬、沙漠等5种生态环境保护模式。王窑水库保护区、桥山自然保护区、子午岭自然保护区内的油水井全部关停并实施永久性封井；加强"三废"治理，年回收伴生气10亿立方米，减排二氧化硫3500吨，废气、废水达标率100%，固体废物综合处置率100%；推广运用丛式钻井工艺和一体化集成场站，最大限度减少地面建设用地，10多年时间节约土地25万余亩；先后建成安塞油田绿色示范区、延安"中国石油林"、苏里格气田3万亩防风固沙林等9座碳汇林基地，年节水2500万吨，新增绿地4500余亩，有效改善了油气区环境。

40年来，长庆油田始终毫不动摇地坚持党的领导，充分发挥党组织把方向、管大局、保落实的重要作用；始终坚持发挥党组织的领导作用和政治核心作用，推动党建和思想文化工作紧密服务油田生产经营、推动改革创新、维护和谐稳定；始终坚持倾力打造忠诚干净担当的干部队伍，为油田持续发展提供强有力的人才和智力支撑。40年来，长庆油田始终以多种形式不断激励广大干部员工传承"石油精神"，埋头苦干，艰苦创业，全力保改革、保发展、保安全、保稳定。特别是近年来，长庆油田深入开展党的群众路线教育实践活动、"三严三实"专题教育，推进"两学一做"

长庆油田

  学习教育常态化制度化。长庆油田公司党委先后荣获全国"先进基层党组织"、中央企业"先进基层党组织"等荣誉称号。

  长庆油田对无人机、机器人及手持移动终端等智能设备的投入使用,不但为长庆油田5000万吨高效稳产提供了质量保证,而且有效推动了中国石油的智能化发展进程。

  未来,长庆油田会更美好!

塔里木油田

三、塔里木油田："气壮"西气东输

在全国人民欢庆新中国成立70周年之际，塔里木油田公司博孜9井试井成功，获高产工业油气流，日产天然气41.82万立方米、凝析油115.15立方米，成为塔里木油田一年内在天山南部发现的又一个千亿方级大气田，标志着塔里木盆地第二个万亿方大气区横空出世。

博孜9井不仅为塔里木油田建设3000万吨大油气田增添了"底气"，也将为西气东输和南疆用气增加新的气源，进一步保障国内天然气供给。

我国深层凝析油气探明储量80%以上集中在塔里木盆地。目前，塔里木油田成功开发了牙哈、迪那2、塔中1号等14个超深、超高压复杂凝析气田，形成了年产凝析油超200万吨、天然气100亿立方米产能，建成了我国超深层凝析油气生产基地。

回望1989年4月开始的塔里木石油会战，那是在我国改革开放的大背景下展开的一场新型石油会战。30年来，塔里木油田的石油人把一个年产不足3万吨的小油田，建设成为年产2500万吨级的大油气田，目前是我国陆上第三大油气田，走出一条用人少、效率高、效益好的新路，是改革开放伟大实践在塔里木盆地的生动写照。

塔里木盆地是我国陆上油气最为丰富、最有远景的地区之一，但也是我国地下地质结构极为复杂、地面生存环境极其恶劣的生命禁区。

为寻找油气田，从20世纪50年代开始至70年代末，塔里木石油人九进九出大沙漠，五上五下搞会战。

1989年，沐浴着改革开放东风的石油人，以敢为人先的勇气，靠12亿美元贷款六上塔里木，开创中国陆上靠贷款进行油气勘探开发的先河，在昔日古丝绸之路上展开一场新型石油会战的"凿空之旅"。

塔里木人坚持"两新两高"工作方针，采用新体制新技术，实现高水平高效益。

30年来，塔里木石油人发现轮南、塔中、哈得、克拉2、迪那2、克深等30个大型油气田；建成年产2500万吨大油气田及西气东输主力气源地，向西气东输供气超2000亿立方米，生产油气产量当量超3亿吨；形成两大油气地质理论和十大勘探开发配套技术，连续12年油气储量超3亿吨，累计探明油气储量当量27.5亿吨；科技贡献率和科研成果转化率分别达63%和76%，高于国内科技贡献率56.2%的平均水平；投资资本回报率、利润贡献率稳居集团公司前列。

塔里木油田是西气东输主气源地之一，每年外输天然气总量由初期的3.51亿立方米增至211亿立方米以上，惠及华东、华北地区15个省区市的120多个大中型城市约4亿人口、3000余家企业，为改变我国能源结构和东部地区人民生活做出积极贡献。

2017年，塔里木油田天然气产量占国内生产总量的1/6，油气产量当量占中国石油国内总产量的近1/7。

塔克拉玛干大沙漠被称为"死亡之海"，但科研人员和塔里木石油工人在世界最长的流动沙漠公路两侧建起了一道"绿色长廊"。

从轮南油田的"管道拐了七道弯，不伤一棵胡杨树"到千里油气区建立首个环保特区，再到全面推行钻井废弃物不落地，实现黑色废物绿色处理全覆盖、零排放，塔里木油田始终将绿色理念融入油气勘探开发的整个生命周期，建设绿色油田，构筑生态企业，为美丽中国建设增添亮丽色彩。

1998年，克拉2气田横空出世，直接促成了西气东输工程，推动中国进入"天然气时代"。东送的2000亿立方米天然气，惠及下游15个省市120多个大中型城市约4亿百姓，相当于替代约2.7亿吨标准煤，减少有害物质

塔里木油田

排放1.8亿吨。

生产不扰沙海，退役不留后患。2018年3月12日出台的塔里木油田《永久性弃置井封井技术规范》，成为中国石油首部涵盖油、气、水等井的封井标准，确保油气井在"生命终结"之后，消除对环境的影响。2018年，塔里木油田对12口未开发利用的废弃井进行井筒完整性"体检"，从国家级胡杨林自然保护区中退出，成为塔里木油田在千里油气区建立的首个环保特区。

由末端治黑到源头植绿，塔里木油田大力实施钻井废弃物不落地、污泥处理、钻机气化、绿色钻井液研发和升级换代等技术措施，有效保护了井场周边生态环境，让井场沉砂池、应急池退出历史舞台。

塔里木油田采用热洗、萃取和超声波联合工艺，对含油污泥进行处理，使处理后的泥土达到环保和复垦标准，实现含油污泥零排放。近年来，塔里木油田投资1.3亿元，在哈拉哈塘、轮南、塔中、塔河南岸等7个区块分别设置钻试修废弃物环保处理站，单井平均可减少500立方米固废物处理量，实现黑色废物绿色处理全覆盖、零排放。

"开发一个区块，建设一片绿洲。"会战近30年，塔里木石油人在戈壁荒漠中植绿面积达482.6平方公里，相当于6.7万个足球场。南天山脚下的百果园、沙漠腹地的塔中植物园、戈壁滩上的红枣园……昔日的"死亡之海"，随着油田的发展成为探险和旅游爱好者驻足流连的地方。

南疆五地州，是我国经济欠发达和生态环境脆弱地区。2013年，中国石油重大扶贫工程——南疆天然气利民工程投运，环塔里木盆地长达2424公里的天然气主管网，使盆地400万南疆各族百姓从"柴煤时代"跨入"绿色时代"。昔日"一天两斤土，白天不够晚上补"的和田，成为全国首座实现整体天然气供暖的城市。塔里木油田总部所在地——库尔勒市，气化覆盖率达100%，2017年环境空气质量优良天数为248天，空气质量优良率达84.07%。

2017年8月30日投产的塔里木油田与巴州地方政府合作项目——凝析气轻烃深度回收工程，实现当年投产、当年盈利。这一项目既是塔里木油

塔里木油田

田优化资源结构、延长天然气产业链、提高产品附加值的一项重要举措，也是深化油地合作、发展融合型经济、造福当地百姓的一项富民工程。

凭借天然气资源优势，库尔勒市已形成天然气精细化工、棉纺化纤、石油装备及制造业等产业体系，聚集巴斯夫、河北诚信等670家知名企业，形成围绕油气产业的10万人劳动力市场和服务市场。库尔勒由此从26年前一个欠发达的小县城发展成为现代化的"全国魅力城市"。

塔里木油田油气开发主战场——阿克苏地区，大力实施优势资源转换战略，建成自治区级化工园区5个，形成年500万吨原油加工、170万吨化肥生产及天然气精细化工等石化产业集群，实现资源就地转化，带动油气化工中下游产业链延伸。为支持阿克苏地区油气和化工产业发展，塔里木油田每年向库车化工园区供气15亿立方米。

2018年5月启动的塔里木油田60万吨/年乙烷制乙烯项目，采用中国石油具有自主知识产权的成套乙烯工艺技术，达到国际先进水平。2020年项目建成后，将在南疆形成一个以乙烯为龙头和主导的产业集群。

集团公司党组从中国石油稳健发展大局出发，做出加快新疆油气业务发展、建设5000万吨油气当量上产工程的战略部署。其中，塔里木油田在"十三五"期间，要全面建成3000万吨大油气田。作为新疆上产工程的主力军，塔里木油田承担了5000万吨上产工程60%以上的总产量。这既是塔里木油田难得的发展机遇，也是新时代赋予塔里木石油人的新使命。

塔里木油田累计供应的2400亿立方米天然气，相当于替代标准煤2.89亿吨，相应减少1600余万吨有害物质、10.49亿吨二氧化碳酸性气体的排放。

放眼未来，塔里木石油人描绘了到21世纪中叶三个阶段的发展蓝图：2020年全面建成3000万吨大油气田；2030年全面建成4000万吨世界一流大油气田，2035年世界一流大油气田的地位更加巩固；到21世纪中叶，实现4000万吨以上持续稳产，建成全球领先的一流大油气田。

新疆克拉玛依：油龙

四、新疆油田：抓住机遇创新高

2019年新疆油田大规模开发国防战略型石油资源"稠油"，新增可采储量2亿吨，具备稳产20年的物质基础，成为全国最大的优质环烷基稠油生产基地。

稠油是重要的战略资源，环烷基含量大于50%的优质环烷基稠油仅占0.15%，被誉为石油中的"稀土"。新疆稠油环烷基含量高达69.7%，更是原油"稀土"中的极品，在世界石油探明储量中仅占2.2%。以环烷基原油为原料，能生产75种高端化工产品，基稠油是国防军工和重大工程建设的战略性原材料。

新疆油田迎来了新的发展机遇。

回望新疆油田改革开放40多年的发展历程，经历了从计划经济体制向市场经济体制的转变，经历了改革管理体制、完善经营机制的涅槃，经历了核心竞争力和综合实力迅速提升的欣喜。

1977年新疆油田公司的原油产量已经达到306.8万吨，但和当时国家的需求相比，仍然是杯水车薪。

新疆油田的地质工作者再次把目光投向了"百口泉"。早在1958年，就已经发现了百口泉油田，但一直未正式展开大规模勘探开发。1979年1月15日，新疆油田党委决定在百口泉开展大规模的勘探开发会战，提出了"大干苦干90天，拿下探井30口，日增原油1000吨"的会战目标。1983年，百口泉原油产量突破百万吨。新疆油田公司的年产量也在1984年上升到450万吨。

但是，新疆油田公司勘探者的脚步没有停歇，又将眼光转向了离烃源灶更近、捕获油气更有利的广大斜坡区。于是，一个叫"玛湖"的地方逐渐揭开了神秘的面纱——这是一个堪与断裂带油气聚集区媲美、蕴藏着数亿吨储量的"大油区"。

这期间，"跳出断裂带，走向斜坡区"的勘探思路历经了446井、克75井、玛2井突破发现带来的喜悦，也饱尝了玛6、玛7井失利的辛酸。

面对挑战，将士们从没放弃。终于在2012年，玛131井首先获得重大突破，随后，玛18、盐探1、玛中2、玛湖013等井相继获得高产工业油流。从玛北斜坡、玛南斜坡，到玛西斜坡、玛东斜坡，各大扇体相继突破。在玛湖斜坡区发现了10亿吨级特大型砾岩油田。

玛湖凹陷区目前已发现七大油藏群，形成南、北两个大油区，累计三级储量12.4亿吨，其中探明储量5.2亿吨，被誉为"第二个克拉玛依油田"。它是我国陆上石油勘探近十年取得的最大成果，也是迄今为止发现的世界上规模最大的整装砾岩油田。与此同时，新疆油田公司还在吉木萨尔地区发现了又一个资源丰富的特大型油区。

20世纪90年代初，新疆油田公司决定进入古尔班通古特——这个回避了近40年的腹部勘探禁区。1991年5月，彩参2井在侏罗系三工河组试油，获日产油49吨，日产气4529立方米，标志着在准噶尔盆地腹部侏罗系获得战略性重大突破，也宣告了腹部第一个沙漠整装油田——彩南油田的诞生。

彩南油田的发现和建设，打造了准噶尔盆地腹部勘探的样板。之后相继发现石西油田等作业区，并发现了陆梁南坡地区侏罗系的多层系古生中储油藏。随后，石南、陆梁迅速走进了勘探开发者的视野。

陆梁油田被国内业界称为"创造了低幅度构造油田开发史上的奇迹"，即当年探明、当年建设、当年投产，开发3年收回全部投资，比预计时间提前了18个月。

新疆油田公司陆梁油田陆9井　　　　　新疆油田公司陆梁油田作业区　陆9

　　新疆油田在古尔班通古特沙漠腹部相继取得的重大突破，使得准噶尔盆地真正做到了"尽在掌握中"。

　　1995年，新疆油田踏上了"数字油田"的建设征程。2009年率先在国内建成数字化油田，为中国石油其他企业提供了样板和解决方案。

　　随着物联网、大数据、云计算等新一代信息技术兴起，从2010年开始，新疆油田公司在之前建设"数字油田"的基础上，又在国内首先迈出了建设智慧油田的步伐，制定实施了国内首个智能油田规划，着力打造"全面感知、自动操控、预测趋势、优化决策"的智能油田，使信息化整体水平处于中国石油前列。其中，风城作业区选取SAGD井组、计量站、处理站、油气水管网干线等生产关键环节，开展智能油田物联网建设，建成了目前国内唯一稠油物联网工程。

　　近年来，新疆油田持续推进"大科技工程"，突出重点领域和关键技术，投入科研经费4.1亿元，实施科技项目攻关31项，仅在2017年里，就获得省部级成果29项。

新疆油田坚持科技创新驱动，不仅创新发展了岩性地层和火山岩油气藏地质理论，还以重大科技专项为核心，不断破解技术瓶颈，完善了砾岩油藏大幅度提高采收率、浅层超稠油SAGD有效开发、稠油火驱、火山岩气藏开发等技术体系，集成配套了"两宽一高"地震勘探、水平井+体积压裂、带压作业、密闭集输等特色技术，为新领域勘探和老油田稳产提供了理论和技术支撑。

除了玛湖凹陷区的发现，新疆油田公司还在红车拐、阜东、南缘等地取得一系列重大成果，并牵头承担了首个国家油气专项层面的示范工程项目——准噶尔盆地致密油开发示范工程，该示范项目建成后将突出致密油甜点评价预测、水平井钻完井及储层改造三大重点，打造高层次科技创新团队，推动致密油资源优势向经济优势转化，为国内致密油规模有效开发提供技术支撑。

目前，新疆油田油气长输管道巡检系统正在进行集成测试和系统测试。这标志着油田所辖油气管线全长4000多公里的日常巡检也将开启智能数字化管理新模式。

多年来，新疆油田坚持"油公司"发展方向，在做强做大勘探开发主营业务的同时，压缩退出社会通用低效业务，积极推进社会化公益业务移交，不断通过业务结构调整，全面深化改革。"四供"的成功移交，为油田业务"瘦身"和主营业务"轻装上阵"写下浓墨重彩的一笔。

新疆油田还陆续重组了大修、浅钻、压裂、试油、天然气销售等业务，整合成立数据公司、工程技术研究院、实验检测研究院，移交了明园医院、党校（电大）、广电中心、职业技术学院等机构，退出了长途客运、普通货运业务，逐步缩小社会通信、低端井下作业、物业管理、退休管理、机械制造和宾馆酒店业务，全力打造建立"油公司"模式。面对低油价挑战，新疆油田苦练内功，向管理要效益，通过盘活人力资源提质增效，实现高质量发展。

中国石油新疆销售有限公司沙海加油站

数读：

新疆油田1978—2017年原油产量

年份	产量
1978年	353万吨
1982年	403万吨
1986年	550万吨
1990年	680万吨
1994年	790万吨
1998年	871万吨
2002年	1010万吨
2006年	1191万吨
2010年	1089万吨
2014年	1180万吨
2017年	1131万吨

五、中油国际：扬帆远航闯世界

在中国石油开展油气合作最早的秘鲁塔拉拉油田，90后石油人已成长为业务骨干；在中亚最早的合作之地哈萨克斯坦阿克纠宾，坚守20多年的资深专家仍奉献不止。在红海之滨、在亚马尔半岛，每一个中国石油海外人的辛勤工作都诉说着海外业务的艰辛和令人慨叹的奋斗历程。从无到有、从小到大，截至目前，中国石油海外投资业务已在全球32个国家管理运作88个油气项目，形成了涵盖油气勘探、开发、管道和炼化的完整产业链，在为保障国家油气供应安全做出重要贡献的同时，自身不断壮大，堪称我国能源企业国际化经营的主力军和排头兵。

纵横四海

从1993年开始，中国石油贯彻国家"利用两种资源、两个市场"的战略方针，开始实施国际化经营。经过25年艰苦创业和快速发展，海外五大油气合作区已成规模。2017年，海外原油年生产能力已达1.45亿吨、天然气年生产能力380亿立方米，产能规模1.75亿吨油当量，建成哈萨克斯坦阿克纠宾项目、土库曼斯坦阿姆河（天然气）项目、伊拉克哈法亚项目等多个千万吨级油气田和10多个200万吨以上级油气田，委内瑞拉MPE3项目、俄罗斯亚马尔项目、莫桑比克4区项目等千万吨以上油气产能建设项目已陆续投产或正在持续建设中，海外业务规模和质量在央企中保持"领头羊"地位。同时，海外油气管道总长度已达1.65万公里，年输油能力1.04亿吨、输气能力674亿立方米，横跨我国西北、东北、西南和东部海上的四大油气战略通道基本形成，油气跨境输送能力占同期我国进口油气总量的50%以上。在为国家提供大量天然气清洁能源，支持国家蓝天白云计划、改善生态环境、建设生态文明国家的同时，有力保障了我国能源需求。

降本增效

在保障国家能源安全供给的同时，中国石油注重企业自身海外业务的高质量可持续发展。截至2017年年底，中国石油已有34个项目实现投资全部回收。2014年国际油价大幅下跌以来，中国石油海外业务坚定实施低成本战略，大力开展开源节流和降本增效工作；2017年，海外业务完全成本、单位操作费比2014年分别下降25.5%、23.7%，单位操作费水平明显低于同期壳牌、BP、雪佛龙等国际可比公司。

与此同时，中国石油海外投资业务积极带动国内工程建设、工程技术服务企业和物资装备"走出去"。目前，中国石油海外工程技术服务工作量的58%来自海外投资项目；累计带动超过340亿美元的国产装备"走出去"，"中国制造""中国标准"正加快进入非洲、中亚、中东和拉美等地区的资源国。

科技领航

多年来，中国石油通过推动科技创新，持续加强国内先进适用技术在海外的推广应用，以及重点技术的自主攻关和成果转化，创新集成了涵盖地质勘探、油气田开发和新项目评价等领域"十大"优势技术系列。稠油开发技术、二次开发技术已广泛应用到委内瑞拉、哈萨克斯坦、苏丹、南苏丹等国家和地区，使所属油田实现了多年持续稳定生产；近年来，深水超深水勘探技术、大型碳酸盐岩油藏注水开发技术、钻完井工厂化作业技术等重点科技项目已逐步攻克，巴西、伊拉克、澳大利亚等一批新业务领域正步入常态化发展。

科技创新不断促进海外勘探开发业务发展，截至目前，中国石油在国际化进程中累计探明3个十亿吨级、4个五亿吨级、4个亿吨级、3个5000万吨级地质储量的油气田；在效益开发理念下，努力实现了老油田硬稳定、新油田大发展，油气权益产量逐年增长，"十一五"以来年均增长12%以上。新项目开发在国际热点市场也取得重要突破，成功实现阿布扎比陆上、海上项目交割，在资源丰富的高端市场进一步扩大了市场份额；在巴西盐下第三轮招标中成功获取佩罗巴区块20%权益，为提升海外优质深水勘探资产比重，不断夯实发展后劲奠定了坚实基础。

完善管理

随着多年来"走出去"步履的延伸，中国石油海外业务学习借鉴国际油气合作规则，国际化水平不断提高，努力探索形成了一套有自身特色的、专业化的"立足本地+法人治理+中方管理"投资与运营管理模式。这一模式的内容主要体现为：遵守资源国法律，尊重当地宗教与文化，积极实行本地化策略；按照合同模式、国际规则进行国际化管理，高效发挥合资公司股东会、联合作业委员会等治理机构的作用；组建地区公司、国别公司等中方机构，加强中方内部党建、人事、安保后勤等事务管理，对项目公司提供支持与服务。

近年来，中国石油经过公司制改制，积极发挥股东会作用，对海外项目实施集中统一管理；进一步明晰"集团公司—海外油气业务专业公司—海外项目公司"三级管理体制下各层级功能定位；进一步高效发挥哈萨克斯坦、尼罗河等地区公司集中协调和靠前服务优势；加快建设海外专家中心、技术支持中心、后勤保障中心、共享服务中心等，形成业务线、职能线、区域线和支持线四位一体管控体系；建立了覆盖海外项目投资建议、可行性论证、投资决策、过程管控、资产处置优化等关键环节的全程控制和监督机制，以及海外投资项目后评价制度，保证了项目的规范健康运作。

随着"一带一路"蓝图的徐徐展开，中国石油海外业务将进一步携手合作各方，共同书写合作共赢的新篇章。

六、西部钻探:由弱到强的巨变

2019年年底,中国石油西部钻探公司年累计钻井进尺首次突破600万米大关,完成年度计划的113.75%,同比增加108.6万米,其中4000米以上深井数量同比增加36.5%,创公司成立以来历史新高。这是西部钻探坚持"成就甲方才能成就自己"服务理念,努力为油田打出高产井、高效井过程中取得的成绩。

由弱到强

伴随着全面深化改革的春风,西部钻探走过了一条艰苦卓绝的发展之路。

对比西部钻探2008年和2017年两份主要经济技术指标完成情况,能感受到改革带给西部钻探发展的巨变:西部钻探年完成进尺从2008年的291.6万米提升到2017年的503.9万米,实现收入从2008年的89.82亿元增长到2017年的139亿元。

西部钻探自2007年12月创建至今,从小到大、由弱到强,逐渐成为西部钻探工程技术服务企业的主力军。

2009年,受国际金融危机影响,集团公司勘探开发投资减少,钻井工作量锐减。这对组建以来就背上亏损包袱的西部钻探更是雪上加霜。

面对严峻的形势和激烈的市场竞争,西部钻探用新思维教育广大干部员工正确认识面临的形势，坚定发展的信心，保持积极上进的心态，勇敢面对困难和挑战。西部钻探人打破旧有观念束缚，用创新发展理念，寻找破除坚冰的利剑。2010年，这个公司提出"十个坚持"的工作思路，为解决困扰企业生存发展的问题找到了一条切实可行的新路。

针对企业发展存在的瓶颈问题，西部钻探提出"走专业化管理、集约化经营、规范化运作、产业化发展"的创新发展之路。在这一思路指导下，西部钻探转变发展方式、调整产业结构，驱动科技兴企、人才强企战略，企业自身优势逐渐变成强势。

高效发展

在新思路引领下，2011年西部钻探着力调结构、转方式、强管理，突出加快发展专业技术服务、海外业务和油气合作开发业务，实施一系列管理提升举措，增强稳健经营能力，夯实长远发展基础。2012年，这个公司抓住建设新疆大庆、西部大庆、海外大庆机遇，丰富完善总包、合作等策略，推动各专业协同发展，赋予主营业务增长新的内涵。2013年，这个公司把市场、安全、效益放到更加突出的位置，全面扩大总包及合作规模，圆满实现"收支平衡、略有盈余"目标，规模、效益实现"四连增"，取得扭亏为盈的历史性转变。

2010年以来，西部钻探摒弃旧有管理模式，注重管理创新，深化内部管理体制，开展"精细管理年"活动，实现了从粗放管理向精细管理的转变，逐步走上持续、稳健发展的良性轨道。

在塔里木市场有20多支钻井队伍，分属各分公司管理，难以形成整体优势。针对这种情况，这个公司推出"五统一"管理新模式，在市场开发、安全井控、生产技术、物资供应、队伍建设五个方面实行统一管理，形成整体合力，增强统筹配置资源的能力，钻井生产组织得到优化。在多家钻探队伍的竞争中，创效能力、管理水平和品牌形象大幅提升。

针对海外业务多头管理情况，西部钻探推出"五个主体、两个支撑"经营模式，明确了项目部（海外公司）承担安全生产、经营管理、市场开发、队伍建设和利润贡献主体责任。通过创建落实项目级别晋升机制和分成奖励政策，实现利润指标与工资总额挂钩、领导干部业绩与员工利益挂钩。重业绩、重效益的导向作用全面体现，激发了海外业务发展的活力。2013年，这个公司完成钻井进尺比上年增加9万米，增幅达15%，海外收入和利润实现新增长。

精益管理

2018年，西部钻探持续深化改革调整，各专业再次呈现稳步上升趋势。

助力油气建设，深入践行"成就甲方才能成就自己"理念。西部钻探组织230余支队伍开展冬季连续作业，主动融入勘探开发，助力优质储量发现，承担的新疆玛014、青海昆2、吐哈方2、塔里木却勒2等一批重点勘探井获高产工业油气流。其中设计压裂的玛014井日产原油126.6吨，为玛湖效益开发提质增效；青海昆2井无阻流量试油达百万立方米，进一步坚定了油田在阿尔金山前寻找大气田的信心。

生产效率不断提高。实施"40+70"专打模式，最高日进尺2.92万米、周进尺17.52万米、月进尺71.68万米；开展24小时拉链式压裂作业，单队单日完成11级射孔桥塞联作压裂，创公司成立以来最高纪录。

精益管理成效显著。西部钻探开展生产时效分析，加强进度预警，连续两个月进尺突破70万米。实施精益考核管理，加强收入、利润、市场占有率、应收账款四项要素考核，激发增收创效积极性。精益财务管理，推动资金紧平衡运作，全面提升降本增效能力。精益成本管理，物资采购单价平均下浮6.11%，节约资金1.72亿元；完成玛湖三大集中基地建设，节约直接成本640余万元。精益装备管理，实行轻量化配置，增效6579万元，稳固效益支柱。

眼下，西部钻探全面聚焦市场、保障、安全、生产、管理五项重点工作，从打造具有服务保障能力、竞争能力、可持续发展能力入手，朝着高质量发展的工程技术服务企业稳步迈进。

重视人才

科技成果重要的价值在于应用,科技创新的潜力在于基层。西部钻探大力提倡群众性创新,把创新科技成果和生产实际需求结合起来,切实将创新成果转化为生产力。

"我们把高质量发展的支点放在创新上,依靠创新驱动启动高质量发展新引擎,努力在打造'市场竞争力强的工程技术服务公司'的征程上不断取得新突破。"西部钻探总经理张宝增说。

在西部钻探吐哈钻井公司张耀先创新工作室内,年轻员工经常聚在一起切磋着不同地层、不同钻具的组合问题。

"工作之余,不少年轻人喜欢到工作室来交流工作中遇到的问题。"创新工作室负责人张耀先介绍说,新员工来熟悉业务、老员工来开展创新实验,这里每天都很热闹。

与职工创新工作室一样热闹的,还有设在试油公司的全国示范性劳模和工匠人才创新工作室——抓住"创新"主题,专业技术人员汇集团队智慧,围绕技术革新、安全生产、节能减排等领域,努力突破技术瓶颈。

西部钻探大胆使用各类人才,将人才放到关键位置上、重大任务中锻炼,创新能力持续增强。仅2018年上半年,西部钻探"新型柱塞气举排水采气系统"等四项新技术通过集团公司成果鉴定,总体达到国际先进水平;连续油管水平井带压分段测试等五项重点开发技术取得阶段性成果;精细控压、扭力冲击工具等技术利器推广应用范围进一步扩大。这个公司获得专利授权58项,新申请受理专利94项。

优化班子

重组以来,作为西部工程技术服务的钻探"铁军",公司高度重视并大力加强企业党建工作,坚持融入经济抓党建,创新提升求实效,努力做好国企"核心"融入"中心"工作这篇大文章。公司各级党组始终站在企业改革发展的最前沿,充分发挥凝聚人心、服务职工、推动发展、促进和谐的重要作用，党的政治优势转化为推动企业又好又快高质量发展的"核心"生产力。

抓班子，增强发展动力。西部钻探党委深刻认识到：建设市场竞争力强的工程技术服务公司的发展引擎，必须建设一个政治素质好、经营业绩好、团结协作好、作风形象好的领导班子，培养造就一支甘愿献身钻探事业的高素质干部队伍。

公司坚持德才兼备、以德为先的用人标准和民主、公开、竞争、择优的原则，不断完善干部选拔任用机制，提高选人用人公信力，促使政治硬、作风正、业务精、能力强的优秀人才脱颖而出。

建队伍，释放发展活力。西部钻探党委高度重视基层党组织、党支部和党员队伍建设，积极开展"四好"班子建设，"六个一"党支部达标，红旗队、标杆钻井队、基层建设示范队等争创活动，打造一支攻坚克难、无私奉献的党员队伍，进一步释放企业发展活力。

管道局二公司大漠党旗红

七、中油管道：连通世界有作为

2018年12月下旬以来，中俄东线黑河至长岭段"百日攻坚"活动进入冬季施工关键阶段。这段主体工程将于年底焊接完工，我国东北方向第一条天然气进口通道呼之欲出。

2019年10月，北京新机场如期竣工。一条全长203公里的输送航油管道应运而生，创国内航油管道投资最多、管径最大、运距最长、路径难度最大等多项纪录。

越来越多的事实证明，油气长输管道在全球经济一体化中优化资源配置、完善运输体系、保障国家能源安全等方面发挥的作用越来越大。

2015年年底，中国石油管道有限责任公司（简称中油管道公司）组建成立。中油管道公司一手抓改革、一手抓发展，大力推进骨干管网建设和天然气基础设施互联互通工程，持续深化落实国家油气体制改革有关要求，以奋发有为、改革创新精神走出一条持续稳健发展之路。2017年，天然气与管道业务对中国石油利润整体贡献达到43%。

优化重组

12月16日，随着西三线中卫联络压气站顺利投产进气，作为2018年天然气基础设施互通重点工程，中油管道公司及成员企业承担的17项压气站工程全部顺利投产，对提升天然气输送能力、实现"南气北送"及资源灵

管道局中缅管道攻坚克难的青年突击队

活调配发挥了重要作用。2018年年初以来,中油管道公司积极抓好互联互通工程落地,不断提升天然气调峰能力,保障民生用气,努力构建"全国一张网"格局,为今后持续深化改革夯实基础。

回顾管道系统的改革,各阶段都是一脉相承的。

20世纪70年代初,管道"八三工程"掀起我国长输管道建设第一个高潮,迫切需要对管道业务进行集中统一管理。1973年,石油工业部管道局成立;此后,在20世纪80年代至90年代初期形成多层级管理模式。

1998年,中国石油和中国石化的管道业务分开,按照区域进行切割划分。1999年,中国石油重组改制上市,在中国石油股份公司成立天然气与管道分公司,对天然气与管道业务实行专业化管理,主要负责油气调运、天然气销售、工程建设、管道管理四大核心业务,向专业化管理迈出实质性步伐;此后逐步在管理体制、运行方式、用工制度和薪酬分配制度等方面推进改革创新,形成集中调控、区域化管理、建管分离等运营管理模式。

近年来,国家油气体制改革进程逐步加快,为顺应天然气产业网运分离要求、应对国内天然气市场竞争格局、实现发展战略目标，2015年11月，中国石油股份公司成立中国石油管道有限责任公司，与天然气与管道分公司合署办公，吸纳多元资本，推动基础设施向第三方市场主体公平开放。

2016年11月，中国石油股份公司对天然气销售与管道业务管理体制再次调整，提出做实中油管道公司和天然气销售分公司。中油管道公司切实做好管道业务独立运行后的相关工作，紧紧围绕"建设世界一流管道运营公司"的目标，牢固树立"以人为本、安全第一、服务至上、专业专注"的发展理念，以制定管输标准合同为抓手，规范与各类市场主体的商业往来，按照公司运行新构架新机制，健全完善管理体系、流程和制度，推进基础管理体系融合，逐步实现"一个体系、一套标准、一个平台"，推进企业规范高效管理，持续提升创新引领能力、经营创效能力、整体创效水平、市场服务能力，建设与高质量发展要求相匹配的高水平人才队伍，打造业务转型升级的中流砥柱，管道业务保持了稳健发展的良好态势，为继续深化改革、提质增效夯实基础。

科技领航

2016年11月28日，伴随天然气基础设施互联互通重点工程——大连至沈阳天然气管道盖州压气站工程顺利投产，宣告国产PCS软件首次在油气长输管道工程正式应用并获得成功。

中油管道公司大力推动关键装备和软件国产化进程。目前，所辖油气长输管道关键设备国产化率已经达到95%以上，SCADA系统也实现了国产化，国产PCS软件在新建和在役长输管道的推广应用将具有广阔前景。

2017年6月14日至15日，中油管道公司代表股份公司组织油气管道流量计国产化评审验收工作。来自国内3个厂家4个规格的8台流量计通过了工业性试验现场验收，标志着中国石油油气管道关键设备国产化进程进一步加快。

油气管道流量计国产化，是中国石油股份公司2013年重大科技专项油气管道关键设备国产化的重要组成部分。此次验收，是继管材等油气管道关键设备国产化取得突破之后，在油气管道计量装置上获得的新进展。这为"十三五"末油气管道关键设备实现100%国产化奠定了坚实基础。

2018年9月，中油管道公司进一步完善智慧管网总体设计方案，围绕"1+7+49"的智慧管网顶层设计方案，中油管道公司扎实推进中俄东线智能管道试点建设，推广"智能工地"，对焊接、检测、防腐等质量关键工序实现实时检测。以中缅天然气管道和中俄原油管道二线为试点开展管道数据化逆向恢复，逐步实现全生命周期数据管理。

中油管道公司立足当下、面向未来，加快智能管道、智慧管网建设，大力推进管道数据由零散分布向统一共享、运行管理由人为主导向系统智能、资源调配由局部优化向整体优化、管道信息系统由孤立分散向融合互联的转变，实现油气管网"全数字化移交、全智能化运营、全生命周期管理"，以智能管道、智慧管网建设推动实现长输管道的"本质安全、卓越运营"。

连通世界

2018年11月26日至27日，以"深化原油运输合作、共促丝路经济繁荣"为主题，国际原油管道运输商协会第十次理事会在京召开。这是中油管道公司成立以来第一次承办国际性会议，来自俄罗斯等9家协会成员及观察员单位的代表出席会议。中国石油股份公司副总裁、中油管道公司董事长凌霄当选协会理事会第十次全体会议主席，中油管道公司副总经理、北京油气调控中心主任黄泽俊当选该协会2019年供应领域专家组组长，国际原油管道领域开始传递中国声音。

目前，中国石油已建成东北中俄原油管道、西北中哈原油管道、西南中缅原油管道，形成由22条原油骨干管道组成、总长9600公里的国内原油管网，2018年年底，原油一次管输量突破了1亿吨，中油管道公司承担着运营管理重任，积极开展国际的交流合作，共享管理经验，助推技术进步，提升管道业务管理水平。

与原油管输量相比，2017年12月11日，中国石油天然气长输管道年度

检修

  一次管输量首次突破千亿立方米，达到1 002.18亿立方米。2018年一次管输量预计达到1270亿立方米，比2017年提高18%。目前，以西气东输系统、陕京系统、中缅天然气管道系统及东北管网系统为标志，形成了横贯东西、纵贯南北的天然气主干管网，有力地支持了我国"一带一路"倡议落地，实现了与沿线资源国合作共赢发展，同时推动了国内气田、储气库、天然气综合利用项目等上中下游产业协同发展。

  伴随管道里程的延长和管输能力的提升，也对管道安全平稳经济运行提出了更高要求。

近年来，中油管道公司及管道成员企业全力抓好自检自查、隐患整改和维护保养等工作，夯实管道本体安全基础，不断完善应急预案并开展各类应急演练，先后组建了18个维抢修中心和多个维抢修队，维修抢险范围覆盖全国；认真做好管网集中调控和优化运行工作，实现管网平稳供气和节能降耗；加快推进国内重点管道工程及天然气基础设施互联互通工程建设，不断完善油气管网，提高资源协同调配能力，进一步保障国家能源安全，服务经济社会发展和民生所需。

管道"联"接世界，能源改变生活。一条日渐清晰的管道发展之路正通向未来……

亮点

基础设施网络基本成型

阿独乌、西部、兰成、漠大、庆铁、铁大、铁锦、中缅等原油管道，西部、兰郑长、兰成渝、港枣等成品油管道，以及西气东输、陕京、中缅天然气管道等一批长距离、大输量的主干管道陆续建成，联络线和区域网络不断完善。

资源进口通道初步形成

西部方向，中哈原油管道、中亚—中国天然气管道A、B、C线建成。东北方向，中俄原油管道、中俄原油管道二线建成，中俄东线天然气管道工程加快推进。西南方向，中缅原油、天然气管道已建成。

管道输送规模不断提高

充分发挥天然气管网优势，实施全管网全时段优化，合理调节管输负荷分配。至2025年，我国天然气管网里程将达到16.3万公里，基本建成天然气管道全国基础网络，50万人口以上的城市基本接入天然气管网，全国城镇用气人口达到5.5亿。

管道技术装备水平不断提升

管道建设中新工艺、新材料、新设备不断涌现，运营调度中监控与数据采集系统和现代通信技术广泛应用，完成国产PSC软件、56寸球阀及配套国产执行机构、国产超声流量计现场工业化试验验收，开展中俄东线配套技术研究，完成站场低温环境用D1422 X80钢管、弯管、三通的单根试制。

智能管道智慧管网建设提速

以"全数字化移交、全生命周期管理、全智能化运营"为目标，组织编制"1+7+49"智慧管网顶层设计方案。以中缅天然气管道和中俄原油管道二线为试点开展管道数据化逆向恢复，逐步实现全生命周期数据管理，为管网卓越运营奠定基础。

管理创新激发企业活力

优化油气管道建设项目管理模式，工程技术、采购、项目管理共享服务中心正式运行。站场区域化管理在各管道企业逐步推广，站场集中监视、集中巡检有序推进。

数读

67%	中国石油油气骨干管网长度占全国的67%
1亿吨	2019年，中国石油原油一次管输量突破了1亿吨
9600公里	中国石油目前共有22条原油骨干管道，构成了总长9600公里的国内原油管网
5200公里	霍尔果斯首站将进口天然气输送到香港，要经过约5200公里的管道运输里程，历经27次天然气压气站增压
1000亿立方米	2017年，中国石油天然气长输管道年度一次管输量首次突破千亿立方米

印迹

2015年11月

为贯彻落实国务院《关于鼓励和引导民间投资健康发展的若干意见》，主动顺应国家油气体制改革方向，探索实现"网运分开"，推动基础设施向第三方市场主体公平开放，中国石油股份公司成立中国石油管道有限责任公司（简称中油管道公司），与天然气与管道分公司合署办公。

2016年11月

中国石油股份公司对天然气销售与管道业务管理体制调整，做实天然气销售分公司和中油管道公司。中油管道公司作为股份公司控股子公司，是股份公司管道资产管理、运营及投融资平台，对股份公司境内所属天然气干线、支干线及原油、成品油长输管道业务进行集中调控、区域化管理。

2017年6月

截至2017年6月7日9时59分，中缅原油管道在境内经过19天平稳输送，顺利抵达云南石化，标志着中缅原油管道国内段一次投产成功，并由此开辟了我国第四条原油进口通道。与绕行马六甲海峡相比，中缅原油管道缩短运送里程1820海里，降低了运输风险和成本。

2017年10月

2017年10月底，陕京四线和中靖联络线克服工期短、外协难等诸多困难，全线贯通。

2017年12月

截至2017年12月11日8时，中国石油天然气长输管道年度一次管输量达到1 002.18亿立方米，比上年增长117.72亿立方米，实现首次突破千亿立方米。

2017年12月

2017年12月17日，云南成品油管道全线建成投产，承担入境原油炼化后的输送任务，主要满足云南成品油消费需求，并辐射贵州、四川等周边地区。云南成品油管网全长932.56公里，年设计输送能力达721万吨。

2018年1月

2018年1月1日，中俄原油管道二线正式投入商业运营。我国年输俄油能力由1500万吨增加至3000万吨，有效提升了东北能源战略通道的保供能力。

2018年12月

2018年12月16日，随着西三线中卫联络压气站顺利投产进气，中油管道公司及成员企业承担的2018年17项压气站工程全部顺利投产。按照国家发改委、国家能源局部署，中油管道公司加快推进天然气基础设施互联互通工程，2018—2019年度33项互联互通工程按照计划工期稳步推进。

八、四川销售：找油保供谱新篇

2018年，是改革开放40周年，也是四川销售冲刺千万吨的决胜之年。

回望40年的改革之路，四川销售旧貌换新颜：从"土油池"到"悬浮罐"；从"单枪机"到"多枪机"；从"石凳子"到"新站房"；从"自带饭"到"小食堂"；从"黑蓝灰"到"石油黄"；从"骑单车"到"小轿车"……这些前后的变化，串联起了四川销售沧海桑田、翻天覆地的40年。

找油保供

1992年以前，石油公司按省（市）计委下达的计划分配油品，然后统计各单位用油情况就完成供应任务。

改革开放的春风吹来，川销人面临成品油资源统一配置的形势，敢为天下先、勇于涉险滩，灵活定价、整顿市场，积极发挥成品油供应主渠道作用。

保供始终是川销人不变的初心。四川作为经济大省、农业大省，对成品油需求旺盛，同时缺乏油田炼厂的依托，找油，便成为当时川销人迫在眉睫的"急事"。

在郁郁苍苍的田间地头，川销人为"三夏"、为"秋收"加油，服务"三农"永不止步。

"5·12"地震发生时，在映秀、在北川、在青川，在龙门山地震断裂带上，到处都闪耀着"石油黄"。5月28日11时40分，唐家山堰塞湖坝顶，伴随着巨大的轰鸣，一架空军米-26直升机悬停在半空，"空降"12吨油料，第一时间为灾区送来救命油。

2014年雅安芦山地震、2016年茂县泥石流山体滑坡、2017年九寨沟地震等重特大灾难发生时，川销人都义无反顾积极保供救灾。

40年来，川销人用血泪和汗水铸就"为祖国加油、为生命加油、为希望加油"的爱国精神，凝聚起"能雄起、敢雄起"的川销性格，在生死面前挺起了不屈的脊梁，用坚韧和大爱履行了"山塌路断油不断，保供责任大于天"的庄严承诺。

成都曾有"南富西贵东穷北乱"之说，老成都人对于成都北面建成于1981年的梁家巷汽车站相当熟悉，距离500米，也就是在同一年，四川省第一座加油站——城北加油站，建成投产。圆顶罩棚配上4台老式加油机，那时候，平均日销量不到5吨。

时光悄悄从新建的地铁、刚架起的高架桥、环绕的三环路和绕城高速中流逝，城北站依旧伫立在十字路口，静静地看着城市的变化。

2018年，城北站日均车流量1200辆，日销量突破30吨。个体的发展，也见证了四川销售改革开放以来市场的发展。

四川是一个盆地，成品油市场却刚好相反，是一块市场"高地"，竞争异常激烈，是所有油企都要"吃定"的市场。

"多卖油"是责任，"卖好油"是更高的责任，因此千方百计拓展网络和市场，成为四川销售历届领导班子的首要任务。

伴随着"高价油"进入市场，"两统一定""包干供应"的计划模式慢慢解冻。四川这块风水宝地由此拉开了放权让利、深化改革的序幕。四川销售面临成品油资源统一配置的形势，敢为天下先、勇于涉险滩，灵活定价、整顿市场，积极发挥成品油供应主渠道作用。

如今，通过自建、收购、合资合作、租赁等各种手段，四川销售"黄金终端"抢占四川70%以上成品油市场。

四川销售超过四分之三加油站网点在高速公路服务区、城市新区和旅游环线上,走遍全省,每个地区都有四川销售的加油站。

变化的是市场,不变的是市场战略。近年来,成品油市场跌宕起伏,面临着竞争明显加剧、能源消费结构深度变化、发展方式加速变革等重大挑战。

川销人"嗅"到了危机。在稳固油品销售的同时,逐步形成"油卡非润气电"互动的业务经营格局,打造"人·车·生活"生态圈的服务综合体。

非油业绩,在2018年创下历史,收入破20亿元,利润破2亿元,双双实现"改字头",遍布全省的1436座便利店和不断丰富壮大的非油业务成了四川销售乃至未来新零售业态下的新的效益增长点。

加油站服务区域从站内向站外延伸,服务对象从车到人,服务品质从程序到人性,样板站从一枝独秀到全面开花。走遍全省,每个地区都会有自助加油、汽车美容、快修、餐饮、银行、购物这样的"一站式"油站。

在四川的土地上,每天有上百万顾客、上万个工矿企业与中国石油油品供应息息相关。

"当时的成都并没像现在这么灯火辉煌。到了晚上,这就是我们休息的港湾。"城北站是成都出租车行业"老师傅"的最初回忆。

37年后,四川销售又有了另一座货车师傅口中"最温馨的司机驿站",油站的"好客一家"餐厅,每天让超过1000名来自全国各地的货车师傅,在疲惫的旅途中可以吃上一顿可口的饭菜,这就是燕塘加油站。

在党的十九大召开期间,中央电视台播出了《献礼——超级工程3》纪录片,燕塘站被媒体重点关注。5万吨、6万吨、7万吨,燕塘站"三年三跨",蝉联"中国石油单站销售冠军"。

创新管理

川销人都具有创新的基因、开拓的精神。"推翻""打破""问题导向",这一系列改革开放以来的关键词,同样引领四川销售创新发展之路。

2013年以前,油罐车在加油站卸油平均需要50分钟,"卸油不加油",内行人懂,客户却不理解,基层员工委屈,管理部门头痛。

"卸油不停枪"项目计划一经提交,由川销业务骨干、科研院所组成的专业项目组随即成立。专业、全面的一整套风险防控流程走完,项目在全省快速推广,并获得行业部级和集团公司多项大奖。截至目前,已有1240座油站受益,每年"挽回"油品4万吨。

近年来,四川销售着眼未来发展,创办经理人学院、大数据管理中心。围绕客户需求,打造优途、优油、优客、优配、优加等"优"字系列。突出效率效益,自主研发"综合业务支撑平台""预制化生产、模块化施工"加油站改造模式。

先后获国家级管理创新奖项4个、行业部级奖项90个,"三微""四小"等群众性创新活动蓬勃开展,全员重管理、重创新的格局初步形成。

2015年11月18日,四川销售正式揭牌成立了"创新实验室",并于12月25日正式上线运营国内首款由成品油供应商自主开发的移动端APP——"中油优途",2016年2月升级成为销售公司第一创新实验室。

元华加油站,四川销售成功打造的中国第一座智能的新型加油站,从只能单纯提供汽车加油服务,发展到如今成为一个融合OTO购物、智能支付和创新体验的综合性服务平台。

"如今依靠创新驱动,川销人正努力向'新零售'迈进。"四川销售总经理刘建明展望未来信心十足。以消费者体验为中心、以大数据应用为驱动、以"商品+服务"为核心,四川销售着力形成"线上线下+现代物流"的商业新业态。

牢记使命

不忘初心、牢记使命,川销人以"四梁八柱"作为党建工作的底部支撑,全力实施党建强企、廉洁护企、人才兴企、文化聚企、和谐助企"五项工程",为公司稳健发展提供了制胜法宝。

大抓基层、建强堡垒是川销人培育匠心、固本强基的成长发展之道。

坚持新时代党建引领,助推高质量发展。四川销售两度荣获"全国五一劳动奖状",并获得全国企业文化建设50强单位、四川省先进基层党组织等荣誉称号。

眺望未来，在习近平新时代中国特色社会主义思想指引下，川销人一定会创造出更瞩目的业绩。一个"可赞美的光明前途"已然可期：到2020年，建成国内先进的油品销售企业；2025年，建成国内一流的能源销售企业；2030年，建成世界一流新零售企业。

走过40年，川销人从未如此自豪。

九、辽阳石化：传承"七尺布精神"

辽阳石化通过优化装置运行开展低硫船燃调和，项目完成后，年可增效近亿元。

辽阳石化在生产出更具价值的船用燃料油产品外，同时降低装车运输过程中VOCs挥发性气体的生成，减少此类气体排放，有效改善作业区及周边空气质量，减少大气污染，在产生可观效益的同时，塑造企业良好社会形象。

辽阳石化查找问题挖潜能，细化措施抓落实，针对炼油生产线实际制定27条优化措施，年可增效3.7亿元。

公司概况

辽阳石化公司是中国石油天然气股份有限公司下属的地区分公司，是特大型石油化工联合生产企业。

辽阳石化是1972年由毛泽东主席亲自批复、周恩来总理主持国务院常务会议确定的国家重点项目，当时主要为解决我国"粮棉争地"问题而建设，是20世纪70年代国家建设的四大化纤基地之一，也是织成我国第一块"的确良"的涤纶短丝生产地。公司一期工程成套引进国外技术和设备，1974年开工建设，1983年国家正式验收，1986年收回全部投资；二期工程是列入国家"八五"计划纲要的重点项目之一，1991年2月批准立项，1993

年10月开工建设，1997年12月通过国家竣工验收。"十一五"以来，公司以产业结构调整为主线，以建设国家重要的俄罗斯原油加工企业和芳烃生产基地为目标，加快产业发展，提升规模实力，完成了由"大化纤"向"大炼油""大芳烃"的产业转型，产业规模和经济总量实现了跨越式增长。

公司现有炼油、芳烃、烯烃等主要生产线，炼化主体生产装置58套，辅助生产装置38套。其中，炼油部分拥有加工俄罗斯原油的全加氢炼厂，原油加工能力达到1000万吨/年，为集团公司第八家千万吨级炼油基地，可年产优质柴油530万吨、汽油80万吨、航煤50万吨。芳烃及衍生物生产能力位居全国前列，可年产70万吨对二甲苯、40万吨苯、6万吨邻二甲苯、80万吨PTA、30万吨聚酯、14万吨精己二酸和18万吨硝酸。烯烃部分以20万吨/年乙烯裂解装置为核心，可年产7万吨聚乙烯、20万吨环氧乙烷/乙二醇。

"十二五"期间，公司累计加工原油3 264.5万吨，实现炼化商品量3083万吨，与"十一五"相比，分别增加31.4%和25.7%；实现主营业务收入1953亿元，比"十一五"期间增加了510亿元；五年累计上缴税费280亿元，比"十一五"期间增长1.9倍，为国民经济发展做出了重要贡献。

"十三五"期间，公司确定了三年三步走、五年大跨越，全面实现第三次创业目标，把辽阳石化建设成为有实力、有活力、有竞争力的特色炼化企业的远景目标，公司将持续推进从严精细化管理，全面加快俄罗斯原油加工优化增效改造项目建设，确保实现企业扭亏脱困目标，推动辽阳石化走上良性发展轨道。

共和国"种子队"

20世纪80年代有一个时尚的名词——"的确良"。它是一种新的服装面料。新中国第一块"的确良"原料就出自辽阳石化。

1979年1月，辽阳石化生产的第一批纤维原料织成涤棉细布，宣告国产"的确良"正式诞生。这里每年生产的化纤原料相当于430万亩棉田的产量，如果全部织成"的确良"，可保证当年全国人均"七尺布"。这种为党分忧、产业报国的精神，后来被称为"七尺布精神"。

2018年9月27日,习近平总书记到辽阳石化视察并发表重要讲话,寄望辽阳石化继续做强做优做大,当好共和国"种子队"和国有企业"种子队",特别强调"国有企业要改革创新,不断自我完善和发展,努力实现质量更高、效益更好、结构更优的发展"。

面对炼化行业严峻的市场形势和企业新老装置优化衔接的巨大压力,辽阳石化增强危机意识、忧患意识、竞争意识和市场意识,坚定信心、破解难题,增强安全环保、降本增效的使命感、责任感,系统组织风险识别和隐患排查治理,向"假监护、假监管、假识别"宣战。

2018年,辽阳石化全员查摆整改各类隐患2217项,投入4亿元解决140余项重点隐患。2019年大检修,又投资12亿元实施了64项化机设备、储罐自动隔离阀门、中压蒸汽管线和热网系统、电气设备等安全隐患治理及改造项目。

辽阳石化环保上报数据显示:2019年前5个月,脱硫脱硝装置投入率100%,烟气中氮氧化物、二氧化硫和烟尘的含量均值远低于国家超低排放新要求,并实现无小时均值超标的新突破。

截至2019年5月底,辽阳石化总排污水各项指标连续91个月实现达标排放,其中COD指标长期保持在30毫克/升左右,连续7年低于辽宁省规定的不超过50毫克/升的标准。

提升企业业绩

2018年,辽阳石化基础管理水平大幅提升,各项经济技术指标实现历史性飞越——加热炉平均热效率提高到92.2%;炼油线综合能耗下降8.26%;芳烃线形成"金点子"35项,边际效益超14亿元;乙烯、丙烯、环氧乙烷等产量和加工损失率等技术指标均实现新突破;俄油项目开车后,柴汽比同比降低1.51,高效产品比例增加8.97个百分点;汽油占比提高5.8个百分点,增效2.4亿元。

2018年,通过提升生产受控水平,辽阳石化主体装置运行平稳率达到99.92%,设备完好率提高到99.96%。通过深入挖掘公用工程潜力,公司全年节汽80万吨，万元产值耗汽下降35%，节能3.3万吨标煤，节水106万吨。

面对国内炼化行业新一轮"大洗牌"的"时"与"势"，辽阳石化把提升盈利能力摆在更加突出的位置，追求更合理的资源配置、更优化的产品结构、更高的运营水平和管理效率、更顺畅的产销体系，保证更好的经济效益。2019年前5个月，辽阳石化加工原油390万吨，实现主营业务收入220亿元。

加快转型升级

2018年10月，习近平总书记来辽阳石化视察不到一个月，中国石油聚酯技术中心便在辽阳石化正式揭牌落户。

辽阳石化坚持管理创新与科技创新双轮驱动，大力实施创新驱动发展战略，推动实施以管理创新为引领、以科技创新为核心，覆盖生产经营和建设发展全过程的改革创新体系，不断增强公司核心竞争力。

2019年，辽阳石化瞄准打造百年企业、实现永续发展目标，以更宽广的视野和思路，系统谋划第四次创业发展蓝图。正在施工建设的30万吨/年高性能聚丙烯项目不仅可以完美消化俄油项目产生的丰富丙烯资源，而且进一步延伸了炼油和化工下游产业链，增加了化工产品种类以及高附加值产品。

辽阳石化优先扶植本地企业，并以石油化工产品的大幅增长、日趋完善的公用工程作为辽阳芳烃及精细化工产业基地招商引资的"梧桐树"。截至2018年年底，辽阳芳烃及精细化工产业基地入驻规模以上企业30家，同时形成了包括国家级企业技术中心、国家级知识产权试点企业、省级产业技术创新平台、省级重点实验室、博士后工作站在内的科技创新体系。

按照炼化业务由"燃料型"向"材料型"转型升级的方向，辽阳石化推动化工原料向"多元化、低成本"转变，化工产品向"高端化、特色化、差异化"转型。超高分子量聚乙烯、PETG共聚酯、亚光膜聚酯、高浓硅聚酯等新产品的开发、生产、销售在辽阳石化不断取得进展，辽阳石化高质量发展的动力愈加强劲，前景愈加广阔。

十、四川石化：储气量高任重道远

四川石化建设集团有限公司，是中国石化四川销售有限公司在坚持"一业为主、多种经营"的发展方针下，为开创多元化产业成立的全资公司。是四川安全生产先进集体、项目建设先进集体，纳税大户企业。

公司下设9个省内分公司、3个省级分公司（深圳、西藏、云南）、6个直属项目部。

经营情况

公司自成立以来，秉承"以安全为保障、以管理求效益、以信誉求发展"的经营理念，以不断进取的专业施工技术、严格的工程经济管理、专业的工料分析，先后承接完成了石化大厦、石化家园、石化国际酒店、河畔新世界、中信太阳城、蓝润·蓝客城、新津广汽物流园、金堂杨柳小区、世纪新城、景茂茗都、景茂城果、优博国际、中国石化广汉油库改（扩）建等50多个项目建设。历年来工程交验合格率达100%，优良率达90%以上。

作为中国石化四川销售有限公司的全资子公司，依托母公司打造的多元一体化平台，与兄弟公司优势互补，共同推进企业快速发展。充分发挥石化品牌优势，坐拥辐射成南、成灌、成温邛高速及周边15个市、县（区）的加油气站网络和万吨级油库，共享工程建设、设备供应、园林工程、物业管理、酒店运营等行业的先进经验。与系统内公司：四川石化建设投资公司、四川石化物资设备公司、四川石化园林工程公司、四川石化金堂燃气公司、四川崇都石化燃气公司、四川石化物业管理公司等共同形成合作共赢的优质网络格局。

公司坚持正确的投资导向，通过合资合作、银行合作等多种形式，创新项目管理，努力提高资本运营效益，吸引各方资金用于重点项目建设。并参股投资了四川石化川西地产公司、高尔国际酒店、西充项目部、达州项目部等，致力于打造精品建筑，竭诚为社会服务。

发展优势

公司根据整体战略部署，大胆改革创新，整合资源，积极拓展市场。现已成功取得香港特别行政区公司注册证明书，成立了石化建设集团（香港）有限公司，取得了国家商务部颁发的企业境外投资证书、四川省商务厅颁发的中华人民共和国对外承包工程资格证书。

石化建设集团（香港）有限公司是中国石化四川销售有限公司秉承多元化、专业化的全资发展子公司，在中国香港、东南亚、中东、澳洲、北美、非洲等地区拥有广泛的社会资源和人脉优势，在国际竞争格局中，努力加强与世界500强和行业前100强的合作，充分运用香港和东盟关联上市公司的投融资平台优势，加快发展；坚持"依托香港、背靠祖国、面向世界"的发展方针，承揽国际业务，对外承包工程；在房屋建筑、道路桥梁、市政工程、建筑装修装饰，以及各类设备管道安装等工程设计、施工等方面具有丰富的实践经验；在成套设备采购、成本控制等方面具有明显优势。

展望未来

公司始终秉承"以安全为保障、以管理求效益、以信誉求发展"的经营理念，先后承接诸多颇具代表性、地标性的工程项目，已具备大型工程的施工技术能力和施工管理经验。随着资质升级工作的成功，公司继续加大开拓市场力度，针对重点区域和项目强化市场开发，精准把握市场动态，找准投资方向。展望未来，任重道远，为了不懈的追求，实现我们的宏图大业，四川石化建设集团有限公司正在向"做中国一流的建设总承包商"的目标努力奋进。

2019年8月14日，中国石化在四川新增天然气探明储量约921亿立方米，相当于一个千亿方大气田的规模，新增近千亿方探明储量，主要由元坝气田、中江气田、大邑气田等构成。

据测算，近千亿立方米探明储量，可建成20亿立方米年产能，可满足1000万个家庭的用气需求。

截至2019年7月底，中国石化在四川累计生产天然气超1200亿立方米，探明天然气储量1.2万亿立方米，天然气年生产能力120亿立方米。

第六章
"石油精神"的楷模

这是英雄的群体,是时代精神的折射,是产业大军的优秀分子,是石油精神赖以传承光大的中坚。石油人是党和国家信任的骨干力量。

一、中国石油第一位劳模陈振夏

1944年5月,毛泽东同志为延长石油厂厂长陈振夏亲笔题词"埋头苦干"。从此,"埋头苦干"根植延长石油并成为企业精神之魂,成为一代又一代延长石油人艰苦创业、开拓进取的强大精神动力。

陈振夏,1941至1945任延长石油厂厂长,他的故事,就好比"四面镜子",映射着那段难忘的岁月。

1938年2月,陈振夏从上海辗转到延安,他和胡华钦、王凯等干部受中央组织部派遣,到延长石油厂工作。陈振夏担任技正和工程师,中央要求他们首先对延长石油厂的生产现状进行调查,及时汇报,并迅速恢复生产。

当时延长石油厂受陕甘宁边区政府建设厅领导,全厂共有职工50余名,只有永坪201井日产原油100多公斤,拉回延长提炼,设备器材仍疏散在四处。为了把战争期间疏散在四处的设备器材情况搞清楚,延长石油厂的老工人董开泰配合陈振夏等,深入从延长到永坪沿途过去藏机器的各个村庄,访问当地群众,将藏机器的窑洞逐个清理,造册登记。陈振夏还撰写了书面报告,提出用收回的器材打新井的建议计划。一是采用科学的炼油技术,调整炼油设备;二是修复旧油井,开钻新油井;三是修复旧有机械;四是修建姚店至延长的公路。

1940年春,陈振夏和职工一起在延长西山钻成延19井,初日产量达到1.6吨。原油产量增加,石油厂有了收入,可以进行扩大再生产,职工生活也得到改善，大家称这口井是"起家井"。

1941年12月，陈振夏出任厂长，职工也发展到上百人，成立了修理部，自办了小煤窑，添置石窑12孔、工房、制蜡冰窖等，修配机器，研制锅炉、炼油锅。1943年，七1井、七3井先后喷油，当年原油产量达到1279吨。陈振夏改造土法炼油，生产了大量汽油、煤油，提炼出了润滑油和黄油等，保证了党中央和边区政府、部队和人民的生活用油，印刷油墨、军工用油、燃料、洋蜡都得到充足供应。毛主席在延安期间奋笔疾书的92篇光辉著作，所用的灯油和蜡烛都是延长石油厂提供的。当时，在边区到处可见运油的成群骡马，送油队伍络绎不绝，保证了边区政府和抗日前线的供给。

1944年5月和1945年1月，陈振夏两次被评为边区"特等工业模范工作者"，毛泽东同志在陕甘宁边区职工代表大会上表彰了油厂的特殊贡献，并给陈振夏亲笔题词"埋头苦干"以资鼓励。这是毛泽东同志给中国石油工业个人最早的一次题词，成为延长石油的传家宝，成为延长石油人薪火相传的企业精神。

1972年，陈振夏退休时要回崇明老家，很多人劝他去北京，便于女儿照应，但是他认为不再工作了，不能给国家和社会增添负担。一天，妻子整理晾晒衣物时在箱子底翻出来一堆本子和纸张，原来是陕甘宁边区政府给陈振夏颁发的奖状，还有一些在保定工作时颁发的奖状。妻子问他得了这么重大的奖怎么也不说一声，他说那都是过去，一个人的力量有限，荣誉要归功于集体，归功于延长石油厂全体职工。

乡邻们知道了毛主席的题词后争先恐后地跑来看，还建议放在相框里挂起来，大多被陈振夏挡驾，并要求家人再不许张扬。崇明县负责管理老干部的单位领导来看望他，说毛主席的题词不仅是对您的表彰，对群众来说也是鼓舞、鞭策，也是对下一代的教育鼓励。让大家看看毛主席写的字，正可以从中汲取力量，以埋头苦干的革命精神投身四化建设，所以应当公开出来。这才说服他挂起这幅沉默了28年的奖状。于是很多人都来参观，大家没见过毛主席，更没见过毛主席写的字，看到毛主席的亲笔题词如获至宝。也有好多慕名而来的陌生人参观敬礼。后来，中央文件要求把中央领导题词、签名的物品上交，陈振夏就把"埋头苦干"题词和奖状主动上交，另一个是"陕甘宁边区劳动战线上的英雄"，当时因为是给很多人同志颁发的，上面没有写获奖人的名字，所以就留了下来。

退休时，陈振夏把应有的几百元退休安置费退给公家。组织上告知他看病可以要车，但他从来不要，他认为炼油那么不容易，不愿意浪费国家的油。夫妻二人总是骑着自行车外出。

1981年，陈振夏因食道癌在上海肿瘤医院住院治疗，《解放日报》记者宋超来采访他，医院和病友们才知道他特殊的身份。陈振夏不谈自己的成绩和功劳，说成绩只能代表过去，现在没有贡献了。宋超找陈素行了解了一些陈振夏为革命事业离家30多年的工作情况，写了一篇题为《他还就是他》的文章，一下子轰动了大上海。

1981年8月21日，陈振夏因病在家中逝世，享年77岁。他一生对革命忠诚，对工作一丝不苟。他的"埋头苦干"精神将代代相传、生生不息、永不消失。

二、一代"石油铁人"王进喜

"铁人"王进喜,甘肃玉门人,新中国第一批石油钻探工人,全国著名劳动模范,大庆会战时期的"五面红旗"之一,他是中国石油工人的光辉典范、中国工人阶级的先锋战士、中国共产党人的优秀楷模、中华民族的英雄。1956年加入中国共产党。面对新中国成立之初石油短缺的局面,他以强烈的责任感、高昂的政治热情,投入为祖国找石油的工作之中。1960年,王进喜率领1205钻井队从玉门到大庆参加石油大会战。在重重困难面前,全队以"宁可少活二十年,拼命也要拿下大油田"的顽强意志和冲天干劲,苦干5天5夜,打出了大庆第一口喷油井,并创造了年进尺10万米的世界钻井纪录,展现了大庆石油工人的气概,为我国石油事业立下了汗马功劳,成为中国工业战线一面火红的旗帜。打第二口井时突然发生井喷,当时没有压井用的重晶石粉,王进喜决

王铁人工作照

定用水泥代替。没有搅拌机，他不顾腿伤，带头跳进泥浆池里用身体搅拌，经全队工人奋战，终于制服井喷，王进喜因此被誉为"铁人"。

"铁人"王进喜用身体搅拌泥浆

王进喜为我国石油工业的发展和社会主义建设做出了突出贡献，留下了宝贵的精神财富。以"爱国、创业、求实、奉献"为主要内涵的大庆精神和铁人精神，集中展现了我国工人阶级的崇高品质和精神风貌，是团结凝聚百万石油人的强大精神动力，已经成为中华民族伟大精神的重要组成部分，永远激励中国人民不畏艰难、勇往直前。

王进喜干工作一贯积极努力，有一种争上游的精神。1958年7月，王进喜首先提出"（钻井进尺）月上千（米），年上万，玉门关上立标杆"的奋斗目标，1959年创年钻井进尺7.1万米的全国最新纪录，一年的进尺相当于旧中国42年钻井进尺的总和。同年，王进喜被评为全国劳动模范，出席了全国群英会，参加了新中国成立10周年大庆的国庆观礼。

在参加群英会期间，他看见北京街头因缺油而背上煤气包行驶的汽车，从内心里感到歉疚。听说我国东北发现了大庆油田，他"恨不得一拳头砸出一口井来"，提出申请参加大庆石油会战。

1960年3月，王进喜率领1205钻井队从玉门日夜兼程赶奔大庆。到萨尔图以后，王进喜下了火车，一不问吃，二不问住，找到调度室首先问：

"我们的钻机到了没有？我们的井位在哪里？这里的钻井最高纪录是多少？"

1960年4月2日，从玉门发出的钻机运抵萨尔图。可当时吊车、汽车、拖拉机非常少，60多吨重的钻机设备无法卸车、搬运和安装。面对重重困难，王进喜对大家说："有条件要上，没有条件创造条件也要上！""只能上，不能等；只准干，不准拖！"他带领全队把钻机化整为零，采用"人拉肩扛"的办法把钻机和设备从火车上卸下来，运到马家窑附近的萨55井，安装起来。连续苦干三天三夜，王进喜没离开车站和井场。行李放在老乡家，一次都没去睡过。房东赵大娘看见王进喜这样拼命地干，对工人们说："你们的王队长可真是个铁人哪！"会战领导小组做出决定，号召全油田职工"学习铁人王进喜，人人做铁人"。

王进喜文化程度不高，但爱读毛主席的书。他说："学会一个字就搬掉一座山，我要翻山越岭去见毛主席。"通过认真学"两论"，他认识到："这困难，那苦难，国家缺油是最大困难；这矛盾，那矛盾，国家没油是最主要矛盾。"要开钻了，但因当时水管线没接通，罐车又少，供水不足。王进喜就带领工人到附近水泡子破冰取水，用脸盆端了50多吨水，保证萨55井开钻。

"宁肯少活20年，拼命也要拿下大油田！"这是王进喜说过不止一次的话。他时时刻刻都在实践着自己的誓言。第一口井完钻后，王进喜指挥放架时，被滚堆的钻杆砸伤了脚，当时昏了过去。醒来时一看几个工人围着他抢救，井架还没放下来，就说："我又不是泥捏的，哪能碰一下就散了？"说完站起来继续指挥放下架子、搬家。队友把他送进医院，他又从医院跑出来，回到第二口井场拄着双拐指挥打井。钻到约700米时，突然发生井喷，井场没有压井用的重晶石粉。他们用加水泥的办法，提高泥浆比重压井喷。水泥加进泥浆池就沉底，又没有搅拌器，王进喜就扔掉拐杖，奋不顾身地跳进泥浆池用身体搅拌泥浆。经全队工人奋战，终于压住了井喷，保住了钻机和油井。

1960年7月28日，会战工委做出《关于开展学习"王、马、段、薛、朱"运动的决定》，王进喜被树为大庆会战的"五面红旗"之一。

大庆石油会战取得的成绩和王进喜的"铁人"精神，得到了毛泽东主席的高度评价。1964年1月25日，《人民日报》在一版头条通栏刊出毛泽东同志的号召："工业学大庆。"王进喜身上体现出来的"铁人精神"，激励了一代代的石油工人。铁人王进喜不仅是工人阶级的楷模，更是一个为国家分忧解难、"独立自主，自力更生"、为民族争光争气、顶天立地的民族英雄。

1965年王进喜任钻井指挥部副指挥。他说："我当了干部，仍然是个钻工。"坚持深入基层，坚持参加生产劳动，不脱离实际，不脱离群众。他依然保持着"跑井"的老习惯，到现场去解决生产、技术和后勤服务等问题。他自己保持着艰苦朴素的生活作风，而对职工家的生活格外关心。凡是职工的住房、用水、交通、孩子入学、伤病医疗大事小情，他都亲自过问，帮助解决困难，为职工操尽了心。为解决孩子们就近入学，他还亲自当校长办起一个"苇棚小学"。这所学校后来发展成"铁人小学""铁人中学"。他说："我从小放牛。牛吃草，马吃料。牛的享受最少，出力最大。我愿意为人民当一辈子老黄牛。"在荣誉面前，王进喜一直谦虚谨慎："成绩完全属于党，我们小本上只能记差距。"

"文化大革命"期间，油田事故不断，出现"两降一升"的严重局面时，王进喜同几个老工人商量，给周总理写信，反映油田情况，为周总理批示"大庆要恢复'两论'起家的基本功"提供了依据。

王进喜经常说："我这一辈子就是要干好一件事情：快快地发展我国的石油工业。"为了实现这一终生理想，为了改变我国石油工业落后面貌，王进喜在长达30多年的与艰难困苦斗争中，积劳成疾，患上晚期胃癌。为了解决王进喜的困难，组织上给他一些补助，他都一笔笔地记上账，保存在枕头下，临终前好交给组织。

1970年11月15日，终因医治无效，王进喜与世长辞，终年仅47岁。

王进喜把短暂而光辉的一生献给了我国石油工业，为新中国社会主义建设做出了突出贡献，他身上所体现的铁人精神，成为宝贵的精神财富。

2019年9月25日，王进喜被中央宣传部、中央组织部、中央统战部、中央和国家机关工委、中央党史和文献研究院、教育部、人力资源和社会保障部、国务院国资委、中央军委政治工作部授予"最美奋斗者"称号。

铁人精神是对王进喜崇高思想、优秀品德的高度概括，是我国石油工人精神风貌的集中体现，是大庆精神的具体化、人格化。铁人精神内涵丰富，主要是："为国分忧，为民争气"的爱国主义精神；为"早日把中国石油落后的帽子甩到太平洋里去"，"宁肯少活20年，拼命也要拿下大油田"的忘我拼搏精神；为革命"有条件要上，没有条件创造条件也要上"的艰苦奋斗精神；"要为油田负责一辈子"，"干工作要经得起子孙万代检查"，对技术精益求精，为革命"练一身硬功夫、真本事"的科学求实精神；"甘愿为党和人民当一辈子老黄牛"，不计名利，不计报酬，埋头苦干的无私奉献精神。这一精神是铁人自身的品格与许许多多石油战线先进人物精神境界的融合。她作为大庆企业精神的重要组成部分，有着不朽的价值和力量。

三、新时期"铁人"王启民

王启民,大庆"新铁人","人民楷模"国家荣誉称号获得者。

1960年,还在北京石油学院读书的王启民,来到刚开发的大庆油田实习。"当时,几万会战职工住地窨子、啃窝窝头,人拉肩扛、爬冰卧雪也要为国家找油。"他被这种场景震撼,毕业后毅然重返大庆。

当时,外国专家的一席话深深刺痛了他的心。"他们说,中国人根本开发不了这样复杂的大油田。"王启民回忆。

"可这个油田是国家之宝啊!"王启民说,铁人王进喜说了,没有条件创造条件也要上,"把国家的需求作为奋斗的方向,干劲就来了。"

王启民等几个年轻人写了一副对联——"莫看毛头小伙子,敢笑天下第一流",横批"闯将在此"。"闯中有马,我们把'马'字写得大大的,突破了'门'框。"王启民说,我们一定要闯出天下一流的开发路子来。

挑战迎面而来。早期,由于缺少经验,大庆油田只能套用外国"温和注水,均衡开采"方法开发,结果造成油井含水上升快,原油采收率一度不到5%。长此以往,将对油田带来极大破坏。

"大庆油田地下构造千差万别,有富油层,也有薄差油层,怎么能以同一个水平开发呢?"王启民质疑。通过不断试验,他提出"非均匀"注采理论,使日产百吨以上的高产井成批涌现,为大庆油田原油上产提供了重要保证。

20世纪70年代，一面是国家急需更多的原油，一面是随着开采程度加大，油井平均含水明显上升，油田开发又一次面临严峻考验。

1970年，王启民和试验组一行在油田中区西部开辟试验区。"有的井含水量上升，得赶快想办法。当父亲的干啥，就是给孩子治病啊。"他把油井当作自己的孩子。

吃、住、办公几乎都在现场，王启民和团队坚持了10年。3000多个日夜，他们白天跑井，晚上做分析，和无言的地层"沟通"，终于绘制出了大庆油田第一张高含水期地下油水饱和度图，揭示了油田各个含水期的基本规律，发展形成了"六分四清"分层开采调整控制技术。1976年，大庆油田年产原油攀上5000万吨。

为接续高产稳产，王启民又把目光瞄向了表外储层，这是被国内外学界认定为"废弃物"的油层。"这些油层虽然薄、差，但层数很多，储量丰富。"王启民认为，既然禁区是人设定的，就能打破它。

在质疑声中，一次次失败、一次次纠错、一次次再来……王启民带队对1500多口井逐一分析，对4个试验区45口井进行试油试采，终于找到了开发表外储层的"金钥匙"。这项技术使得大庆油田新增地质储量7亿多吨、可采储量2亿吨。

"既然选择了这条路，吃苦就是最基本的准备。宁肯把心血熬干，也要让油田稳产再高产。"这是"新铁人"的宣言。

20世纪90年代中期，大庆油田主力油层含水超过90%。王启民坐不住了，带队开展"稳油控水"技术攻关，使3年含水上升不超过1%。到2002年，大庆油田实现了连续27年年5000万吨以上的高产稳产。

如今，年过八旬的王启民还坚持每天来到办公室。"退而不休"的他又开展起新能源技术研究。"我虽然岗位退了，但有责任为年轻科研人员成长当好人梯。"王启民说。

对于经手的技术报告，他关注到小小的标点符号，总是习惯用铅笔在报告上标注。"这是平等探讨。"王启民表示，如果有不同看法，可以随时改过来。

"要有铁人的'拼','十年磨一剑'的'傻',向各种人物、事物学习的'智'。"这是王启民自创、秉持的新"三字经"。

从23岁北上来到大庆油田,王启民奋战在这片热土,整整60年。

从波澜壮阔的石油大会战,到原油5000万吨以上27年高产稳产,再到建设百年油田新实践,在大庆油田开发建设的各个时期,王启民始终奉献在石油科研一线。1961年,北京石油学院毕业的王启民来到大庆,37年后被授予"新时期铁人"称号。每一个油田技术开发的关键时刻,他总是挺身而出,无止境攻关科研,无禁区挑战极限。

王启民以铁人王进喜为榜样,跟着铁人的脚步凭着"宁肯把心血熬干,也要让油田稳产再高产"的韧劲,先后主持参与8项重大开发试验项目、40多项科研攻关课题和大庆油田"七五""八五""九五"开发规划编制研究等工作,获得"国家科技进步奖特等奖""国家科技成果奖特等奖"等19项奖励,创造了巨大的经济效益,其中"表外储层"开发研究,为大庆油田增加7.4亿吨地质储量;超高分子量聚合物驱新技术,实现经济效益近3亿元。

王启民说:"我这辈子只做了一件事,就是研究怎么开发好大庆油田。"人民楷模、改革先锋荣誉称号获得者、科技兴油保稳产的大庆"新铁人"王启民,是又一枚闪光的"大庆名片"。如今已经82岁的他,依旧照常上班,继续为寻找最新的高效驱油技术而奔忙。

2019年9月17日,国家主席习近平签署主席令,在庆祝中华人民共和国成立70周年之际,授予42人国家勋章、国家荣誉称号。中国石油大学石油地质系1956级校友王启民获授"人民楷模"国家荣誉称号。

王启民是一代石油人的杰出代表,为"铁人精神"赋予了新的时代内涵,被誉为"新时期铁人"。王启民传承石大精神,家国同心,追求卓越,向着石油学科领域世界一流、多学科协调发展的高水平研究型大学的宏伟目标奋力迈进。

四、钻井"新铁人"李新民

自1990年进入1205钻井队工作以来，李新民就以铁人般的精神练本领，钻技术，当上队长后，李新民不忘老传统、牢记使命，面对急难险重任务他身先士卒、率先垂范，每年有270多天守在井场，全年有1/3时间跟班作业，带领铁人队4次实现钻机转型，打出本队第一口定向井，创出一个平台打13口井、平均井距只有6米的丛式定向井的最高纪录，实现由单一井向打特殊工艺井的转变，24年安全生产零事故。

进入新时代，随着中央企业"走出去"步伐的加快，他发扬铁人王进喜"识字搬山"精神，带领队员啃外语，通过了托福考试，顺利通过HSE、ISO9002国际认证，拿到进军国际市场的通行证。他率队征战海外，用大庆精神、铁人精神闯国际市场，打出中国石油功勋井，创出23项高指标、新纪录；"打一口井就立一个标杆"，两次捧回最高荣誉"钻井杯"，被外方专家称为"技术精湛，敢于挑战权威，赢得最多尊重"的项目经理。在国外打井过程中，李新民多次面对枪口挺身而出，紧要关头勇于担当，把安全留给队友。他把国外雇员当兄弟，带出了许多合格的国外钻工，为中国石油成功建设"海外大庆"、为国家能源安全做出了重大贡献。

把1205队带成闯市场的劲旅，成为"中国石油"的名片是李新民最大的心愿。他常说的一句话就是："1205钻井队就应该是最棒的，把你们推出去往哪里一放，都是一个硬邦邦的1205人。"

为了培养人才，李新民还亲自编写教材，创建"青工岗位技校"。短短几年时间，1205钻井队先后有十几名职工被推荐到其他井队和赴海外项目组担任工程师和技术骨干。

人们说1205钻井队是"熔入一块铁，锻出特种钢"。而1205队的人最清楚，在这样从"铁"到"钢"的过程中，李新民是有活儿一起扛、有危险自己往前冲的兄长、家长，是大家遇到问题时的主心骨，是没什么艰难能把他打倒的"李铁人"。

海外屡创奇迹的李新民，被大庆油田命名为"大庆新铁人"，宣告了中国石油第三代铁人的诞生。这是一个22年扎根钻台的质朴石油工人，他的大部分时间都在钻机轰鸣声中度过，从在国内带领1205钻井队扛红旗、站排头，到出征海外创纪录、立标杆，是他把"大庆"的旗帜插上国际钻井市场的制高点。

新时期大庆石油人的时代形象，感动了社会各界越来越多的人，新时期的大庆油田彰显无穷魅力。打井、找油、石油开发，从来都是在攻坚克难中干事业，石油里，蕴含着艰辛与奋斗、智慧和勇气，甚至生命。通过大庆"新铁人"，人们更加真切地看到，大庆油田何以50年红旗高扬，大庆精神、铁人精神是怎样血脉相传的。李新民说，22年来，他立起过900多次井架子，每打完一口井，都有一种情不自禁地自豪感：又一股奔腾的石油将流进祖国的工业大动脉，这时他就想，那一年年的荒原做伴，一天天的苦与累，一次次的艰难和压力，又算得了什么！这就是石油人的豪迈，这就是大庆油田的情怀！一片土地，诞生了三代铁人，是骄傲，更是力量。代代相传的理想与情怀，几十年积淀出的优良传统，科学发展的火热实践，让人们对大庆油田永续辉煌，满怀激情与信心。

五、战火淬炼的"铁人"王杰

从37岁到55岁,从副教授到海外石油"铁人",王杰的青春岁月在非洲大漠书写、淬炼。18年来,他参与苏丹1/2/4区、苏丹6区、南苏丹3/7区三个主力项目的开发建设,亲历海外2个千万吨级大油田的建设和运营,让这片古老、贫瘠的非洲荒漠开出石油之花、结出友谊之果。

在王杰及其团队努力下,苏丹项目自1995年启动以来,累计生产原油2.6亿多吨,获得权益油1.2亿多吨,向国内运回原油1亿多吨,为保障国家能源安全,提升中国石油国际化水平和品牌形象,刻下浓墨重彩的篇章。王杰更是用海外石油人的担当坚守、忠诚果敢与无私无畏,书写了一名共产党员的无悔誓言。

2011年7月9日,经过独立公投,南苏丹共和国正式宣告成立。苏丹分为苏丹、南苏丹两个国家。王杰当时担任总工程师的37区项目一分为二,主力油田归属南苏丹,输送原油的管道归属苏丹。

这意味着王杰他们的油田开采处境更为复杂、危险。

2012年1月22日,独立仅半年的南苏丹政府突然下令:48小时内,3/7区和1/2/4区油田全面停产。荷枪实弹的士兵,来到油田现场强行关井。

王杰心中只有一个念头:竭尽全力保住油田,拎着脑袋也要上!

2013年,以石油为主要经济支撑、经济下滑严重的南苏丹,决定进行油田复产。停产不易,复产更难。需要用热水把管线里的冷水替换掉,

"当时准备了180万桶、50万吨热水,那场面,相当壮观!"王杰和团队迎难而上,科学施策。2013年4月,停产长达15个月的南苏丹1/2/4区和3/7区项目相继一次性安全成功复产,比南苏丹政府预计最快的投产时间早了半年。

短时间内成功关停、复产千万吨级油田,王杰他们创造了世界油田史上的纪录。

2015年,王杰被授予中国石油集团公司特等劳动模范称号;2016年7月,他荣获"全国优秀共产党员"称号。

2016年10月14日下午,在中国石油海外勘探开发公司会议室里,记者通过电子屏幕视频采访身在苏丹的穆斯塔法、阿布杜拉和阿布杜拉赫姆等外籍员工,他们在听到王杰的名字后,纷纷竖起大拇指,用汉语拖着长音说:铁人!

随后,他们用英语讲述了和王杰一起工作的感受,阿布杜拉赫姆笑着说:"王杰能把印度人、南苏丹人,还有当地不同文化背景的人组合到一起,形成团队,从而使油田得到良好的运行。"

现为中国石油尼罗河公司副总工程师的王杰,被外籍员工誉为中国的"铁人",中国石油尼罗河公司1/2/4区行政大部总经理陈明卓认为主要原因是"他的意志如铁、精神如铁。在危难时刻敢于承担责任,敢于坚守现场,为中国石油和南北苏丹的石油合作做出了突出的贡献"。

六、"全国优秀共产党员"肉孜麦麦提·巴克的"采油人生"

从一个不懂国家通用语言文字的维吾尔族青年,逐渐成长为维汉互译培训教材编写员;从一名普通采油工,成长为中国石油集团公司的一名技能专家……新疆维吾尔族青年肉孜麦麦提·巴克把奋斗改变命运当作人生信念,在平凡的岗位上用奉献演绎出精彩的"采油人生"。

肉孜麦麦提·巴克,新疆油田公司重油开发公司采油作业五区采油六班班长,一位从新疆和田县的偏僻村庄里走出的小伙子,如今已成为全国优秀共产党员、全国劳动模范、中国石油集团技能专家,成了知识型现代产业工人楷模。

1991年,15岁的肉孜麦麦提·巴克考入克拉玛依技工学校,3年后,他成为一名石油工人。刚到单位时,他说不好普通话,就连和同事最基本的交流都成了问题。肉孜麦麦提·巴克说:"(汉族师傅说),'以后多跟我们说,你会一句,你用这一句话跟我们多交流。'所以,你在这种环境你就觉得特别轻松,特别温馨。"

为了尽快学好普通话,上班时,肉孜麦麦提·巴克找师傅们虚心请教;下班后,对照着《新华字典》把汉字一个一个地写在方格本上。为了纠正发音,他听广播练发音,大声读报纸。不到一年,肉孜麦麦提不但能用普通话与人交流,还能用普通话读报念书了。

虽然过了语言关,但工作后,肉孜麦麦提·巴克才发现自己的技术和师傅们相比，还差得很远很远。有一次，因为操作不当，在启动抽油机时，肉孜麦麦提·巴克被电流打晕，差点丢了性命。这让他更深刻地体会到，掌握技术不仅是抓生产的关键，更是保安全的需要。就这样，刻苦钻研技术便成为他新的重心。肉孜麦麦提·巴克说："从那时候单位专门给我安排了有经验的师傅和我结成了对子，我也抓紧一切机会练习技术，回到宿舍脑子里还在模拟操作，比如电流怎么测，管线怎么接，流程怎么倒。上班第二年，在我们作业区举行的一个小型的技能比赛中，我还获得了个人项目和全能的第一名。"

熟练掌握了采油技术后，2003年以来，肉孜麦麦提把更多的心思花在了技术革新上，以他为带头人的"创新工作室"攻关解决了许多难题，其研究成果有16项成为国家专利成果，其中8项在生产现场得到推广应用。

肉孜麦麦提根据多年学习和工作积累的经验，梳理出了采油岗位可能出现的100多个问题和导致问题的600多种原因；他还编写出《少数民族员工专业汉语学习手册》等书，成为新疆油田公司少数民族员工培训教材。随后，他又萌生了打造互联网专业交流平台的想法。2006年，肉孜麦麦提创建的"红柳石油网"正式上线。肉孜麦麦提·巴克说："我们新疆有一种灌木叫红柳。我觉得我们石油工人就像红柳一样，扎根戈壁，抱团成长，共同进步。所以我的理念是像红柳一样抱团成长，当初我创建网站时，主要是想把这些年来所学到的知识免费分享给大家，创造一个学习交流平台。目前这个网站收集了各类培训、技术论文等1000多篇，石油百科名词解释1万多条。全国各地的石油人，不管是初级工、中级工还是高级工，通过网站互相交流学习。看到这样的情景，我也很有成就感。"

肉孜麦麦提·巴克所在的采油六班，维吾尔族、哈萨克族、回族等少数民族员工占到了总人数的一半以上。长期在野外荒滩采油，各民族的职工只有像红柳一样抱团才能成长。肉孜麦麦提把自己创办的石油网站取名为"红柳石油网"也正是这个含义。

在肉孜麦麦提·巴克的带领下，采油六班先后荣获中国企业班组文化建设"十优单位"等30多项荣誉。他担任油田技工兼职教师以来，培训员工超过1万人次。同时,他还担任义务宣讲员,在全疆乃至全国,宣讲石油人的奋斗精神。

肉孜麦麦提说:"我为祖国献石油,就是把担当履行在行动中。"

七、全国优秀基层党支部标杆"1205钻井队"

如果把大庆油田比作中国工业的一面红旗,那么,1205钻井队就是缀在旗上最明亮的那颗星。随着一代代石油人薪火相传,钢铁精神不断被赋予新内容,靠着迎风斗雪的钻塔意志,撼天动地的转盘力量,攻坚啃硬的钻头作风,忠诚担当的铁人品格,这支队伍正以无惧困难的开拓精神、精密严谨的科技武装、站高立远的国际化视角,昂首迈向新时代。

历史记录下了1205钻井队一个个不凡战绩:

会战期间,1205钻井队以"不上十万非好汉,不夺冠军心不甘"的精神,创造了15小时38分钟打成一口小"三一井",22小时钻一口1221米中深井,班进尺721.64米的新纪录;

1966年,在铁人精神鼓舞下,1205钻井队年进尺突破10万米大关,超过了当时美国的"王牌"钻井队和苏联的格林尼亚"功勋"钻井队,成为世界顶尖级钻井队;

1982年,1205钻井队成为全国第一个累计钻井进尺逾百万米的井队;

1989年,他们的钻井总数在全国率先突破1000口大关;

自1990年起,1205钻井队已连续27年实现年人均交一口井的奋斗目标;

截至2019年8月9日,1205钻井队进尺300万米,固井、井身质量合格率均达100%。

"迎风斗雪的钻塔意志,撼天动地的转盘力量,攻坚啃硬的钻头作风,忠诚担当的铁人品格。"在1205钻井队会议室的墙上,这四句话全面概括了这支钢铁队伍的精神。

人们常说:干事情要有股"钻"劲,才能把事情干好。"钻"劲放在1205,更是内化于心外化于行。钻机一开,必定24小时不停。队里分成两个小组,一组连干12个小时再倒班,人歇机器不停。

进入新时代,钢铁精神发挥着越来越重要的作用。1205钻井队针对新形势新任务,克服困难,打造一支高素质的队伍,向精细管理要效益、向科学技术要产量。

1205钻井队营造出科技创新的氛围,大家以赶超国际先进水平为目标,你争我赶。自2000年以来,这个队伍就实现了5次钻机转型。2017年年初,结合油田"一高一低、一升一降"两大现实问题,钻井队探索推行了"精益钻井生产"模式,聚焦控成本、控过程"两个严控",收集汇总、分析归纳出工序衔接、无效等待等7项主要浪费点,确定109项工序观察点及367项效率影响因素。他们对钻井生产全过程、全要素建立流程看板,探索数字化、信息化钻井,推行电子工程班报表,实行"一趟钻"工程,消除了时间和成本浪费点,将精益钻井管理创新实践作为引领功勋集体科学发展的制胜法宝。

李新民,被称为"大庆新铁人",曾任1205队的队长。如今,他成长为中东分公司的经理。肩上的担子更重了,但仍亲力亲为带领队伍转战在中东各大油田。

当初,这支队伍就是带着新时代钢铁精神走出国门的。一个老国企的队伍走向国际,说易行难,文化、风俗、管理方式种种问题一股脑摆上桌面。经过讨论,员工们迅速达成共识,钢铁的队伍要有钢铁的精神,这是战胜困难的法宝,是其他国外井队不具备的精神源泉,是这支钢铁队伍参与国际竞争的利器。

传统管理方式与现代管理理念结合起来,注重学习国内外先进管理经验。他们根据岗位风险、价值、贡献实行3P管理,有效调动了职工积极性;建立了安全隐患识别体系,实现了"零事故、零损失、零伤亡";按照绿色钻井、环保施工的标准,拿到了进军国际钻井市场的"通行证",并在2006年成功进入了苏丹钻井场。2008年,1205钻井队承担了被苏丹方面视为老大难的3/7区块水平井的施工任务,并实现了在该区块连续施工10口水平井、口口全优的好业绩,先后被苏丹能矿部两次授予"钻井杯"和奖状。

2013年,1205钻井队转战伊拉克哈法亚油田施工,凭借过硬的作风、精湛的技术、高标准的施工,很快就在哈法亚油田站稳了脚跟。第二年,他们又凭借严谨设计,确保了施工顺利进行,比设计提前12天完钻,不仅取得了良好的经济效益,还赢得了甲方高度赞誉。

铁人精神的发源地——大庆油田1205钻井队,2019年8月9日实现国内钻井累计进尺300万米的突破。这相当于钻透了339座珠穆朗玛峰。

2019年8月9日,1205钻井队在位于大庆油田采油九厂的"龙12-114-斜130"井施工。9时25分许,钻进总进尺达到300万米。大庆钻探工程公司钻井二公司经理李修辅在现场报捷。

"第一次上100万米,我们用了29年时间,第二次用了22年,而这一次只用了15年。"1205钻井队第21任队长张晶说。

他们又一次超越了自我。这支由"铁人"王进喜带过的队伍,1953年在玉门组建,1960年转战大庆油田,在战风雪雷电、斗严寒酷暑中,形成了钢铁作风。

队伍初到大庆时,生产条件恶劣,王进喜带队"人拉肩扛运钻机、破冰取水保开钻",仅用五天零四小时就打出第一口生产油井。1966年实现年进尺10万米,一举打破当时世界最高纪录。

当日,1205钻井队第18任队长李新民也到场祝贺。2006年,他带队前往苏丹,"把井打到国外去",两次获得当地政府颁发的代表钻井最高荣誉的"钻井杯",被称为"第三代铁人"。

近年,面对更加复杂的地质条件、密集的地下井网,1205钻井队在国内创新实施精益钻井,过去两年均实现年进尺10万米。

据介绍,建队66年来,大庆油田1205钻井队先后经历8次钻机转型,机械化、自动化、信息化水平有了大幅提升。

"大庆油田1205钻井队走出国门，实现了铁人老队长把井打到国外去的夙愿，赋予了大庆精神、铁人精神新的时代内涵，这和习近平总书记在十九大报告中提出的'培育具有全球竞争力的世界一流企业'完全合拍。我们要以党的十九大精神为指针，继承和弘扬永不过时的大庆精神、铁人精神，让大庆油田在全球产业发展中拥有更多的话语权、更大的影响力。"这是党的十九大代表李新民的誓言，语调铿锵，掷地有声。

八、献身油田的好干部——陈建军

陈建军1963年4月生于甘肃玉门，1984年7月西南石油学院石油地质专业毕业分配到玉门油田工作，1994年6月加入中国共产党，在职研究生学历，工学博士学位，教授级高级工程师，甘肃省第十三届人大代表。1984年7月至1995年8月，先后任玉门石油管理局勘探开发研究院勘探室实习员，助理工程师，勘探室副主任、主任；1995年8月至2002年2月，任玉门石油管理局勘探开发研究院副院长兼总地质师、院长、玉门石油管理局副总地质师、玉门油田分公司总经理助理；2002年2月至2005年7月，任玉门油田分公司党委委员、副总经理；2005年7月至2015年7月，任玉门油田分公司党委委员、副总经理，玉门石油管理局党委常委、副局长；2015年7月至2016年12月，任玉门油田分公司总经理、党委副书记，玉门石油管理局局长；2016年12月至2017年11月，任玉门油田分公司党委书记、总经理，玉门石油管理局局长；2017年11月至2019年5月任玉门油田分公司党委书记、总经理，玉门石油管理局有限公司执行董事、总经理。2019年5月28日19时，陈建军因病医治无效，不幸与世长辞，享年56岁。

学习陈建军矢志不渝，初心不改，坚守石油报国之志的高尚情怀

陈建军出生在玉门油田，从小接受玉门优良传统熏陶，青少年时代就树立了为油报国的远大理想，大学选择的是西南石油学院，专业选择的是石油地质，毕业后在玉门油田工作35年，始终奋战在油气勘探开发第一线，把毕生心血倾注在我国西部石油事业上。他心中只有一个理想，就是献身祖国的石油事业；只有一个心愿，就是实现玉门油田产量重上百万吨、建成百年油田。把自己最美好的青春年华奉献给了他为之热爱的石油事业，以对党和国家的无限忠诚，对石油事业的无限热爱，为自己的人生书写了辉煌而精彩的篇章。2010年荣获第十届"孙越崎科技教育基金能源大奖"，2010年以来连续被评选为甘肃省领军人才。

学习陈建军忠诚担当、无私奉献，脚踏实地为油拼命地敬业精神

作为油气勘探开发领域的专家，他以特有的工作激情，带领科研人员潜心研究，矢志找油，两次使处于降产中的玉门油田实现稳产。担任玉门油田主要领导后，他勇挑重担、孜孜以求，精心谋划、大胆创新，创造性地提出"充分发挥油田上下游一体化、主营业务与工程技术服务一体化、勘探与开发一体化优势"的工作思路，有效应对了低油价带来的严峻考验，开创了稳健发展的新局面。面对老油田发展的困境，他谋划制定了"三年扭亏为盈、五年重上百万"的时间表和路线图，也为油田发展拼尽最后一丝气力。

学习陈建军苦干实干，夙夜在公，恪尽职守奉献一生的担当意识

他得知自己罹患癌症后，没有畏惧，没有消沉，而是继续以忘我的精神状态投入高强度工作。他克服病痛折磨，悉心谋划玉门油田改革发展，倾尽全力抓好工作落实。为了环庆油田第一批矿权流转，他在上海医院里刚拔掉化疗针头，就立即登上飞机，转北京，赴庆阳，去西安协调，到环县会谈，跑现场踏勘，终于在很短时间内完成矿权流转，并快速建成原油产能。在与病魔抗争的2年时间里，没有过过一个像样的节假日，"白加黑""5+2"工作制是他工作和生活的常态。他对待自己云淡风轻，对待工作舍生忘死，是新时代"宁可少活二十年，拼命也要拿下大油田"的真实写照。他去世前，还跟同事们讨论玉门油田的发展；他弥留之际，听说环

庆矿权区块探井出油，虽然说不出话，仍然艰难地竖起大拇指。

学习陈建军心忧企业，情系员工，赤子之情回报油田的优秀品质

他始终把"甘愿为党和人民当一辈子老黄牛"的信念作为自己人生信条，对玉门油田感情深厚，在"以艰苦奋斗为核心、'三大四出'为特征、无私奉献为精髓、自强不息为实质"的玉门精神熏陶下，自觉养成石油人的优秀品质。他不为名利所惑，不计较个人得失，把组织的需要作为自己最佳选择，淡泊名利，甘于奉献，始终保持共产党员的优秀品质和求真务实的工作作风。他热爱油田，情系员工，在每一个岗位上都严格要求自己，密切联系群众，坚持以人为本，处处为人表率，赢得了油田员工和地方干部的尊敬和赞誉。